징과 돌의 노래

일러두기

이 소설은 역사적인 사실을 바탕으로 창작한 것입니다. 인물이나 지명, 사건 등 일부 내용은 기록된 사실과 다를 수 있습니다.

징과 돌의 노래 2

1판 1쇄 발행 | 2017년 11월 20일
1판 2쇄 발행 | 2017년 12월 23일

지은이 | 김영미
펴낸이 | 김경배
펴낸곳 | 시간여행
편 집 | 이진의 · 박정민
마케팅 | 강민정
본문 디자인 | 디자인 [연:우]

등 록 | 제313-210-125호 (2010년 4월 28일)
주 소 | 서울시 마포구 토정로 222 한국출판콘텐츠센터 419호
전 화 | 070-4032-3664
이메일 | sigan_pub@naver.com

종 이 | 엔페이퍼
인 쇄 | 한영문화사

ISBN 979-11-85346-56-4 (04810)
ISBN 979-11-85346-54-0 (세트)

이 도서의 국립중앙도서관 출판예정 도서목록(CIP)은 서지정보유통지원시스템 홈페이지(http://seoji.nl.go.kr)와 국가자료 공동목록시스템(http://www.nl.go.kr/kolisnet)에서 이용하실 수 있습니다. (CIP 제어번호 : CIP2017028918)

* 이 도서는 국제친환경 인증을 받은 천연펄프지(Norbrite 95#)로 제작되었습니다.

징과 돌의 노래

변란 속에 핀 꽃 2

김영미
장편소설

시간여행

고려전도

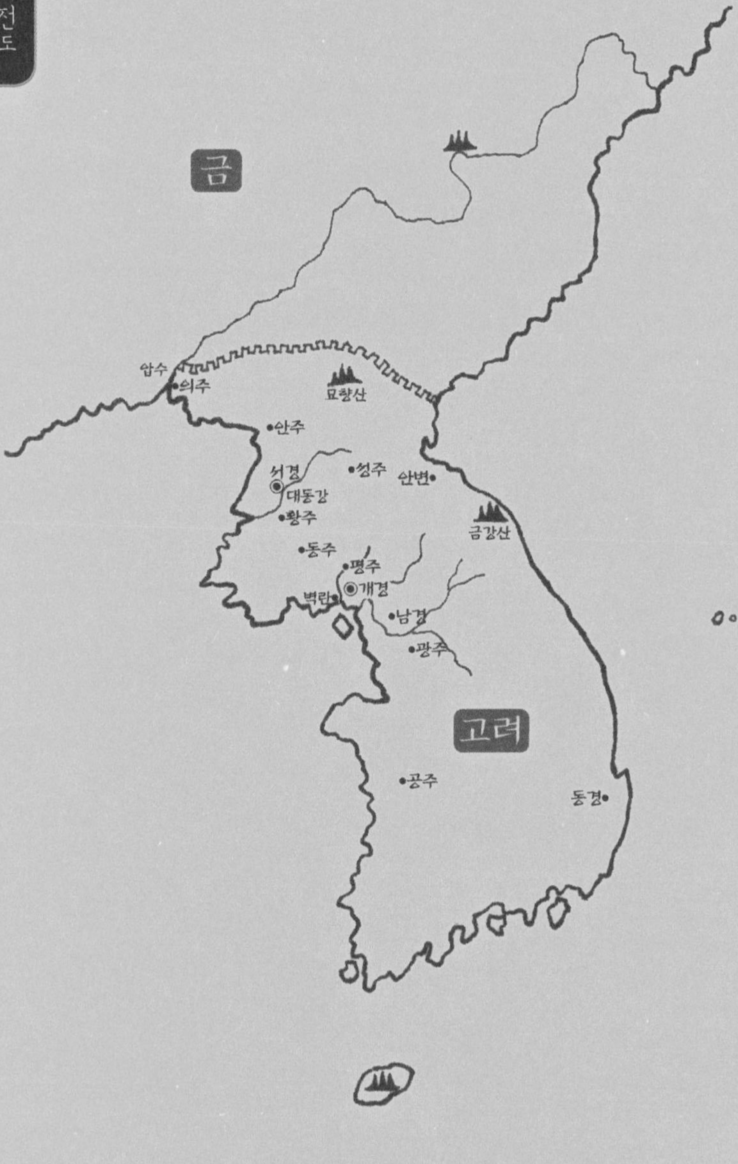

차례

변란

나란은 품에서 옥비녀를 꺼내 만지작거렸다. 칠보 장식은 없으나 연화 문양이 곱게 새겨져 제법 어여뻤다. 돈후를 만나러 가던 날 시전 거리에서 은자를 주고 샀다. 갑의 청이 생각나 사긴 했는데 차마 건네지 못했다. 마음이 아직 콩밭에 있으니 죄짓는 기분이 들었다.

갑은 고운 아이지만 나란에게는 계집이 아니다. 세 해 전 유곽에서 겨우 찾아내 산채로 들어왔을 때부터 그저 꼬맹이 누이였다. 도토리만 한 녀석이 몸은 팔지 않겠다 끝까지 저항한 탓에 몰골이 말이 아니었는데, 금세 밝은 성품을 되찾고 산채를 누비는 모습이 대견하다 생각했다. 그런 갑이 자신을 사내로 보고 있다. 해맑은 눈동자에 담긴 연모와 원망이 부담스러우면서도 애잔하다.

이제는 기억조차 가물가물한 초원 시절, 나란에게도 어린 누이가 있었다. 갓 젖을 뗀 아기였으니 변란 통에 목숨을 부지하기 어려웠을 것이다. 어린 누이가 살아있다면 갑처럼 씩씩하게 자랐을 텐데…….

"무엇을 그리 들여다보는 것이냐?"

덕우의 목소리가 나란의 상념을 깨웠다. 나란은 서둘러 비녀를 품에 감추었다. 하는 양이 의심스러운지 덕우는 가재 눈을 하고 흘끔거렸다. 곧이어 운이 서책 더미를 지고 들어와 상 위에 내려놓았다. 산채를 나가라는 운곡의 야멸친 명에도 아랑곳없이 상단과 산채를 오가는 운. 그래도 개경에서 지낼 때면 밤마다 꼬박꼬박 제집을 찾아 들어간다. 아버지를 살피라는 당부가 딴에는 신경이 쓰이는 것이다.

나란은 아무 일 없는 듯 허허 웃고 일어났다.

"보긴 뭘 본다고 그러오? 새벽 댓바람부터 북쪽으로 갈 물건 챙기더니 보내고 오셨소?"

"아무래도 내가 가봐야겠다. 요즘 서경 돌아가는 분위기가 수상하다니 직접 살펴봐야 마음이 놓일 것 같다. 자리를 비운 동안 송에서 들어올 물목 점검해서 벽란도에 다녀오너라. 점방은 운이 맡아주면 되겠지."

"지금 떠나겠다는 말이오?"

"짐아비들은 벌써 두 식경 전에 출발했다. 따라잡으려면 서둘러 가야 한다. 얼른 다녀오마."

"벽란도에서 배편으로 가시지 그러오? 암만 말이 있다 해도 날 추운데 걸어가시려면 고생이 크잖소."

"평주와 황주 귀족들에게 부탁받은 것이 있어 들러야 하니 배편이 되레 번거롭다. 얼른 다녀올 테니 너는 상단 관리나 잘하고 있어라."

덕우는 봇짐을 둘러메고 서둘러 광덕을 나섰다. 나란은 운과 함께 시전 거리로 나가 덕우를 배웅했다. 며칠 전 내린 눈 때문에 길은 얼음판처럼 미끄러웠다. 큰 몸집을 지탱하며 뒤뚱거리는 덕우의 모습이 거리에서 완전히 사라진 뒤에야 나란과 운은 점방으로 돌아왔다.

운이 화로에 숯을 넣어 불기를 살린 뒤 작은 단지를 올려 찻물을 데웠다. 상단에서 중노미처럼 살아도 귀족의 씨는 다른 걸까. 나란은 한 모금을 마셔도 술이 좋건만 운은 차 마시기를 즐겼다. 차 좋아하기는 온요도 마찬가지였다. 얼마 전 산채에 들어갈 때도 송에서 건너온 귀한 차를 구해 온요에게 건네는 것을 보았다. 그리 통하는 것이 있으니 온요가 운을 좋아하는 것이겠지. 자신처럼 예도를 모르는 오랑캐와는 비교할 수 없을 것이다. 씁쓸레 웃음이 났다.

"나란, 너 요즘 이상하다? 말수도 적어지고 혼자 피식피식 웃고 그러다 괜히 심술부리고……. 혹, 고민이 있는 것이냐?"

"왜, 나 같은 오랑캐는 고민도 없는 줄 아냐?"

"고민이 있으면 이 형님에게 털어놔라. 머리를 맞대면 못 풀 것이 있겠냐? 무엇이든 돕겠다."

도덕군자 같은 소리만 하는 운. 나란의 마음속을 들여다본다면 편히 마주하지도 못할 녀석이 큰소리를 친다.

"일없다. 고민이라고 풀어놔 봐야 잔소리나 들을 게 뻔하다. 앓느니 죽고 말지, 내가 영감탱이 잔소리에 네 잔소리까지 들어야겠냐?"

운이 억울한 표정을 지었으나 나란은 외면했다. 품에서 육포를 꺼내 질겅질겅 씹었다. 운에게도 권했으나 마다했다. 저 덩치에 고기를 즐기지 않는 성향도 유별나다. 우린 차를 달게 마시는 운을 바라보다 조심스레 물었다.

"남호 대감이나 땡초 영감에게 별일은 없겠지? 요즘은 탄핵이니 뭐니 하는 소리도 잠잠해진 것 같더라만."

운은 잠시 뜸을 들이더니 진지한 표정으로 입을 열었다.

"서경에서 하는 주장이 덮는다고 사그라질까 싶다. 천도는 목적이 아니라 수단이다. 개혁을 바라는 이들이 권력의 중심을 바꾸는 방편으로 도읍을 옮기자 주장하는 것이지. 도읍을 옮기면 개경 땅을 기반으로 임금 곁에서 호가호위하는 자들을 단번에 떨쳐낼 수 있을 테니까. 만약 부패한 개경이 바뀌지 않는다면 언제든 불씨는 살아날 것이다. 그러니 싸움은 끝난 것이 아니다. 어느 한 편이 굴복하거나 아예 사라진다면 몰라도……. 아버지는 폐하를 설득하면 된다고 믿으시지만 내가 보기에는 여의치 않을 것 같다."

"에잇, 뭐라 씨부리는지 도통 모르겠네. 그래서 괜찮다는 거야, 안 괜찮다는 거야?"

운이 웃으며 답했다.

"잘 모르겠다는 말이다. 네 말대로 상단에서 중노미 노릇이나 하는 내가 무엇을 알겠냐?"

나란은 어이없는 표정을 지었다.

"아버지는 별말씀 없으신데 걱정은 된다. 눈치를 보니 요즘 들어 서경과의 연락이 끊어진 것 같다. 서경에서 벌이는 일을 아버지만 모르시는 것 같기도 하고. 장비 행수도 그래서 서경으로 간 것일 게다. 너도 알지 않느냐. 묘청 대사는 지나치게 뜨겁고 조광 대감은 속을 알 수 없는 분이다. 반면 아버지는 이상만 높은 분이지. 일이 잘못되면 아버지 같은 분이 가장 먼저 칼을 맞게 된다. 이상을 부르짖는 자가 맨 앞에 서게 마련이니까. 그런 일이 일어나지 않기를 바랄 뿐이다."

육포가 아니라 소태를 씹은 듯 입맛이 썼다. 어디에서든 먹물 든 인사들이 문제다. 송이나 고려나 모두 그런 자들이 뜬구름 잡는 이야기를 해가며 싸워댄다. 천도 문제만 해도 그렇다. 임금이 개경에 있든 서경에 있든 무슨 상관인가. 백성이 배고프기는 매한가지다.

게다가 먹물 든 자들의 싸움 방식도 이해할 수 없다. 임금이 도성을 옮기지 않겠다고 천명했으니 싸움은 판가름이 난 것이다. 주먹다짐만 안 했을 뿐이지 천도를 두고 싸우다 진 것이 아닌가. 그러니 깨끗하게 접어야 사내다운 것이다. 그런데 아직 끝나지 않았다니…….

시정잡배의 싸움은 차라리 정직하다. 많이 맞거나 세게 맞은 자는 진 것이다. 반대로 많이 때리거나 세게 때린 자는 이긴 것이다. 하지만 먹물 든 자들의 싸움은 다르다. 겉으로는 싸움을 끝내고 화해한 것 같다가도 뒤로는 칼을 꽂는다. 칼을 꽂을 때는 인정사정도 없으면서 인이니 예니 하면서 거들먹거린다.

"걱정해주어 고맙다. 아버지는 아버지의 길을 가신다 했으니 나는 나의 길을 가야지. 상단 일 열심히 배워서 산채 식구들과 더불어 잘 살면 된다."

운은 다시 찻물을 우렸다. 울적해진 나란은 말문을 닫았다. 바람이 부는지 점방 문이 덜컹거렸다. 화로 위에서 끓는 단지가 부연 증기를 피워올렸다. 증기를 따라 퍼진 온기 덕분에 점방 안이 꽤 아늑해졌다.

산채는 별일 없는지 모르겠다. 산속의 겨울은 도성보다 춥다. 땔감이 아무리 푼푼해도 칼바람은 움과 흙벽을 뚫고 스며든다. 보름 전 산채에서 본 운곡의 얼굴이 떠올랐다. 검버섯까지 시커멓게 내려앉은 얼굴을 마주 보기조차 힘들었다. 부디 이번 겨울만이라도 잘 견뎌주어야 할 텐데…….

"돈후 이야기는 끝내 해주지 않을 것이냐?"

침묵을 깨고 운이 물었다. 오늘따라 운이 답하기 어려운 물음만 던진다.

"할 이야기가 있어야 하든 말든 할 게 아니냐. 내가 왜 나랑 싸운 놈 안부를 알아야 하냐? 속 좁은 놈이니 너도 이제부터 신경 쓰지 마라."

운은 차를 마시려다 말고 나란을 쳐다보았다. 솔직한 답을 재촉하는 눈빛이다. 나란은 운의 눈길을 털어내며 자리에서 일어났다.

"장비 행수가 송에서 들어올 물목 확인하라니 그 일이나 해야겠다. 얼어 죽을 날씨에 객도 없으니 얼른 끝내고 술이나 푸자."

❖ ❖ ❖

와다닥 열린 문 새로 얼음장처럼 차가운 정월의 바람이 밀려들었다. 저녁나절에 다녀갔다던 재하가 늦은 밤에 돈후를 다시 찾은 것이다. 기생들은 물리고 홀로 앉아 술잔을 기울이던 돈후는 일별도 하지 않고 내뱉었다.

"잔소리하려고 왔거든 문지방 넘을 생각 말고 돌아가라."

재하는 아랑곳없이 쿵쿵 걸어와 주안상 건너편에 털썩 주저앉더니 돈후의 손에서 술잔을 낚아챘다. 돈후는 어이없는 표정으로 손을 들어 보였다. 재하는 단숨에 술을 들이키고는 돈후를 노려보았다.

"어이쿠, 무섭다. 동무 손에 맞아죽을 운명인 줄은 오늘에야 알았구나."

엄살을 떠니 재하는 더 사납게 노려보았다. 평소 단정하기 그지

없던 재하의 차림새는 누더기나 다름없이 너덜거렸다. 풍수 살피겠다며 일 년을 작정하고 떠난 여행길이었다. 아마도 어디선가 돈후 소식을 듣고 급히 돌아온 모양이다. 산길을 굴러오기라도 했는지 흙과 마른 잎 냄새가 났다.

"이유라도 좀 알자. 새삼 계모 타박이 문제일 리는 없고, 뇌천 대감과의 정치 논쟁이야 하루 이틀 일도 아니고, 대체 뭐냐? 안 하던 계집질이라도 한 것이냐?"

돈후는 재하의 손에서 잔을 도로 빼앗아 술을 채웠다.

"계집질이랄 것도 없다. 그나마 제대로 했으면 이 꼴은 아닐 테지."

돈후는 굳은 낯으로 술잔을 비웠다. 돈후를 살피던 재하의 얼굴에 차츰 놀라움이 번졌다.

"설마…… 진짜 계집 때문이냐? 네가 계집 때문에 이 꼴을 하고 있다고?"

그래, 계집 때문에 이 꼴을 하고 있다. 온요는 매일 밤 떠나보내도 매일 밤 찾아와 괴롭힌다. 기억 속에 남은 허상인 줄 알면서도 매번 그녀를 쫓아 헤맨다. 술을 마시지 않고서는 조각 잠조차 잘 수 없고 물정 모르던 시절처럼 아무 계집이나 품고 즐길 수도 없다. 왜 이렇게 온요에게 집착하는지 스스로도 모를 일이다.

"누구냐? 김돈후를 마다한 계집이? 얼마나 대단하기에 너를 마다해?"

돈후는 쓴웃음을 지으며 되물었다.

"알면 어쩌려고? 코라도 꿰어 끌고 올 테냐?"

재하는 손을 내저으며 탕탕 큰소리를 쳤다.

"코가 아니라 귀인들 못 꿰겠냐? 그러니 말해보아라."

"두어라. 꿰어질 계집 같았으면 내가 이러고 있었겠느냐. 설령 꿰어진다 해도 억지로 얻고 싶진 않다."

돈후는 그늘진 얼굴로 술잔을 기울였다. 그런 돈후가 측은해 보였던 것일까. 재하는 시큰한 표정으로 콧등을 비비더니 술병을 들고 나발을 불었다.

청루에 금을 연주할 줄 아는 창기가 있었는지 애달픈 선율이 흘러들었다. 귀를 기울여 가늠해보니 이별가다. 재하가 곡조에 맞추어 남호의 시구절을 읊조렸다. 벗들과 어울려 기생집에서 창하듯 외던 이별시다.

뜰 앞의 나뭇잎 하나 떨어지니

庭前一葉落

마루 아래 온갖 벌레 소리 구슬프다

床下百蟲悲

바삐 흐르는 세월은 잡을 수도 없는데

忽忽不可止

그대는 유유히 어디로 가시는가

悠悠何所之

나아갈 곳 없는 내 마음은

片心山盡處

밝은 달만 뜨면 외로이 꿈꾸는구나…….

孤夢月明時

외로운 꿈이라……. 그래, 한바탕 꿈속에 있는 것이다. 홀로 꾸는 외로운 꿈일지라도 언젠가는 깨어날 것이고, 깨어난 뒤에는 깨끗이 잊을 것이다. 그럴 것이다.

재하는 돈후를 쳐다보다 길게 한숨을 내쉬고는 술잔을 기울였다. 돈후는 지청구를 늘어놓지 않는 재하가 고마웠다. 재하가 조른다 해서 풀어놓을 수 있는 사연이 아니다. 그저 곁에서 술 동무로 있어 주니 한결 편안해졌다.

그렇게 침묵 속에서 권커니 잣거니 보내길 반 시진 즈음, 문밖에서 인기척이 났다.

"도련님, 을지입니다."

은밀하게 움직여온 을지가 손이 든 것을 알면서도 기척을 했다. 필경 다급하거나 중요한 일일 것이다.

"들어오십시오."

을지는 돈후의 말이 끝나기 무섭게 방 안으로 들어섰다. 빠르나 조용한 움직임이다. 을지는 잠시 재하를 쳐다보더니 무릎을 꿇고 앉았다. 그러지 말라 당부해도 종복처럼 행동한다.

재하는 술에 취해 몽롱한 중에도 놀란 표정을 지었다. 얼굴의 흉터를 본 탓이다. 을지는 꽤나 다급했던지 복면도 쓰지 않고 들었다. 그러고는 경계의 눈빛을 보냈다. 재하 앞에서 긴요한 이야기를 해도 되는지 망설이는 것이다.

"형제 같은 녀석입니다. 말씀하셔도 됩니다."

을지는 낮은 목소리로 입을 열었다.

"서경에서 분사시랑 조광이 군사를 일으켰답니다. 반란을 알리는 전령이 한 시진 전에 도성에 들어왔는데, 궐로 가지 않고 댁에서 뇌천 대감을 만났습니다."

일순, 취기가 달아났다. 반란! 탄핵과 시폐 논쟁이 한풀 꺾여 다행이라 여기고 있었는데 기어이 서경에서 먼저 칼을 빼든 것인가. 돈후가 눈을 키우자 을지는 목소리를 더욱 낮추었다.

"반 시진 전부터 댁에 사병이 모여들고 있습니다. 검점군과 응양군도 일부 섞여있었습니다. 군장하신 대감이 대오를 점검하는 모습을 확인하고 달려왔습니다."

아버지가 전령을 가로챈 뒤 사병을 불러들였다? 무엇을 하시려고? 반란이 일어났다 해도 토벌군은 조정의 회의를 거친 뒤에야 조직된다. 불과 반 시진 만에 사병이 모였다면 이미 준비된 일이라는 뜻인데……. 선참후계구나! 먼저 베고 나중에 보고하려는 것이다.

돈후는 다급히 물었다.

"사병을 이끌고 어디로 가시려는지 파악하셨습니까?"

“사병들끼리 나누는 말을 들었는데 행선지가 남호 정지상 대감의 집이라 합니다. 일부는 궐을 나선 남호 대감 일행을 은밀히 뒤쫓고 있다 합니다.”

돈후는 시위처럼 퉁겨져 일어났다. 개경에 있는 서경파의 핵심 가운데 하필 남호 대감이라니! 갑자기 현기증이 밀려왔다. 을지가 벌떡 일어나 비틀거리는 돈후를 부축했다. 돈후는 손을 내저었다. 삼복을 불러 옷과 적토를 준비하라 일렀다. 관복을 입을까 잠시 고민했지만 평상복을 입기로 했다. 궐보다는 아버지를 직접 대면하는 편이 나을 것이다.

옷을 갈아입는 동안 머릿속에 소용돌이가 일었다. 서경의 반란이야 전혀 예상치 못한 일은 아니다. 하지만 아버지가 이렇게 서둘러 남호 대감을 치려고 나설 줄은 몰랐다. 게다가 아들인 자신에게 언질조차 없이 일이 진행되었다는 것이 이상했다. 오랫동안 준비해왔음이 분명한데 전혀 눈치채지 못했다는 것은 의도적으로 감추었다는 뜻이다.

자신과 아버지의 관계는 차치하고서라도 절차와 순리에 맞지 않는다. 남호 대감이 천도를 주장한 서경파의 주요 인물이긴 하나 반란에 가담했는지 여부부터 밝히는 것이 옳다. 개경 내 천도파가 내응하는 것을 막거나 반란의 예봉을 꺾기 위한 전략일 수도 있지만, 그렇게 보기에는 대응이 지나치게 빠르다. 게다가 정규군이 아니라 사병을 불러들였다면 십중팔구 제거가 목적이다.

삼복이 적토를 준비시키기 위해 나간 뒤 재하가 어두운 표정으로 입을 열었다.

"남호 대감 흠모하는 것은 안다만 네가 나선다고 막을 수 있는 일이 아닌 것 같다. 정식으로 변란이 보고되면 내시부에서도 연락이 오지 않겠냐. 조사를 하더라도 밝은 날 시작될 테니 그때 움직여도 늦지 않을 거야."

돈후는 답하지 않았다. 재하는 속사정을 모른다. 남호 대감의 일은 자칫 산채로 이어질 수도 있다. 직접 대면하고 아버지의 계획이 무엇인지 확인해야 한다.

돈후가 방을 나서려 하자 을지가 막아섰다. 쳐다보는 돈후를 향해 고개를 흔들었다. 나서지 말라는 뜻이다.

"상황이 어떤지 보기라도 해야겠습니다."

돈후가 재차 방을 나서려 하자 을지가 다시금 막아섰다. 이번에는 돈후의 양팔까지 붙들었다. 힘주어 붙든 손아귀에서 돈후를 염려하는 마음이 느껴졌다. 사사건건 부식과 맞서는 돈후를 안타깝게 여겼던 을지였다.

"서경에서 제를 올려주었던 여인을 기억하십니까? 그 여인 때문입니다."

을지의 손이 헐거워졌다. 돈후는 을지의 손을 걷어내고 방을 나섰다. 놀라는 재하의 얼굴이 그려졌지만 일일이 설명할 시간이 없었다. 빠른 걸음으로 중정을 지나 주청루 대문을 넘었다. 삼복이 적토의 고삐를 잡고 기다리고 있었다. 고삐를 넘겨받으려는데 을지가 다가섰다.

"그 몸으로는 무립니다. 제가 모시지요."

군은 눈빛이 건너왔다. 돈후는 고개를 끄덕였다.

❖ ❖ ❖

앵계 부근에 이르자 수십의 횃불이 보였다. 뱀의 혓바닥처럼 너울대는 횃불이 정월의 짙은 어둠을 살라 대낮처럼 밝았다. 부식의 사병과 군사가 지상의 집을 에워쌌다. 마을 사람 몇몇이 공포에 질린 표정으로 지켜보았다. 하지만 그나마도 담장에 몸을 숨긴 채였다. 돈후와 을지는 적토에서 내려 발소리를 죽이며 다가갔다. 가까이 갈수록 소란은 점점 커졌으나 내부 사정을 알 수 없었다.

돈후는 서너 채 거리에 있는 한 초가의 지붕 위로 훌쩍 뛰어올랐다. 키를 높이니 지상의 집 내부가 보였다.

이미 상황은 벌어졌다. 마당 가장자리에는 종복 예닐곱이 줄지어 엎드렸고, 중앙에는 지상과 백수한이 꽁꽁 결박당한 채 무릎이 꿇려졌다. 부식은 대청 위에 서서 그들을 내려다보고 있었다. 잠시 후 병사 몇이 누군가를 끌고 왔다. 와들와들 떨며 질질 끌려오는 사내는 서경파와 가까운 전중내급사 김안이었다.

돈후는 본채 뒤편 어둠 속에서 수상한 낌새를 느끼고 시선을 옮겼다. 인영 둘이 엉켜있는데 소리 없이 꿈틀거리는 모양이 이상했다. 눈을 키워 살피니 운과 나란이었다. 마당으로 뛰어들려는 운을 나란이 몸으로 막고 있는 듯했다. 돈후는 재빨리 지붕에서 뛰어내린 뒤 을지에게 다가갔다.

"꺼내올 사람이 있습니다. 제가 담을 넘어 데려올 테니 밖에서 대기해주십시오."

을지는 묵묵히 돈후를 뒤따랐다. 골목을 우회하여 경계가 소홀한 저택 뒤편으로 다가갔다. 을지의 도움을 받아 담장을 넘은 뒤 몸을 낮추어 운과 나란이 있는 곳으로 향했다.

돈후가 도착할 무렵 운은 등에 올라탄 나란을 팽개쳤다. 나란은 바닥에 처박히면서도 신음조차 내지 않았다. 운이 몸을 돌려 마당으로 나가려는 순간 돈후가 달려가 부지깽이로 머리를 내려쳤다. 운의 커다란 몸이 쿵 소리를 내며 엎어졌다.

나란이 짧은 새 돈후를 일별하더니 벌떡 일어나 무릎으로 운의 등을 찍어 눌렀다. 정신을 잃었는지 운은 움직임이 없었다. 돈후도 다가가 운의 뒷목을 감아쥐었다. 돈후와 나란은 몸을 한껏 낮춘 뒤 시선을 얽었다. 돈후가 고개를 끄덕이자 나란도 응답했다.

다행스럽게도 장작더미에 가려져 어둠 속의 은밀한 소란을 알아챈 병사는 없는 듯했다. 대신 김안의 것으로 짐작되는 목소리만이 어둠을 헤집고 건너왔다.

"평, 평장사 대감, 이, 이 무슨 짓이오? 대관절 무슨 죄목으로 이리 핍박하는 것이오?"

잠시 후 부식의 목소리가 들렸다.

"서경에서 묘청과 조광이 반란을 일으켰다."

"바, 반란이오? 그, 그것이 우, 우리와 무슨 상관이오?"

"서경에서 군사를 일으키고 네놈들은 개경에서 시역을 도모했으니 대죄를 받아 마땅하다."

"뭐, 뭐요? 시역? 아니, 우, 우리가 상을 죽이려 했단 말이오?"

"……."

"이보시오, 평장사 대감. 뭔가 잘못 아신 게요. 우, 우리는 지금 막 퇴청하여 약, 약주나 한잔하려던 참이오. 그런데 시역이라니요. 서경에서 반란을 일으켰는지도 지금 알았는데 어찌 시역을 도모했다 하시오."

"……."

"사, 상을 알현케 해주시오. 우리 결백은 상께서 잘 아시오. 불과 두, 두 시진 전에 뵙고 왔는데 시역이라니요. 상을 뵙고 명명백백 억울함을 밝히리다."

"상을 알현할 필요 없다. 네놈들 죄가 명백하니 이 자리에서 당장 참할 것이다."

나란이 흡 하고 숨을 들이마시는 소리가 들렸다. 그러고는 고개를 돌려 돈후를 쏘아보았다. 돈후는 눈을 질끈 감고 고개를 떨궜다. 나란의 눈빛이 칼이 되어 몸을 찔러댔다. 기어코 베시려는가. 정녕 전쟁을 하시려는가.

"죄를 밝히지 않고 참하는 것은 법에 맞지 않을뿐더러 도리에도 맞지 않소. 명색이 나라의 녹을 먹던 관리들이오. 시역의 혐의가 있다 해도 응당한 절차를 밟아주시오."

백수한의 목소리였다. 김안과 달리 차분했으나 그의 목소리에도 두려움이 묻어났다. 하지만 부식의 대꾸는 차가웠다.

"당장 역적들을 처단하라!"

김안은 곡을 하듯 큰 소리로 울어댔다. 백수한은 몇 번이고 재고하라 소리쳤다. 소란의 틈새로 정지상의 목소리가 들렸다.

"꼭 이렇게까지 하셔야겠습니까? 저야 대감과 구원(舊怨)이 있으니 이 자리에서 베시더라도 저들은 절차에 따라 처결해주십시오. 반란의 명분으로 천도를 내세웠다면 우리에게 죄가 없다 하지는 않겠습니다. 허나 시역을 도모할 위인들이 아님은 잘 아시지 않습니까. 이 몸은 달게 죽어 내자 곁으로 갈 것이니 저들만은 식솔에게 마지막 인사를 할 수 있도록 해주십시오."

정지상의 말이 채 끝나기도 전에 부식의 노기 띤 목소리가 울려 퍼졌다.

"뭐라? 달게 죽어 내자 곁으로 가겠다? 예나 지금이나 오만방자하기 짝이 없는 놈! 뭣들 하느냐, 당장 참하란 명이 들리지 않느냐?"

잠시 후 바람 가르는 소리와 함께 김안과 백수한의 비명이 대기를 찢었다. 지상의 목소리는 들리지 않았으나 단칼에 베여 바닥에 구르는 그의 머리가 보이는 듯했다. 돈후는 마치 자신이 핏물을 뒤집어쓰기라도 한 양 몸을 움츠렸다.

언제 깨어났는지 엎드린 운의 몸이 들썩거리고 있었다. 나란이 필사적으로 틀어막았으나 그의 입에서 억눌린 신음과 오열이 새어 나왔다. 이대로는 들킬 수밖에 없을 것이다. 결국 나란이 운의 혈을 눌러 기절시켰다.

염려대로 장작더미 건너편에서 움직임이 느껴졌다. 기척을 느낀 병사인 듯했다. 돈후는 조심스럽게 고개를 들어 정황을 살폈다. 그러다 익숙한 얼굴과 눈이 마주쳤다. 익환이었다.

익환은 놀라 커진 눈으로 돈후를 쳐다보았다. 뒤늦게 익환을 발견한 나란은 곧바로 싸울 태세를 취했다. 돈후는 팔을 뻗어 나란을 저지했다. 그러고는 익환을 향해 고개를 가로저었다.

'제발 물러나주시오.'

익환은 잠시간 돈후와 나란, 그리고 둘 아래에 깔린 운을 쳐다보았다. 병사 몇이 다가오는 소리가 들렸다. 돈후의 눈빛은 더욱 간절해졌다.

"이곳에는 아무것도 없다. 잘못 들은 것 같으니 돌아가라."

익환이 병사들을 앞세웠다. 그러고는 고개를 돌려 돈후를 보았다. 걱정을 담은 눈빛이다. 돈후가 고개를 끄덕이자 익환은 마지못한 듯 걸음을 옮겨 멀어져갔다.

"어서 빠져나가자. 담장 밖에 말을 대기시켜 놓았다."

돈후가 낮게 속삭이자 나란은 재빨리 기절한 운을 둘러멨다. 힘겨워 보였으나 씩씩하게 앞서나갔다. 약속한 장소로 다가가자 을지가 담장 위에 앉아 경계하며 기다리고 있었다. 돈후와 나란이 늘어진 운을 들어 올리고 을지가 받아 안았다. 담장을 넘은 뒤 셋이 용을 써가며 운을 적토에 실었다.

"멀지 않은 곳에 수하들이 묵는 초가가 있습니다. 그곳으로 가시지요."

나란은 돈후의 팔을 잡고 턱짓으로 을지를 가리켰다. 믿어도 되는지를 묻는 것이다.

"내 외숙부다. 믿을 만한 분이니 염려 마라."

나란의 눈이 커졌다. 하지만 이내 표정을 굳힌 뒤 을지를 따라갔다. 돈후는 잠시 서서 지상의 집을 바라보았다.

마침내 돌이킬 수 없는 전쟁이 시작되었다. 아버지는 대오의 맨 앞에서 전쟁을 지휘할 것이다. 이제 어찌할 것인가. 어찌해야 하는가. 돈후 자신도 결코 피할 수 없는 전쟁. 하지만 오늘 밤만큼은 마음이 이끄는 대로 할 것이다.

돈후는 망설임을 끊어내며 돌아섰다. 담장 저편에서 병사들의 기척이 느껴졌다. 돈후는 걷는 속도를 높여 나란과 을지를 뒤쫓기 시작했다.

을지가 안내한 초가는 추쇄꾼 노릇을 하던 흡수와 배달이 묵는 곳이었다. 대장장이였던 흡수와 국경의 궁수 출신이라는 배달은 사연을 알고 난 뒤부터 돈후에게도 우직한 충심을 보였다. 을지는 운을 방에 눕힌 뒤 수하들과 함께 물러나 경계를 섰다.

돈후와 나란은 방 안에 앉아 운이 깨어나기를 기다렸다. 운은 부지깽이로 맞은 곳이 찢어졌는지 머리는 피떡이 졌고 몸 여기저기에 붉은 멍이 들었다. 나란도 성한 곳이 없었다. 누더기처럼 뜯긴 옷에 피와 흙이 얼룩졌다.

나란은 벽에 기댄 채 고개를 숙이고 숨을 몰아쉬었다. 그의 거친 호흡에서 분노가 느껴졌다. 돈후 역시 맞은편 벽에 기대앉아 나란을 쳐다보았다. 숨이 진정되자 나란이 고개를 들고 물었다.

"어떻게 알고 왔냐?"

"저녁나절에 서경의 반란을 알리는 전령이 도성에 들어왔다. 그런데 궐로 가기 전에 아버지를 만났다더라. 아버지가 사병을 이끌고 남호 대감을 치려 하신다는 말을 듣고 달려왔다."

"네 아비는 왜 운이 아비를 죽인 것이냐?"

"남호 대감은 서경파의 핵심 인물이니까. 왜 그리 서둘러 베었느냐고 묻는다면, 나도 모른다."

나란의 숨이 다시 거칠어졌다. 제 머리를 손으로 마구 헝클어가며 흔들더니 후후 한숨을 내쉬었다. 돈후는 어두운 낯빛으로 나란이 하는 양을 지켜보았다.

얼마 후 운이 신음을 내며 꿈틀거렸다. 돈후와 나란은 재빨리 운에게 다가갔다. 미간을 찡그리고 용트림하던 운이 눈을 번쩍 떴다. 한눈에 돈후를 알아보고는 벌떡 일어나 멱살을 그러쥐더니 황소 같은 기세로 단숨에 쓰러뜨렸다.

운은 돈후의 가슴 위에 올라타 목을 졸랐다. 나란이 운을 껴안으며 저지했다. 돈후도 운의 손목을 잡고 떼어내려 했으나 역부족이었다. 무시무시한 운의 힘에 눌려 숨이 막혔다. 머릿속의 피는 터질 듯 팽창했고 운의 커다란 손은 돈후의 목을 부러뜨릴 듯 조여들었다.

뿌리치려는 손과 버둥거리던 다리에서 점점 힘이 빠져나갔다. 시야가 흐려지고 운의 분노한 눈동자가 아득하게 보이기 시작할 무렵 나란이 운의 가슴팍을 걷어찼다. 운의 몸이 튕겨나가더니 벽에 부딪힌 뒤 고꾸라졌다. 나란이 달려가 운을 결박하듯 껴안았다.

돈후는 가슴을 들썩이며 숨을 토해냈다. 가시 다발이 목구멍을 훑고 지나간 듯 통증이 느껴졌다. 참을 수 없는 기침이 이어졌다. 기침을 할 때마다 바닥에 이슬 같은 핏방울이 튀었다. 가까스로 기침이 잦아드니 좁고 네모난 방 안이 빙글빙글 돌았다. 마음 같아서는 벌떡 일어나고 싶은데 몸이 움직이지 않았다.

돈후가 숨과 정신을 되찾는 동안 쿵쿵 바닥 치는 소리와 함께 굵은 흐느낌이 방 안을 채웠다. 널브러진 채 고개를 돌려보니 운과 운을 감싸 안은 나란이 함께 울고 있었다. 그들의 오열이 커다란 바윗덩이가 되어 돈후의 가슴을 짓눌렀다. 돈후는 고개를 되돌려 멍하니 천장을 응시했다.

아비를 죽인 원수의 아들……. 그러고 보니 내가 운의 원수가 되었구나. 어젯밤까지만 해도 온요를 차지한 운이 나의 원수였는데, 그래서 꿈속에서 그를 죽이고 또 죽였는데, 깨어나 보니 내 아버지가 그의 아버지를 죽였다. 불과 여덟 달 전만 해도 존재조차 몰랐던 운. 그랬던 운과 짧은 새 억만 겁을 돌아도 풀어내기 어려운 업을 쌓고 말았다.

오열이 멈춘 뒤 칠흑보다 어두운 침묵이 내려앉았다. 돈후와 운, 나란은 약속이라도 한 듯 미동 없이 앉아있었다. 창호 너머는 여전히 캄캄했지만 어둠의 빛깔이 바뀌기 시작했다. 오래지 않아 날이 밝을 것이다.

운이 기댔던 벽에서 등을 떼고 정좌했다. 그러고는 굳은 눈빛으로 돈후를 보며 입을 열었다.

“기회를 주겠다. 지금 당장 나를 관에 넘겨라. 순순히 끌려가 역적의 아들로 죽어주겠다. 만약 내가 여기서 살아나간다면 나는 다시 돌아와 네 아비를 죽일 것이다. 지난밤 내 아비가 죽은 것과 똑같은 방법으로 네 아비를 죽일 것이다. 그러니 후회하고 싶지 않다면 당장 나를 관에 넘기든지 이 자리에서 죽여라.”

나란이 화들짝 놀라며 운의 어깨를 잡았다. 운은 흔들림 없이 돈후를 노려보았다. 돈후의 가슴에서도 용암이 끓기 시작했다. 운은 타오르는 돈후의 눈을 주시하며 소리를 질렀다.

"선택해! 지금 나를 죽일지, 네 아비를 잃은 뒤에 죽일지!"

돈후는 벌떡 몸을 일으켜 운의 멱살을 그러쥐었다.

"내가 복수나 하라고 역적의 아들놈을 구한 줄 아느냐? 네게 남은 것을 지키라 구한 것이다. 답해봐라! 네가 지켜야 할 것이 오직 아비뿐이냐?"

운의 눈동자가 미세하게 흔들렸다. 돈후는 운의 눈을 들여다보며 낮게 으르렁댔다.

"똑똑히 기억한다. 너는 네 아비나 집안과 연을 끊었다고 했었다. 스스로 연을 끊고 산채에 빌붙어 살겠다기에 구했다. 서경에서 반란이 일어났는데 운곡 스승님은 무사할 것 같으냐? 산채도, 칠현루도, 광덕도 모두 풍비박산이 날 것이다. 내가 고작 삼 일 만에 알아낸 것을 내 아비가 영영 모를 것 같으냐? 그들을 버리고 복수를 하겠다면 말리지 않겠다. 하지만 내 이것만은 약속하지. 복수를 하겠다고 덤벼들면 기꺼이 너를 죽여주마. 고지식한 네놈 목 따는 일이야 식은 죽 먹기보다 쉬울 테니까."

멱살을 죄었으나 운은 꼿꼿이 앉아 응대했다.

"네가 구했으니 내 목숨은 네게 주겠다. 하지만 네 아비의 목숨만은 내가 거둘 것이다. 그것은 변하지 않는다."

돈후의 숨이 거칠어지기 시작했다. 기어코 고집을 꺾지 않겠다는 것인가. 온요와 산채를 팽개치고 내 아버지를 죽이겠다고? 돈후의 눈이 불을 뿜기 시작하자 나란이 달려들어 둘을 벌려놓았다. 돈후와 운은 떨어진 뒤에도 죽일 듯 노려보았다. 나란이 돈후를 보며 말했다.

"도성을 빠져나가려면 어찌해야 하냐? 전령이 변란 소식을 전했다면 성문 방비도 심해졌을 텐데 빠져나갈 방법이 있겠냐?"

돈후는 답하지 않았다. 운도 기세를 죽이지 않았다. 나란이 소리를 질렀다.

"죽든지 죽이든지 네놈들 마음대로 해! 하지만 산채에 아직 사람들이 있다. 죽어가는 영감탱이도 있고 온요도 있단 말이다!"

온요라는 말에 팽팽했던 긴장이 흐트러졌다. 운이 입술을 깨물었다. 돈후는 천천히 시선을 돌려 나란을 쳐다보았다. 눈빛이 간절했다. 돈후는 나란의 눈길을 외면하며 문을 열었다. 을지가 달려왔다.

"이들을 도성 밖으로 빼내주십시오. 벌써 날이 밝고 있으니 저물기를 기다려야 할 것입니다. 빠져나갈 문은 제가 알아보겠습니다."

을지는 운과 나란을 흘긋 보더니 고개를 끄덕였다. 돈후는 방을 나섰다. 더 이상 운을 마주할 수 없었다. 복수를 운운하는 심정은 이해하지만 상대가 아버지임을 알면서도 살려주어야 하는지 확신이 서지 않았다. 댓돌을 밟고 신발을 꿰는데 나란이 따라 나와 어깨를 잡았다.

"고맙다."

돈후의 고개가 홱 돌아갔다. 고맙다고? 무엇이? 내 아버지가 운의 아버지를 죽인 것이? 운곡과 산채를 깨부술 일이? 나란의 표정은 굳어있었다. 입으로는 고맙다 말하지만 굳은 표피 아래 끓고 있는 분노가 고스란히 느껴졌다.

어차피 저들과는 적이 될 운명인가. 기실, 처음부터 동무가 될 수 없음을 알고 있었다. 그럼에도 일말이나마 마음을 열었던 것이 어리석었다.

돈후는 나란을 등진 채 말했다.

"운은 머리의 상처가 깊은 것 같다. 필요한 것이 있으면 외숙에게 부탁해라. 빠져나갈 문을 수배한 뒤 외숙을 통해 연락하겠다. 내가 할 수 있는 일은 여기까지다."

돈후는 나란을 뿌리치고 초가를 빠져나왔다. 골목 초입에서 흠수가 적토의 고삐를 잡고 기다리고 있었다. 적토 위로 훌쩍 뛰어올라 말머리를 돌리려는데 을지가 다가왔다.

"정말 저들을 살려보내도 되겠습니까?"

돈후는 초가 안쪽을 바라보았다. 가슴 깊은 곳에서 갈등이 일었으나 애써 눌러 갈무리했다. 그러고는 품에서 패를 꺼내 건넸다.

"곤란한 상황이 생기거든 내시부의 명을 받았다 하십시오. 아마도 저들은 도성을 빠져나가자마자 천마산으로 갈 겁니다. 배달과 발 빠른 자 몇을 붙여 뒤따르게 하십시오. 만약 저들이 천마산으로 가지 않거나 개경으로 되돌아온다면 즉시 알려주십시오. 죽일지 살릴지는 그때 결정하겠습니다. 산채의 상황, 특히 서경에서 본 여인의 행방은 놓치지 말아주십시오. 부탁드립니다."

을지가 물러서자마자 돈후는 적토의 배를 걷어찼다. 밤새 제대로 쉬지 못했음에도 적토는 힘을 내 달리기 시작했다. 동편 하늘이 부옇게 밝아오고 있었다.

온요

서경으로부터 반란 소식이 전해진 지 사흘이 흘렀다. 돈후는 그 밤 이후 부식을 제대로 대면하지 못했다. 부식은 정지상과 백수한, 김안 등을 참한 직후 궐에 들어가 임금에게 보고했다. 임금은 덜덜 떨면서도 공을 치하했다.

긴급회의가 소집되었다. 편전에서는 사흘째 재추•들이 모여 회의를 이어가고 있다. 부식은 선참후계 이후 조정을 완전히 장악했다. 사사건건 날을 세우던 윤언이마저 몸을 낮추고 입을 다물었다. 한때 서경의 주장에 동조했으니 불똥이 튈 것을 저어하는 것이다.

• 고려 시대 재부(宰府)에 속한 2품 이상의 재상(宰相)들과 중추원에 속한 고위 관료를 아울러 이르는 말.

조정의 각사는 긴장 속에서도 어수선했다. 내시부도 마찬가지였다. 지방에서 보내는 장계를 정리하여 보고하거나 회의를 지원하는 일 따위로 눈코 뜰 새 없이 바빴다. 돈후도 이틀 꼬박 번을 서듯 일했다. 피로가 몰려들었다. 반 시진 뒤에는 짬을 내 을지를 만나야 하고 전옥서•에도 가봐야 한다. 칠현루의 행수 해월이 그곳에 수감된다는 보고가 들어왔다.

부산한 내시부의 복도를 걸어가는 돈후의 귀에 수군거리는 목소리가 들렸다.

"시역을 핑계로 눈엣가시를 쳐낸 게지. 과거에 정지상이 평장사의 시를 고쳐 망신을 준 적이 있었다는군. 까마득히 옛날 일이라던데 그것을 마음에 두었다가 앙갚음을 하다니, 진짜 지독하지 않은가?"

"자네들도 정지상 꼴 나지 않으려거든 조심하게. 정지상이야 서경의 요인이니 목이 떨어져도 할 말은 없지만, 평소에도 평장사 대감 눈에 찍히면 그것으로 끝장이라네."

돈후는 멈추어 서서 소리 나는 쪽을 쳐다보았다. 청록색 하급 관복 차림을 한 몇이 하얗게 질렸다. 무리 중 한 명이 납작 엎드리자 나머지도 따라 엎드렸다. 관등 차이가 없음에도 덜덜 떨며 부복한 것은 돈후가 부식의 아들임을 아는 탓일 것이다. 돈후는 굳은 표정으로 지나쳐갔다.

• 죄수들을 관리하는 관청.

전대미문의 선참후계를 놓고 뒷말이 무성한 것은 당연한 일이다. 돈후도 아버지가 왜 그리 서둘러 지상을 제거했는지 이해하기 어렵다. 물론 아버지는 여느 개경 귀족처럼 권력욕이 강하고 재물을 좋아하는 사람이다. 혈통을 중시하고 집안을 아낀 나머지 때때로 사술을 쓰기도 한다. 그러나 저들 말처럼 시구 몇 줄 고친 일로 속좁은 앙갚음을 했을 리는 없다. 문(文)과 학(學)에 관한 한 누구보다 공정한 이가 아버지다. 적어도 유학의 범주 안에서라면 실력 있는 자를 인정하고 존중하며 배움을 청한다. 그것이 오늘날 대학자로서의 위상을 만든 원동력이다. 그렇게 믿고 있다.

궐문을 나서 전옥서로 길을 잡았다. 백 보나 걸었을까. 복면을 한 을지가 한 보 뒤에 따라붙었다. 서로 모르는 사이인 양 걷던 돈후는 눈길을 돌리지 않은 채 물었다.

“어찌 되었습니까?”

“정운을 수배하는 방까지 붙는 바람에 오늘 새벽에야 성문을 벗어났습니다. 조금 전에 소식이 왔는데 둘 모두 천마산으로 들어갔답니다. 주청루에서 다시 보고하겠습니다.”

을지는 걷는 속도를 높여 돈후 곁을 스쳐 지나갔다. 동시에 돈후의 손안에 내시부의 패가 들어왔다.

예상대로 운과 나란은 산채를 살피러 갔다. 아직 산채는 서경과 관련하여 드러난 혐의가 없으니 시간이 있을 것이다. 행운이 따른다면 아예 덮일 수도 있다. 다만 죽림과 칠현루는 묘청과 정지상의

잦은 회합으로 인해 혐의를 피하지 못했다. 광덕 역시 오래지 않아 드러날 것이나 행수를 비롯한 주요 일꾼들이 이미 자취를 감추었다는 보고를 받았다. 상단 행수가 사라졌다는 것은 운이 매우 좋았거나 서경과 내통하고 있었다는 뜻이리라.

오래지 않아 전옥서에 다다랐다. 궐 못지않게 경계가 삼엄했다. 천도를 주장하거나 거든 적이 있는 관리들이 고신을 당한 뒤 이곳으로 보내졌기 때문이다. 돈후가 패를 내보이자 초입을 지키던 관원이 관노를 불러 안내케 했다. 전옥서에서 일하는 동문에게 해월을 따로 심문할 수 있도록 청탁해두었다. 관노는 돈후를 후미진 방으로 이끌었다. 문을 지키던 병사 둘이 돈후를 향해 예를 갖추었다.

문을 열고 들어서자 능지가 되어 널브러진 해월이 보였다. 고신이 혹독했던 탓에 몰골이 말이 아니었다. 헝클어진 머리카락과 찢어진 비단옷에는 여기저기 핏물이 묻었고, 압슬이라도 당했는지 자세조차 가누지 못했다. 내로라하는 개경 귀족만 상대하던 사교계의 꽃이 하루아침에 시전 거리에서 동냥질하는 거지만도 못한 신세가 되었다.

돈후를 본 해월은 안간힘을 써가며 일어났다. 의자에 앉은 뒤에는 매무시도 만졌다. 곧 죽어질 운명이라도 꽃으로 보이고 싶은 것인가. 아니면 개경 최고의 기생으로서 최소한의 자존심은 지키고 싶은 것인가. 돈후는 섶에서 하얀 비단 수건을 꺼내 내밀었다. 해월은 피식 웃으며 수건을 건네받아 얼굴을 닦았다. 핏자국이 지고 퉁

퉁 부었지만 여전히 아름다웠다.

해월은 어떻게 운곡과 연을 맺게 된 걸까? 산채 사람들과 달리 해월은 도망자 신세가 아니었다. 조서를 살펴보니 파계한 중의 딸로 자라다 서경에서 기생이 되었고 십 년 전 개경으로 왔다고 한다. 모진 고신에도 입을 열지 않았다니 숨은 사연을 묻는다 해도 답하지 않을 것이다.

돈후는 최대한 예의를 갖추어 입을 열었다.

"당신은 역당의 모의 장소를 제공한 혐의를 받고 있으니 죽음을 면할 수 없을 것이오. 하지만 예서 지내는 동안만큼은 최대한 편의를 봐주라 하겠소. 지난날 내게 편히 쉴 공간을 마련해준 데 대한 보답이오."

해월은 답하지 않았다. 돈후는 잠시 해월을 쳐다보다 자리에서 일어났다. 어차피 취조코자 만난 것이 아니니 긴 대화를 할 생각은 없다. 해월의 당찬 기세를 보니 온요나 산채에 피해를 입힐 일은 없으리라는 확신이 들었다. 그것으로 충분했다. 방을 나서려는데 발목을 채듯 해월이 입을 열었다.

"공자님, 부친인 뇌천 대감이 왜 직접 남호 대감을 참살했는지 이유를 아십니까?"

돈후는 흠칫 굳었다.

"스무 해 전, 뇌천 대감이 연모하던 여인이 있었습니다. 서경에서 이름난 무관 집안의 영양이었지요. 개경 외가에 왔다가 팔관회 때

뇌천 대감의 눈에 띄었다고 합니다. 하지만 안타깝게도 뇌천 대감에게는 부인이 있었습니다. 비록 떠날 날 받아둔 병약한 부인이었지만 혼서를 넣을 처지는 아니었지요. 그래도 뇌천 대감은 마음을 접지 못하고 기다렸습니다. 부인이 졸한 뒤에 당당하게 청혼하려고 말입니다."

가슴이 울렁이기 시작했다. 돈후는 천천히 해월을 향해 돌아섰다. 해월은 돈후의 눈을 똑바로 쳐다보며 말을 이었다.

"사달은 여기서 시작되었습니다. 기다리던 뇌천 대감에게 청천벽력 같은 소식이 전해진 것입니다. 연모하던 여인이 서경의 촉망받는 젊은 공자와 혼인을 해버렸습니다. 뇌천 대감은 대노했습니다. 오죽했으면 송에 다녀오라는 폐하의 명을 받은 직후임에도 말을 달려 서경까지 찾아갔을까요. 뇌천 대감은 회임해 배부른 여인을 보고는 절망하여 돌아섰습니다. 그리고 연모하는 여인을 빼앗아간 그 젊은 공자의 이름을 똑똑히 기억하게 되었지요. 남호 정지상 대감을 말입니다."

목이라도 졸린 듯 숨이 막혔다. 돈후는 휘청거리지 않기 위해 안간힘을 썼다.

"더 흥미로운 일이 있습니다. 절망한 바로 그날, 뇌천 대감은 어린 기생 하나를 취했습니다. 연모하던 여인과 꼭 닮은 기생이었다 합니다. 오래 전 일이라 알아내는 데 애 좀 먹었습니다. 당시 일을 기억하는 퇴기가 그러더군요. 뇌천 대감이 취한 기생은 그날 이후

감쪽같이 사라졌다고……. 그런데 참 이상하지요? 뇌천 대감의 제일 부인이 하세하자마자 공자님이 태어난 겁니다."

해월은 빙그레 웃었다. 사악한 기운이 묻어났다. 돈후는 의자를 걷어찼다. 의자가 벽에 부딪혀 부서졌다. 성큼성큼 다가가 해월의 멱살을 쥐고 일으켜 세웠다. 해월은 버들처럼 힘없이 흔들렸다. 조금만 더 힘을 주면 단번에 목을 부러뜨릴 수 있을 것이다.

"홧김에 한 계집질로 태어나 부끄러우십니까? 뇌천도 그럴 것입니다. 오만하고 결벽이 강한 뇌천에게 유일한 오점은 공자님입니다. 아무리 감추고 잊으려 해도 감추어지지 않는 오점! 남호 대감은 바로 그 오점을 상기시키는 가시 같은 존재였지요. 그래서 죽인 겁니다."

돈후는 해월을 밀쳐냈다. 해월은 바닥에 고꾸라진 채 쿡쿡 웃어댔다. 늙고 교활한 여우 같으니! 품위 있는 척 우아하게 웃으며 뒤로는 독물을 준비하고 있었다. 당장 목을 졸라 죽이고 싶었지만 돈후는 이를 앙다물어가며 참고 물러났다.

"천한 기생이긴 하나 운곡 스승님의 그늘에 있었으니 예도는 알 것이라 기대했는데 몹시 실망스럽군. 그리 독물을 풀어놓으면 내가 미쳐 날뛰다 아버지의 등에 칼이라도 꽂을 줄 알았나? 저급한 간계까지 쓰는 이유가 무엇인가? 산채와 광덕을 보호하기 위해서? 아니면 연모하는 운곡 스승님의 목숨이나마 살려보려고?"

해월은 사색이 된 얼굴로 돈후를 쳐다보았다. 유유했던 눈동자가 심하게 흔들렸다. 역시 짐작이 맞았다.

"어차피 죽을 목숨이니 오늘의 망동은 잊어주겠다. 나란이 도성을 무사히 빠져나갔으니 운곡 스승님이나 산채 사람들의 목숨은 구할 수 있을 것이다. 그러면 당신도 편히 눈을 감을 수 있겠지."

돈후가 돌아서자 해월이 몸을 던지며 발목을 붙잡았다.

"용서해주십시오. 천한 기생년의 생각이 짧았습니다. 부디 운곡 스승님과 산채 사람들을 어여삐 봐주십시오. 하찮은 목숨일지언정 보존케 해주십시오. 다시는 허튼소릴랑 내뱉지 않겠습니다. 혀를 깨물어서라도 입을 다물 것입니다."

해월은 돈후의 발에 입을 맞추었다. 그러고는 서럽게 흐느꼈다. 돈후는 해월의 손을 걷어차고 담담한 표정으로 방을 나왔다. 하지만 전옥서를 빠져나오자마자 휘청거렸다. 돈후는 전옥서 담장에 손을 짚고 머리를 박았다.

아무리 이해하려 애를 써도 이해할 수 없었던 그것. 오늘에서야 비로소 알았다. 아들에 대한 염려만으로는 납득하기 어려웠던 이유. 아버지는 아들의 치부가 아니라 당신의 치부를 인정하고 싶지 않았던 것이다.

눌러두었던 분노가 터져 나왔다. 돈후는 전옥서 담벼락에 기대어 한동안 주먹질을 했다. 지나던 사람들이 힐끔거리며 돈후를 비켜 갔다.

을지의 초가에서부터 산채에 이르는 동안 운은 한마디도 하지 않았다. 북문 옆 건초 더미에 숨어 꼬박 하루를 견딜 때도, 사냥꾼 행세를 하며 송악을 넘을 때도, 천마산의 익숙한 산길에 접어들었을 때도 굳게 다문 입을 열지 않았다.

나란은 마치 날카로운 칼을 등에 지고 걷는 듯한 기분이 들었다. 아버지가 비명횡사하는 모습을 지켜본 심정이야 누구보다 나란이 잘 안다. 그리고 그 분노를 극복하기까지 얼마나 오랜 시간이 필요한지도 안다. 그래서 운이 걱정스럽다.

나란과 운은 눈 쌓인 산길을 몇 번이고 넘어져가며 걸어 올랐다. 혹시라도 관군이 있을까 저어되어 험한 길만 골라 오르다 보니 속도가 더뎠다. 몸과 마음이 무거운 데다 기척 없이 움직이느라 한여름처럼 땀이 줄줄 흘렀다.

마침내 산채의 오두막 일부가 눈에 들어왔다. 소음을 죽이며 걷던 나란은 앞뒤 잴 것 없이 뛰기 시작했다. 아무래도 너무 조용하다. 산채 식구들이 줄었다고는 해도 아예 인기척이 느껴지지 않는 것은 이상했다.

입구를 향해 달려가면서 한눈에 산채를 훑었다. 역시 사달이 났다. 중정의 정자 너머 구안정이, 운곡이 병든 몸을 누이던 토막이 온데간데없이 사라지고 시커먼 재만 둥그렇게 남아있었다. 가슴이 뛰다 못해 터져 버릴 것만 같았다. 나란은 경사진 길을 한달음에 뛰어 올라갔다. 운도 어깨를 나란히 하며 뛰어올랐다.

"아, 아, 아버지, 아버지!"

나란은 길게 오열하며 주저앉았다. 땅에 머리를 찧고 또 찧었다. 운도 나란 바로 옆에 무릎을 꿇었다.

나란은 울며불며 무릎걸음으로 잿더미를 향해 다가갔다. 손을 뻗어 재를 더듬고 숯덩이가 되어버린 나무기둥을 들어냈다. 뾰족한 돌에 손이 찢겨 피가 흘렀지만 아픔을 느낄 겨를이 없었다. 까맣고 하얀 재가 풀썩거리며 날렸다. 정신없이 잿더미를 파헤치는데 마침내 인골이 드러났다. 운곡이다. 나란은 운곡의 유골을 품에 안고 다시 길게 오열했다. 짐승의 울음 같은 나란의 곡성이 천마산 자락을 휘감았다.

운곡이 세상을 떠났다. 임안의 노예 시장에서 자신을 구해 새 삶을 주고 아버지가 되어준 사람. 야생마처럼 치받으며 날뛰는 나란에게 사람으로 사는 법을 가르쳐준 스승. 더할 수 없는 은혜를 받았음에도 임종조차 지키지 못했다.

나란은 울고 또 울었다. 입을 닫고 내내 침묵하던 운도 함께 울었다. 산채를 품은 천마산은 바람 한 자락 일으키지 않았다. 그저 두 사내의 울음소리만이 대기를 흔들었다.

산채에 짙은 그림자가 어둑어둑 깔리기 시작했다. 넋이 나간 채 망연히 앉아있던 나란은 퍼뜩 정신을 차리고 주위를 둘러보았다.

산채는 텅 비었다. 다른 오두막은 멀쩡한데 운곡의 토막만 불탔다는 것은 장례를 치렀다는 뜻이다. 평소 자신이 세상을 떠나면 토막과 함께 불태우라던 것이 운곡의 유언이었다. 하지만 유골이 수습되지 않은 채 잿더미 속에 있다는 것은 장례를 끝마치지 못했다는 뜻이기도 하다. 오두막 여기저기에 부서진 집기가 널린 것을 보면 누군가 산채를 뒤진 것인데 핏자국이나 보따리 하나 남아있지 않다. 필경 장례 중에 급습이 있었고 그래서 서둘러 떠나느라 수습하지 못했을 것이다.

운이 돈후와 다툰 이후 처음으로 입을 열었다.

"서경으로 갔을까?"

아마도 그럴 것이다. 아니, 그래야 한다. 혹시라도 변고가 일어나면 산채 식구들은 서경을 거쳐 용문산으로 가기로 되어있다. 온요와 혜강 아재가 있으니 길을 잡기에 어려움은 없을 것이다. 다만 반란 중이라 경계가 삼엄하고 아낙과 아이가 대부분이라 걸음이 더딜 것이다. 지금으로서는 길을 어찌 잡았는지 알 수 없으니 지름길로 앞질러간 뒤 서경 길목에서 기다리는 편이 나을 것이다.

나란은 수습한 유골을 들고 일어났다.

"우선 장례부터 마치고 서경으로 가자."

나란은 운과 함께 오두막을 일일이 살폈다. 급히 떠났는지 세간 대부분이 그대로 남아있었으나 옷가지나 말린 식량은 보이지 않았다. 용케 몸을 피하고 길 떠날 채비도 갖춘 듯하여 그나마 다행이었다.

확인을 마친 나란은 게르에 들러 활과 단도, 작은 절구 등을 챙긴 뒤 토굴로 향했다. 급습 이후 지켜보는 눈이 있을지도 모른다. 다시 침범해올 수도 있다. 몸을 숨겨야 했다. 토굴에 숨어 유골을 가루 내고 뿌린 뒤 제까지 올리려면 겨울밤도 짧을 것이다.

토굴 속에서 불을 피웠다. 불빛과 연기로 인해 노출될 위험이 있었지만 추위를 피하려면 어쩔 수 없었다. 나란이 부싯돌을 쳐 불을 피우는 동안 운은 큰 가지들을 가져와 입구를 가렸다. 모닥불이 토굴 안의 공기를 데우기 시작했다.

나란은 불 옆에서 유골을 찧었다. 절구 안에 눈물이 뚝뚝 떨어졌다. 운은 벽에 기대앉아 그 모습을 지켜보았다. 잘게 부서진 유골이 눈물과 섞여 하얀 모래로 변했다.

일을 마치고서야 나란은 운이 제 아비의 시신조차 수습하지 못했음을 깨달았다. 고개를 들어 운을 보았다. 잠이 들었는지 눈을 감고 있다. 나란과 돈후에게 맞아 깨지고 부은 얼굴이 모닥불 빛에 흔들렸다.

남호 대감의 시신은 어떻게 되었을까. 목은 장대에 꿰어 저자에 내걸리고 몸뚱이는 산짐승 밥으로 던져졌을까. 남호 대감은 반란의 요인으로 지목되었으니 장례는커녕 시신 수습도 어려울 것이다. 운의 심중을 헤아리자니 가슴이 먹먹해졌다.

나란은 일어나 토굴을 나왔다. 새카만 하늘에 별 무리가 강을 이루며 빛났다. 초원만큼 너르진 않지만 깊어서 뭉클한 고려의 밤하늘. 천마산에서 보는 저 하늘도 오늘이 마지막이다. 운곡이 이곳에서 만들어준 삶이 다했으니 이제는 새로운 하늘 아래서 다시 만들어야 한다. 과연 운곡 없이 잘해낼 수 있을지 자신이 없다.

길게 한숨을 내뱉는데 어두운 숲 저편에서 기척이 감지되었다. 딱 사람 키 높이의 나뭇가지가 흔들렸다. 돈후가 붙여 보낸 자일 것이다. 개경에서부터 수십여 장 거리를 유지하며 뒤따라왔다. 쫓는 솜씨로 보아 전문 추쇄꾼이다. 을지는 혜강을 쫓았다던 대장 추쇄꾼이 분명했다. 이해할 수 없는 것은 돈후가 그를 외숙이라 소개한 점이다. 난리 때문에 경황이 없어 자세히 묻지 못해 아쉽지만, 돈후도 이래저래 굴곡이 많은 녀석임이 분명하다. 아비에게 복수하겠다 설쳐댄 운을 구해준 것은 역시, 온요 때문인 건가.

온요는 지금 어디에 있을까. 한겨울에 여럿을 이끌고 험한 길을 떠났으니 고생이 이만저만이 아닐 것이다. 동상 걸린 발로 제대로 걷기나 하는지 모르겠다. 보나 마나 아프다 소리 한 번 못한 채 바보처럼 끙끙 앓고 있겠지. 아플 때 아프더라도 따뜻하게 쉴 곳이나 있었으면 좋겠다.

"이제 내가 번을 설 테니 들어가 눈 좀 붙여라."

운이 토굴 밖으로 나왔다.

"번은 설 필요 없다. 이 추위에 숲 속에서 대신 번을 서주는 놈이 있으니."

운은 어둠에 잠긴 숲으로 시선을 옮겼다. 흘긋 보니 눈빛에 파랗게 날이 선 것이 매섭기 그지없다. 정직하면서도 따뜻한 눈을 가졌던 운. 그런 운의 눈빛이 달라진 것이 마음에 걸린다. 당장 복수하겠다 덤비지 않고 산채로 온 것은 다행이지만 앞날이 걱정스럽다. 과연 운은 예의 다짐대로 산채의 일원이 되고자 할까. 복수는 잊고 온요의 사내로 사는 것에 만족할까. 확신하기 어렵다.

"더 있다가는 얼어 죽겠다. 그만 들어가자."

나란은 숲을 노려보는 운의 팔을 당겨 이끌었다. 돌부처처럼 꼼짝 않던 운이 몸을 돌려 토굴로 들어갔다. 여전히 눈에는 날이 바짝 서있었다.

땅거미가 지기 시작할 무렵, 어지럽게 쌓인 문서를 분류하던 돈후는 눈을 의심했다. 구안정! 분명 구안정이라 쓰여있다.

돈후는 반란 상황을 보고한 문서를 모두 내시부로 들이게 하고는 일일이 점검하고 있었다. 지방관들이 올린 장계뿐 아니라 각 부서의 조사 내용을 전하는 쪽지에 이르기까지 수백 장에 달했다. 양은 많으나 대부분은 의미 없는 것들이었다. 돈후 손에 들린 것 역시 특별한 내용은 없었다. 그러나 구안정이라는 글귀만큼은 허투루 넘길 수 없었다.

문서의 출처를 보니 어사대였다. 돈후는 벌떡 일어나 어사대로 달려갔다. 문서를 작성한 자를 수소문했으나 제대로 아는 이가 없었다. 신경질적으로 소리쳐 작성자를 찾아내라 닦달했다. 어사대 앞에서 초조하게 기다리는데 한 관원이 뚱한 얼굴로 나왔다.

"나를 찾으셨다 들었소. 어인 일이오?"

"구안정이라는 곳을 조사했다고 보고했던데, 자세한 내용을 알고 계시오?"

돈후는 다짜고짜 문서를 내밀며 물었다. 어리둥절하던 관원이 문서를 확인하고는 알겠다는 듯 고개를 끄덕였다.

"구안정은 병자들이 요양하는 곳이오. 의심할 만한 곳이 아닌데 평장사 대감의 사병들이 조사했다기에 보고한 것이오. 안에서 듣기로, 평장사 대감의 장자시라던데 모르고 있었소?"

돈후의 입이 벌어졌다. 아버지가 산채에 사병을 보냈다고? 경악한 돈후와 달리 관원은 시큰둥하게 말을 이었다.

"뭐, 별 소득은 없었던 것 같소. 그새 변란 소식을 듣고 피난을 갔는지 텅 비었다고 했소. 너도나도 피난을 위해 개경으로 몰려드는 시국이니 아마 그들도 입경했을 거요."

단단하게 조였던 빗장이 단번에 풀어졌다. 용케도 피한 모양이다.

"그나저나 그 쪽지는 필담처럼 전한 것인데 내시부에서 그런 것까지 살피시오?"

관원이 언짢은 표정을 지었다. 감찰은 본디 어사대 소관이니 침해받았다 여겼을 것이다. 하지만 돈후는 그의 심중까지 살필 겨를은 없었다. 서둘러 고맙다 인사하고 돌아섰다.

아버지는 지금 궐에서 살다시피 하고 있다. 서경에 사신을 보내는 일로 논쟁이 뜨거워 여유가 없을 텐데 사병을 별도로 움직이다니, 아버지의 치밀함에 간담이 서늘해진다. 그나마 다행인 것은 산채 사람들이 온전하다는 사실이다. 어찌 알고 대처했는지는 몰라도 천만다행이다. 족쇄가 풀린 듯 돈후의 마음도 가벼워졌다.

이제 인정의 도리는 끝났다. 국경의 후미진 산골로 도망쳐 다시금 피안을 짓고 살든 말든 그들이 알아서 할 일이다.

궐의 높은 담장 너머로 해가 떨어졌다. 새삼 피로가 밀려왔다. 돈후는 내시부에 들러 퇴청을 고하고 궐을 나왔다. 오늘 밤은 술 한잔 걸치고 못 잔 잠이나 실컷 자야겠다. 을지도 보고를 위해 기다리고 있을 것이다.

주청루에 이르자 대문 앞에서 기다리던 을지가 다가왔다. 돈후는 별채로 걸음을 옮기며 보고를 들었다.

"두 사람이 도착했을 때 산채는 비어있었답니다. 별다른 이상 징후가 없는 것으로 보아 피난한 것 같다 했습니다. 두 사람이 서경 쪽으로 길을 잡는 것까지 확인했습니다. 그런데…… 누군가 죽은 것 같답니다."

댓돌 위에서 신발을 벗으려던 돈후는 멈칫 서서 돌아보았다.

"중앙의 오두막 한 채가 불에 탔는지 재만 남아있었는데, 그곳에서 인골을 꺼내 장례를 치르고 떠났답니다."

인골? 운곡이구나. 운곡이 하세한 것이다. 예상은 했으나 갑작스럽다. 거하던 토막을 가리켜 무덤이라 칭하던 운곡의 모습이 떠올랐다. 평소 당신이 소망하던 대로 구안정에서 죽음을 맞이한 것인가. 온요와 나란의 슬픔이 말할 수 없이 크겠군. 산채 사람들 역시 든든한 울타리를 잃었으니 한동안 어려운 나날을 보내야 할 것이다.

"주안상 좀 들여주십시오. 오늘은 좀 마시고 자야겠습니다."

돈후는 한숨 쉬듯 이르고 방에 들었다. 방은 휑뎅그렁했다. 기생의 몸에서 태어난 천출에게 맞춤한 공간이라 마음만은 편했던 곳. 애달게 만들던 연을 끊어낸 탓인지 가뜩이나 적요한 방이 황막한 벌처럼 느껴졌다. 돈후는 관복을 아무렇게나 벗어던지고 아랫목에 벌렁 누웠다. 을지가 미리 살펴뒀는지 바닥은 따끈했다.

주청루는 돈후의 것이다. 재산 일부를 처분해 싸구려 청루를 매입한 뒤 을지에게 은밀히 운영하도록 맡겼다. 더러운 재물이라도 긁어모아 온요와 산채를 도우려던 것인데 그마저도 소용이 다했다. 쓸모가 없어졌으니 이제는 다시 팔아 없애야 할까.

오래지 않아 주안상이 들어왔다. 기생들이 흘끔거리며 추파를 던졌으나 모두 내쫓았다. 돈후는 홀로 앉아 빈 잔에 술을 채운 뒤 높이 들고 중얼거렸다.

"부디 편히 쉬십시오."

돈후가 만난 단 한 사람의 선인. 운곡의 명복을 빌며 술을 마셨다. 입안에 달짝지근한 곡주 향이 감돌았다. 운곡은 맛을 느낄 수 있음이 곧 질서라 했다. 그러고 보니 이제까지는 술을 마셔도 맛이나 향을 느끼지 못했던 것 같다. 그저 취하기 위해 마셨고 취하지 않아 더 마셨을 뿐이다. 김빠진 웃음이 흘러나왔다. 이제야 질서를 알아가고 있음인가. 돈후는 빈 잔에 다시 술을 채웠다.

"도련님, 큰일 났습니다요."

벌컥 문이 열리고 삼복이 뛰어들었다. 퇴청 길에 보이지 않더니 이제야 나타났다. 그런데 문밖에서 고하지도 않고 망아지처럼 뛰어든 품새가 몹시 급해 보였다. 유씨 부인이 드디어 만만한 혼처를 찾아낸 것인가. 돈후는 술을 목구멍에 털어 넣은 뒤 빙글빙글 잔을 돌리며 심드렁하게 물었다.

"반란보다 더한 큰일도 있다더냐?"

"저, 그것이……."

삼복이 어쩔 줄 몰라 하며 솥뚜껑 같은 손으로 얼굴을 썩썩 비비댔다.

"집에…… 온요 아가씨와 병이가 와있습니다요."

술잔을 돌리던 손이 멈추었다. 돈후는 눈을 껌뻑이며 삼복을 쳐다보았다. 저놈이 지금 무슨 소리를 하는가. 서경으로 떠났을 온요가 집에 와있다고?

"저녁나절에 대감마님께서 직접 데려오셨다 합니다요."

아버지가 온요를 집으로 데려왔다? 사병들이 산채를 조사했다던 보고가 생각났다. 돈후는 술잔을 내던지고 벌떡 일어났다. 별채를 나와 마당을 가로지르는데 을지가 다가섰다. 하지만 쳐다보지 않고 지나쳐 대문을 넘었다.

미친 듯이 달렸다. 뒤에서 삼복이 돈후를 부르며 뒤쫓았다. 찬바람이 얇은 저고리 속을 후비며 파고들었지만 느끼지 못했다. 돈후와 삼복이 내는 발소리에 담장 너머에서 컹컹 개가 짖어댔다.

산채 사람들과 함께 떠난 것이 아니었나. 아버지의 사병이 산채를 덮쳐 급했다고 해도 운곡의 시신을 화장까지 했다지 않았나. 운과 나란이 한발 늦었으나 곧 합류할 것이라 생각했는데, 어디에서 틀어진 것인가.

"당장 열어라!"

굳게 닫힌 대문을 두드리며 소리를 질렀다. 반응이 없자 발로 쾅쾅 쳐댔다. 잠시 후 놀란 종복이 달려와 대문을 열었다. 돈후는 뛰어들며 두리번거렸다.

"어디에 있느냐?"

대문을 열어준 종복을 다그치니 곳간 쪽을 가리켰다. 종복들이 하나둘 뛰어나와 지켜보았다. 돈후는 곳간을 향해 내처 달려갔다.

곡식과 고기, 옷감 등을 보관하는 곳간으로 쓰이는 또 다른 별채.

세간에서 쑥덕이듯 쌀과 고기가 썩어나가도록 쌓여있는 곳이다. 곳간에 딸린 곁방 중 한 곳의 창호에 계집과 아이의 것으로 보이는 자그마한 그림자가 어른거렸다. 댓돌 위에는 낡은 짚신 두 켤레가 가지런히 놓여있었다. 돈후는 덜덜 떨리는 손으로 문을 열어젖혔다.

온요였다.

온요가 병을 껴안고 웅크린 채 앉아있었다.

눈으로 보면서도 믿어지지 않았다. 가슴만은 찌르르 통증을 일으키며 반응했다. 온요다. 분명 온요가 맞다. 온요 곁에 앉았던 병이 달려 나와 돈후를 끌어안고 울음을 터뜨렸다.

"공자님, 어르신께서 돌아가셨어요. 그리고 병사들이 누나와 저를 막 끌고 왔어요."

병은 돈후의 허리춤에 얼굴을 묻고 엉엉 울었다. 돈후는 장대처럼 서서 아무 말도 하지 못했다. 온요는 검댕이 묻은 얼굴로 돈후를 쳐다보기만 했다. 반가워서일까. 아니면 두려워서일까. 퀭한 그녀의 눈에 눈물이 차기 시작하더니 뺨 위로 선을 그으며 떨어졌다.

삼복이 다가와 병을 떼어낸 뒤 품에 안고 달랬다. 병은 삼복 품에 안겨서도 울음을 그치지 않았다. 땅벌 같은 병의 울음소리가 곳간 마당을 가득 채웠다. 돈후는 온요에게서 눈을 떼지 않은 채 한 걸음 물러났다.

대관절 무슨 속셈이신가. 반란 혐의를 내세워 붙잡았다면 해월처럼 전옥서에 갇혀있어야 말이 된다. 그런데 집으로 데려왔다. 집에 데려와 갓 들인 노비를 임시로 재우는 곁방에 두다니…….

돈후는 몸을 돌려 사랑을 향해 뛰었다. 중정 마당을 내달린 뒤 사랑으로 난 중문을 넘었다. 고할 겨를도 없이 대청에 올라 문부터 벌컥 열어젖혔다. 대화를 나누던 부식과 익환의 눈길이 동시에 돈후를 향했다.

문지방을 넘으려던 돈후는 우뚝 멈추어 섰다. 부식과 익환 옆에 시립한 사내가 눈에 들어왔다. 사내는 돈후를 쳐다보고는 겸연쩍은 표정을 지으며 고개를 숙였다. 산채에서 혀를 잘린 채 쫓겨났던 신도, 그 자였다.

저놈이 온요와 산채를 팔아넘겼구나!

돈후는 한달음에 다가가 신도의 멱살을 움켜쥐었다. 신도는 당황하며 신음을 냈다. 놀란 익환이 돈후의 손을 뜯어냈다. 다시 덤벼들려 하자 아예 신도를 데리고 방을 나갔다. 씩씩거리던 돈후는 고개를 돌려 부식을 보았다.

“역시 계집을 데려다 놓으니 집에 들어오는구나.”

부식은 턱짓으로 맞은편을 가리켰다.

"쳐다보기 목 아프니 앉아라."

돈후는 순순히 앉았다. 하지만 눈길에 세운 날만큼은 거두지 않았다.

"어찌 된 일입니까?"

부식은 돈후의 차림새를 훑어보며 말했다.

"꼴이 엉망이구나. 그런 차림으로 시전 거리를 달려온 것이냐?"

"어찌 된 일인지 여쭙고 있습니다."

"운곡이 산골에 들어앉아 엉뚱한 짓을 하고 있었더구나. 도망 노비를 모아놓고 왕 노릇을 하고 있었어. 너도 익히 아는 사실 아니냐. 알면서도 계집 때문에 눈감아준 것이겠지. 운곡이 죽어 왕 놀음이 끝났으니 데려왔다. 다른 놈들은 도망쳤으나 쫓으라 하지는 않았다. 계집 신변을 조용히 처리하려면 그편이 나을 것이다. 괜스레 그놈들을 잡아들여 봐야 일만 복잡해지겠지."

"제 계집은 제가 구하겠다 말씀드리지 않았습니까."

"구하는 게 아니라 놔주려 한 것이 아니냐?"

"구하든 놔주든 제가 알아서 할 문제입니다."

"네 호적에 올리라 했다. 첩으로 삼든 노비로 삼든 네가 알아서 하여라."

"아버지!"

돈후가 소리치자 부식의 표정이 굳어졌다. 눈에는 화가 서리기 시작했다.

"못난 놈! 권력이든 계집이든 가지고 싶은 것이 있으면 갖고 취하고 싶으면 취해라. 네 뿌리만 잊지 않으면 된다. 너는 내 아들이야. 천 년 왕조의 피가 흐르는 고귀한 혈통이란 말이다. 장차 이 나라를 이끌어갈 수 있도록 실력을 키우는 데 매진해야지 언제까지 투정만 부릴 테냐?"

"고귀한 혈통이라 하셨습니까? 저처럼 더럽고 천한 피가 섞여도 고귀하다 할 수 있습니까?"

"밭은 중요치 않다. 네가 내 피를 물려받은 내 씨앗인 것이 중요하지."

"그래서 연모하던 여인 빼앗기고 홧김에 저를 보셨습니까?"

부식이 파랗게 부릅뜬 눈으로 돈후를 쳐다보았다. 순간, 손을 뻗어 벼루를 잡더니 부들부들 떨었다.

언젠가 벼루에 맞아 깨졌던 이마에서 욱신거리는 통증이 느껴졌다. 그때와 달라진 것이 있다면 더 이상 아버지의 사랑에 대한 죄책감이 느껴지지 않는다는 사실이다. 아버지가 하는 모든 일은 아버지 자신을 위한 것이다. 아들에게 지극한 사랑을 보인 것도, 아들의 치부를 끝까지 감추려는 것도 모두 결벽이 발로한 몸부림일 뿐이다. 돈후도 분노를 담아 부식을 마주보았다.

부식의 손에서 떨림이 사라졌다. 벼루를 매만져 제자리에 두더니 건조하게 물었다.

"계집을 원하지 않는다는 뜻이냐? 반란 가담 여부를 파헤쳐 역당으로 처결해주랴? 네가 원한다면 도망 노비들까지 모두 추쇄하여 잡아들이라 하겠다."

돈후는 몸이 고꾸라지려는 것을 손으로 상을 짚어 간신히 지탱했다. 온요를 역당으로 처리한다고? 몽둥이로 으스러지도록 때리고 달군 쇠붙이에 살을 지지다 해월처럼 목을 잘라 저자에 내건다고? 생각만 해도 정신이 아득해진다. 돈후는 고개를 떨궜다.

"물러가라. 계집은 네 몫이니 알아서 처리하여라."

입도 벙긋 못한 채 앉아있던 돈후는 천천히 일어났다. 열패감에 눈물까지 보일 수는 없다. 지금 아버지를 자극해서는 안 된다. 지상과의 악연에 대해 알고 있음을 드러낸 것도 경솔했다. 아버지 발끝에도 미치지 못하면서 늘 어리석은 방법으로 저항하다 주저앉는 자신에게 모멸감이 느껴졌다.

문을 열고 사랑을 나서는 돈후를 향해 부식이 일갈했다.

"집에 돌아온 것으로 알겠다."

사랑채 마당에는 아무도 보이지 않았다. 대화가 새지 않도록 익환이 주변을 비운 듯했다.

돈후는 어깨를 늘어뜨린 채 터덜터덜 걸었다. 저도 모르게 발길이 곳간 쪽으로 향했다. 마당을 서성이던 곳간지기가 눈치를 보며 빠져나갔다. 그에게도 익환의 언질이 있었나 보다.

곳간은 어둠에 잠긴 숲처럼 고요했다. 돈후는 작은 평상 위에 걸터앉아 노란빛이 새어 나오는 곁방을 바라보았다.

창호에 온요의 검은 그림자가 어렸다. 병은 삼복이 데려갔는지 온요 혼자다. 잠시 후 동그랗게 웅크렸던 온요의 그림자가 제 모습을 드러냈다. 동그란 이마와 오뚝한 코, 다물린 입, 훔치듯 보았던 가늘고 긴 목이 붓으로 이어 그린 듯 고왔다. 꿈에서나 볼 수 있었던 모습. 매일 밤 저 모습을 쫓아 저승 강 같은 심연에 빠져 허우적거렸다.

너는 왜 떠나지 못한 것이냐. 살을 베어내는 고통을 참고 애써 보내주었건만 어이 돌아와 나를 흔드는 것이냐. 내가 어찌해야 하느냐. 또다시 너를 떠나보내야 하느냐. 또다시 끔찍한 이별의 아픔을 견뎌내야 한단 말이냐.

가슴이 뜨겁게 이지러지더니 울컥 목울음이 올라왔다. 돈후는 평상에서 벌떡 일어났다. 디딘 발에 힘을 주고 어깨를 폈다. 치솟은 울음은 눌러 밟듯 삼켜버렸다.

떠나보내지 않겠다. 보내주었으나 가지 못한 것은 너다. 네가 선택한 사내의 목숨을 구해 보내주기까지 했는데, 네가 내 품에 찾아든 것이다. 그것이 네 뜻이 아니라도 상관없다. 나는 너를 내 품에 가둘 것이다. 단단히 가둬 아무도 넘보지 못하게 할 것이다. 지금 이 순간부터 너는 내 것이다.

돈후는 굳은 얼굴로 곳간 마당을 빠져나왔다.

거래

금상 재위 십삼 년 정월.• 분사시랑 조광과 병부상서 유참이 묘청과 더불어 서경에서 군사를 일으켰다. 그들은 조정에서 파견한 관리들을 모조리 잡아 죽인 뒤 새로운 나라를 천명했다. 국호는 대위, 연호는 천개, 군대는 천견충의군이라 했다.

전령을 통해 서경에서 건국을 표방한 사실이 전해지자 궐은 술렁였다. 더러는 분노해 사자후를 토해냈지만 대개는 당황한 표정이었다. 천도가 좌절되었다고 나라를 쪼갤 줄은 미처 몰랐던 것이다. 누구보다 당황한 것은 임금이었다. 내내 서경과 끈을 이어온 임금

• 1135년 1월.

도 예상치 못한 일인 듯했다. 격론을 벌이던 조정은 일단 사신단을 파견하기로 공론을 모았다. 아직까지 출병했다는 말은 전해지지 않았으니 진정으로 반란을 꾀한 것이 맞는지부터 파악하기로 한 것이다.

궐 안 사정은 급박하게 돌아갔지만 돈후의 신경은 온통 집을 향해 있었다. 온요가 부식의 사병에게 붙잡혀 집에 온 지 사흘이 흘렀다. 돈후는 온요와 거리를 두고 다가가지 않았다. 운곡의 하세로 넋이 나간 그녀에게는 마음과 몸을 추스를 시간이 필요할 것이다.

산채 사정은 병을 통해 들었다. 운곡의 숨이 다할 무렵 낯선 병사들이 천마산 초입에 모습을 드러냈다. 위급한 상황임을 직감한 혜강은 산채 사람들을 이끌고 천마산 근처 폐가로 몸을 숨겼다. 때마침 운곡의 상태가 극도로 나빠져 온요 홀로 남아 임종을 지켰다.

혜강이 온요를 데리러 산채에 돌아왔을 때는 이미 병사들이 산채를 장악한 뒤였다. 병은 혜강을 몰래 뒤따라왔다가 온요와 함께 병사들에게 사로잡혔다. 그리고 운곡의 유골을 수습하지 못한 채 개경으로 끌려왔다. 병이 끅끅 울음을 삼키며 이야기하는 동안 돈후는 직접 본 듯 상황을 그릴 수 있었다.

멀리서 유시를 알리는 북소리가 들렸다. 돈후는 기다렸다는 듯 자리에서 일어났다. 비상시국이었지만 아랑곳하지 않고 내시장에게 퇴청을 고한 뒤 궐을 나섰다. 내시부 관원들이 일제히 황당해하는 얼굴로 돈후를 쳐다보았다.

돈후는 겅중겅중 내달렸다. 걷는 게 아니라 날아가는 듯한 기분마저 들었다. 말 한마디 건네지 못했지만 온요가 지척에 있어 설렜다. 문밖에서 그녀의 그림자만 쳐다보며 밤을 지새워도 외롭지 않았다.

돈후는 집 대문을 넘자마자 마당에서 큰 소리로 귀가를 알리고 곧장 별채로 향했다. 등청하면서 온요의 처소를 서재로 옮기라 명해놓았으니 지금쯤 온요는 별채에 있으리라. 훌쩍 뛰어 대청에 올랐다.

무어라 인사를 건네야 할까. 서재의 침상이 좁아 불편한지부터 물어야 할까. 아니다. 그저 편히 지내라 당부함이 자연스러울 것이다. 돈후는 잠긴 목을 가다듬어 기척을 냈다.

"안에 계시오?"

기척을 냈으나 답이 없었다. 곤하여 잠들었나 싶어 조심스럽게 서재 문을 열었다. 그런데 어찌 된 일일까. 서재는 텅 비어있다. 그저 빈 것이 아니라 들어온 흔적조차 없다. 가슴이 내려앉았다. 그새 도망이라도 친 것인가. 돈후는 흙빛이 된 얼굴로 서재를 나오다 놀라 멈추었다. 대청 아래에 온요가 서서 돈후를 보고 있었다.

"퇴청하시길 기다렸습니다. 잠시 뵈어도 될는지요."

민망해진 돈후는 쭈뼛거리며 답했다.

"들어오시오."

온요는 돈후가 권한 자리에 다소곳하게 앉았다. 마주 앉으니 다시금 가슴이 뛰었다. 초점 없이 잿빛으로 가라앉았던 온요의 눈에는 총기가 돌아왔다. 단정하게 묶은 머리와 그을음을 씻어낸 말간 얼굴이 어찌나 고운지 눈이 시렸다. 돈후는 넋을 빼앗긴 듯 바라보았다.

그런데 퇴청을 기다렸다던 온요는 정작 돈후를 앞에 두고서는 말이 없었다. 침묵이 길어졌다. 돈후는 마른침을 삼켰다.

저렇듯 망설이는 것은 꺼내기 힘든 말이라는 뜻이다. 그렇다면…… 돌아가고 싶다 하겠군. 하지만 안 된다. 하늘이 쪼개져 세상이 운을 다한다 해도 그것만은 용납할 수 없다.

"저와 병이를 산채 식구들에게 보내주세요."

예상했던 말이 튀어나왔다. 돈후는 표정을 내보이지 않았다.

"천마산 근처에서 산채 식구들이 저와 병이를 기다리고 있어요. 저희가 가지 않으면 한 발자국도 움직이지 않을 거예요. 급히 피신하느라 식량도 변변치 않을 테니 한시가 급해요."

온요의 목소리에 간절함이 더해졌다.

"삼복으로부터 공자님이 나란과 운 도련님을 구해 성 밖으로 빼내주셨다고 들었어요. 덕분에 아버지의 장례를 치렀다는 것도요. 거듭 청하기 염치없으나 우리가 돌아갈 수 있도록 부디 은혜를 베풀어주세요."

돌아가고 싶어 할 줄은 알고 있었다. 산채는 온요에게 안온한 집이고 피붙이 같은 이들이 있는 곳이니까. 하지만 그녀의 입에서 운의 이름을 듣는 순간 뜨거운 것이 치밀었다. 산채로 보내달라는 것은 결국 운의 곁으로 가겠다는 것이다. 돈후의 품에서 벗어나 다른 사내의 품으로 간다는 것이다.

돈후는 힘겹게 불덩이를 삼켰다. 그러고는 여전히 표정을 지운 채 온요를 건너다보았다.

"내가 그대의 청을 들어준다면 내게 무엇을 주겠소?"

온요의 얼굴에 당혹감이 서렸다. 질문의 의도를 모르겠다는 표정이다. 하지만 오래 고민하지는 않았다.

"본디 가진 것이 없는 미천한 처지입니다. 허나, 제가 드릴 수 있는 것이라면 무엇이든 드리겠습니다."

그리 답할 줄 알았다. 산채 사람들을 위해서라면 너는 못 할 게 없다 생각하겠지. 가진 것이 없다고? 아니다. 너는 나보다 많은 것을 가졌다. 그것도 아주 중요한 것을. 내가 간절히 원하나 가지지 못한 그것…….

"나는 그대를 원하오."

온요는 멍해진 눈으로 돈후를 보았다. 자신을 원한다는 말이 무슨 뜻인지 알아듣지 못한 것이다. 돈후는 재차 말했다.

"내 여인이 되겠다 약속한다면 병이를 보내주겠소. 또한 산채 사람들이 새로운 산채에 안전하게 도착할 수 있도록 도와주겠소. 변란 중이라 쉽진 않겠으나 내 사람들이 함께 가면 경계를 피할 수 있을 거요. 어찌하겠소?"

"하, 하지만 저, 저는 이미……."

온요의 얼굴에 시커먼 그늘이 졌다. 말까지 더듬었다. 그 모습을 보니 가슴속에서 불덩이가 몸집을 키우며 일렁였다. 이미 운의 여인이 되었다 말하려는가. 감히 내 앞에서 다른 사내와의 관계를 들먹이려는가. 상 밑에 감춘 주먹에 힘이 들어갔다.

"선택은 그대 몫이오. 생각할 시간을 주겠소."

돈후는 차갑게 대꾸한 뒤 자리에서 일어났다. 자신을 설득하기 위해 구구한 말을 늘어놓다가 운과의 과거를 털어놓기라도 할까 두려웠다. 말이란 입 밖으로 나오는 순간 형체를 만들고 생명을 얻는다. 그녀의 고백으로 인해 쓸데없는 장애물을 만들고 싶지는 않다. 돈후가 방을 나가려 하자 온요는 벌떡 일어나 답했다.

"그리하겠습니다."

뭐라? 돈후의 몸이 저절로 홱 돌아갔다. 온요는 종복처럼 바닥에 무릎을 꿇고 엎드렸다.

"산채 식구들에게는 시간이 없습니다. 제가 정신을 놓고 있는 사이 벌써 나흘이 지났습니다. 따뜻한 오두막에서도 견디기 어려운 엄동설한입니다. 무엇이든 원하시는 대로 할 것이니 제발 산채 식구들을 살려주세요."

가슴에서 올라온 열기가 얼굴을 데웠다. 돈후는 엎드린 온요를 향해 입을 움찔거렸다. 일말의 망설임도 없이 내 여인이 되겠다고? 내가 한 말이 무슨 뜻인지 정녕 모르는 것이냐? 아니면 산채 식구들을 위해 너를 팔기라도 하겠다는 뜻이냐? 내뱉지 못한 말이 웅웅 입속을 돌았다. 돈후는 돌아서며 말했다.

"명일 새벽에 병이를 보내겠소. 작별 인사나 해두시오."

서재를 나왔다. 댓돌 위에 놓인 가죽신을 발에 꿰었으나 넓은 집 어디에도 마땅히 갈 곳이 없다. 돈후는 댓돌 위에 서서 망연히 하늘만 쳐다보았다.

❖ ❖ ❖

간밤에 온요는 병이와 함께 행랑에서 잤다. 건넌방은 여전히 비었다. 돈후는 밤새 뒤척이다 새벽녘에야 까무룩 잠이 들었다. 꿈을 꾸었다. 산채에서, 주청루에서 온요를 찾아 헤매던 꿈. 온요를 지척에 두고도 악몽은 사라지지 않았다.

동이 틀 무렵 깨어 천장만 바라보는데 덜그럭 문이 흔들렸다. 고개를 돌려보니 조막만 한 손이 문틈을 비집고 있다. 곧이어 밤톨 같은 병의 머리가 쑥 들어왔다. 명심보감을 외듯 문후의 예는 배웠으나 아직도 기척하는 법은 배우지 못했나 보다. 돈후는 침상에서 몸을 일으켰다.

"벌써 기침했느냐. 추운데 얼른 들어오너라."

병이 냉큼 방 안으로 들어섰다. 들어서긴 했으나 머쓱했던지 머리를 긁으며 서있다. 오늘은 전처럼 인사말을 외지 않는다. 돈후는 화로 위에 새 숯을 얹었다. 불기가 가물가물해 쉬 붙지 않을 것 같다. 부지깽이로 속을 휘저으며 병에게 물었다.

"내게 할 말이 있느냐?"

병이 우물쭈물 망설이더니 작은 목소리로 말했다.

"저…… 누나가 그랬어요. 오늘 아침에 아버지께 돌아가라고요."

"그런데?"

"누나는 못 간대요. 할 일이 남아있어서요."

"그리 말하더냐?"

"네. 그런데 누나가 가지 않으면 아버지가 많이 걱정하실 거예요. 산채에서 도망칠 때 그러셨거든요. 온요 누나 없이는 한 발자국도 움직일 수 없다고요. 공자님이 누나에게 말씀해주시면 안 될까요? 할 일은 나중에 다시 와서 하라고요."

돈후는 의자에 앉아 병을 향해 손짓했다. 병이 다가와 돈후 앞에 섰다.

"누나와 함께 가고 싶으냐?"

병이 고개를 끄덕였다.

"섭섭하겠다만 누나는 너와 함께 갈 수 없다."

"왜요?"

"나와 혼인하기로 했거든."

병이 동그랗게 눈을 키웠다. 놀란 모양이다.

"내가 누나와 혼인하는 것이 싫으냐?"

병이 도리도리 고개를 저었다.

"아니오. 공자님은 좋은 분인걸요. 하지만……."

병의 얼굴에 거미가 졌다. 어두운 낯으로 무언가 고민하는 듯했다. 돈후는 병에게서 눈을 떼지 않았다.

"어머니가 그러셨어요. 사람에게는 혼인이 제일 중요한 일이라고요. 그래서 사람들이 모여 잔치를 한대요. 우리 모두 떠나고 나면 온요 누나 혼자뿐인데……."

고민하던 병의 눈이 반짝 빛났다.

"제가 가서 어른들을 모셔올까요? 여기서 며칠만 묵었다 가면 되잖아요."

뜻밖의 답에 이번에는 돈후가 놀랐다. 놀라면서도 느꺼웠다. 이 아이만큼은 돈후를 온전히 받아준다. 화로 속에서 불꽃을 피우는 숯보다 따뜻한 심성을 가진 아이다. 돈후는 손을 내밀어 병의 머리를 쓰다듬었다.

"누나는 걱정하지 마라. 내가 잘 보살피겠다. 누나가 원하면 잔치도 열어줄 것이다. 그러니 너는 가족과 함께 서둘러 새 집으로 가거라. 안전하게 갈 수 있도록 길잡이도 붙여주마. 누나는 형편이 좋아지면 다시 만날 수 있을 것이다."

마지막 기약은 거짓이다. 변란 중이라 산채 사람들의 안위조차 장담하기 어렵다. 운이 좋아 무사히 목적지까지 간다 해도 그들은 더 이상 온요를 만날 수 없다. 돈후가 그녀를 산채로 보내지 않을 것이므로.

병은 밝게 웃으며 고개를 끄덕였다. 돈후가 팔을 벌리자 병이 다가와 안겼다. 돈후는 병의 등을 천천히 쓸어내렸다. 가식과 계산이라고는 찾아볼 수 없는 아이. 자신과 가족에게 닥친 위험이 어떤 것인지 제대로 모르고 있다. 돈후는 진심으로 병이 무사하기를 바랐다.

감싸 안았던 팔을 풀자 병이 말했다.

"공자님, 부탁이 있어요. 온요 누나는 동상에 잘 걸려요. 글도 알고 의술도 좋은데 자기 발은 돌보지 않아요. 그래서 매일 어른들한테 걱정을 들어요. 심해지면 걷는 것도 힘들어하니까 공자님께서 잘 돌봐주세요."

어른스럽게 말하는 병을 향해 돈후는 고개를 끄덕였다. 병의 얼굴에 다시 웃음꽃이 피었다.

"먼 길이다. 여러 날 기다리느라 네 아비 걱정이 클 것이니 서둘러 채비하여 떠나거라."

병이 한 걸음 물러나더니 엎드려 절했다. 돈후는 뭉클해져 내려다보았다.

병이 나간 뒤 화로의 온기가 방 안을 훈훈하게 채웠다. 돈후는 우두커니 앉아 생각했다.

어쩌면 온요도 병처럼 마음을 열고 따뜻하게 받아줄지 모른다. 돈후의 진심을 알고 나면 사내로 봐줄지도 모른다. 만약 그녀가 기꺼이 돈후의 여인이 되고자 한다면 돈후 역시 운과의 과거 따위는 잊을 것이다. 생모의 무덤 앞에서 결심한 대로 그녀와 함께 새롭게 시작할 것이다.

"도련님, 삼복입니다요."

문밖에서 삼복의 목소리가 들렸다. 준비를 마친 모양이다.

돈후는 일어나 대청으로 나갔다. 얇은 침의 속으로 찬 기운이 밀려들었다. 다행히 병은 두툼한 털조끼를 덧입어 따뜻해 보였다. 삼복은 산채 식구들에게 줄 방한복을 한가득 짊어졌다. 온요는 근심어린 얼굴로 병의 손을 꼭 잡고 있었다. 치마 아래에 낡은 짚신과 얇은 버선으로 감싼 발이 보였다. 돈후는 잠시 온요의 발에 눈길을 두다 삼복을 향해 일렀다.

"필요한 것은 을지 숙부에게 일러두었다. 변란 중이라 피아 식별이 어려우니 각별히 삼가라 전하여라. 멀고 험한 길이니 병이 몸 상하지 않도록 잘 돌봐주고 일 마치면 부지런히 돌아오너라."

사실, 준비는 온요와 이야기를 나누기 전에 해두었다. 산채 식구들은 배속이 바뀌어 이전하는 상의국 소속 노비로 위장할 것이다. 을지가 관속 행세를 하며 그들을 이끌기로 했다. 삼복은 혜강이 지난 일로 을지를 경계할까 염려되어 천마산까지만 동행할 것이다.

"꼬맹이가 힘들어하면 소인놈이 업고 가면 됩니다요. 언제 자리를 비웠냐 싶게 바람처럼 다녀올 테니 걱정일랑 붙들어 매셔도 됩니다요."

병이 작은 봇짐을 맨 채로 맨땅에 엎드려 절했다. 돈후는 고개를 끄덕이며 떠나라 재촉했다. 사위는 아직 어두웠으나 서둘러야 했다. 집안의 일과가 시작되기 전에 떠나야 불필요한 소란을 피할 수 있을 것이다.

삼복과 병이 손을 잡고 중문을 넘어갔다. 뒤따르던 온요는 멈칫 서더니 몸을 돌려 돈후를 바라보았다. 자신도 함께 보내주지 않는 것이 원망스러워서일까. 눈빛이 깊고 무겁다. 미안한 마음이 들었지만 돈후는 굳은 눈빛으로 응수했다. 다른 마음을 품지 말라는 경고였다.

그런데 온요가 별채를 빠져나간 지 얼마 되지 않아 돈후는 하얗게 질린 얼굴로 대청에서 뛰어나왔다. 온요가 병의 손을 잡고 그대로 도망칠지도 모른다는 생각이 들었다. 발바닥에 언 땅의 한기가 느껴졌지만 거침없이 내달렸다. 마당을 가로지르는데 열린 대문 밖이 텅 비었다. 역시 도망친 것이다.

대문을 잡고 몸을 내밀려던 돈후는 우뚝 멈추어 섰다. 온요가 울고 있었다. 대문 밖 담벼락에 기댄 채 손으로 입을 가리고 숨죽여 오열했다. 돈후는 황급히 대문 안쪽으로 몸을 감추었다.

흐느끼는 소리가 높은 담벼락을 넘어왔다. 그 소리가 돈후의 가슴을 아프게 후벼댔다. 돈후는 온요가 의지한 담벼락에 기대어 눈을 감았다. 그러고는 조용히 기다렸다. 마당 안쪽에서 노비들의 기척이 들리기 시작했다. 온요도 기척을 느꼈는지 잠시 후 대문을 넘어 모습을 드러냈다.

온요는 넋이 나간 듯 휘청휘청 걸어 행랑채로 향했다. 반빗간과 가까운 여종들의 숙소. 온요는 천천히 손을 뻗어 문을 열더니 안으로 들어갔다. 뒤따르던 돈후는 멈추어 서서 온요가 들어간 방문을 바라보았다.

미안하다. 네 슬픔을 덜어줄 수도, 달래줄 수도 없다. 나는 이제 내 슬픔만 보기로 했다. 그러나 너무 오래 슬퍼하지 마라. 네 슬픔을 씻어줄 수는 없지만 슬픔이 만든 빈자리는 내가 채워줄 것이다.

갑자기 옆방 문이 덜컥 열렸다. 기지개를 켜며 방을 나서던 간난어멈이 돈후를 발견하고 눈이 휘둥그레졌다.

"도련님?"

돈후는 집게손가락을 세워 기척하지 않도록 단속했다. 간난어멈은 발소리를 죽이며 다가와 커진 눈으로 돈후의 아래위를 훑었다. 그러고 보니 침의 차림에 맨발이다. 돈후는 쑥스럽게 웃으며 간난어멈의 손을 잡아 이끌었다. 그러고는 별채 중문에 이르러서야 손을 놓았다.

"고뿔 드시면 어쩌려고……. 아이고, 발이 꽁꽁 얼었네."

간난어멈은 엎드려 돈후의 발을 어루만졌다. 생활고 때문에 노비로 들어왔으나 생모를 대신하여 돈후를 보살펴준 사람. 돈후는 간난어멈의 팔을 붙잡아 일으켰다.

"발은 괜찮소. 그보다…… 유모에게 부탁할 것이 있소."

"새로 온 아가씨 잘 돌봐주라고요?"

놀라 쳐다보니 간난어멈이 웃으며 말했다.

"은애하시는 아가씨지요? 도련님 눈빛 보고 진즉에 알았어요. 삼복이 말로는 고매한 학자 나리 따님이라던데 어인 곡절인지……. 걱정 마세요. 제가 잘 살펴드릴게요. 그러니 앞으로는 엄동설한에 맨발로 다니시면 안 돼요?"

돈후는 간난어멈의 손을 잡고 힘을 주었다. 간난어멈은 다른 손으로 돈후의 손등을 쓸었다. 거친 손바닥이 화로처럼 따뜻했다.

꿈인지 현실인지 분간이 되지 않았다. 몸은 둥둥 구름 위에 떠있는 듯하고 눈앞에는 천마산 풍경이 보였다. 구안정 쪽마루에 구부정하니 앉아 볕을 쬐는 운곡, 그 앞에서 병이 긴 막대를 들고 아이들과 어울려 놀았다.

풍경이 바뀌었다. 산채 식구들이 지락재에 모여앉아 밥을 먹고 있다. 혜강과 완적, 완함, 그리고 나란이 이를 드러내며 웃었다. 밥을 푸는 아낙들과 소반을 들고 기다리는 갑도 보였다. 얼른 다가가 도우려 했지만 몸이 말을 듣지 않았다. 끙끙 소리까지 내며 용을 썼지만 발이 땅에 닿지 않았다. 내려다보니 아득한 낭떠러지다. 온요는 눈을 질끈 감고 아래로, 아래로 떨어졌다.

끝없이 추락하던 온요는 힘겹게 눈을 떴다. 그런데 산채의 지락재가 아니다. 온요는 낯선 방 한가운데 푹신한 이불을 덮고 누워 있다. 잠이 들어 꿈을 꾼 것이다.

"아가씨, 정신이 드세요? 온몸이 불덩이예요."

고개를 돌리자 웬 아낙의 얼굴이 보였다. 기억이 난다. 돈후에게 젖을 먹여 키웠다던 간난어멈. 그녀가 온요의 입에 무언가를 떠 넣었다. 쓴 액체가 목구멍을 넘어갔다. 타는 갈증을 물리기 위해 온요는 젖 빠는 아기처럼 받아먹었다. 그러고는 다시 잠에 빠져들었다.

또다시 풍경이 바뀌었다. 구안정 안이다. 눈앞에서 운곡이 가쁜 숨을 몰아쉬었다. 목에서는 연신 가르릉 쉰 소리가 났다. 운곡은 사흘째 사경을 헤매는 중이다. 산채 식구들은 피신을 위해 조금 전 산채를 빠져나갔다. 온요는 홀로 구안정에 남아 물 한 모금 먹지 않은 채 꼼짝하지 않고 곁을 지켰다. 운곡이 온요에게 손을 내밀었다. 앙상한 운곡의 손에 힘이 느껴졌다.

"애……쓰지 마라. 애쓰지 않아도……."

말을 맺기도 전에 운곡의 눈에서 빛이 사라졌다. 숨도 느껴지지 않았다. 온요의 은인이자 스승인 운곡이, 온요를 가슴으로 낳아준 아버지가 마침내 하세한 것이다. 온요는 운곡의 손을 잡고 엎드려 울었다.

한참 동안 곡을 한 뒤 온요는 구안정에 불을 놓았다. 사춤마다 마른가지를 쑤셔 넣은 벽을 타고 시뻘건 용이 꿈틀거렸다. 열린 문 사이로 반듯하게 누운 운곡이 보였다. 불길은 순식간에 책으로, 낡은 솜이불로 옮겨갔지만 운곡은 잠을 자듯 편안해 보였다.

온요는 한 걸음 다가갔다. 운곡 옆에 누우면 자신도 편안해질 것 같았다. 한 걸음, 또 한 걸음……. 마지막 한 걸음을 내딛으려는데 누군가 온요의 팔을 우악스레 붙잡았다. 놓으라 뿌리치는데 갑자기 몸이 둥실 떠올랐다.

흐릿해진 시야를 걷어내려 미간을 찡그리자 풍경이 바뀌었다. 불타던 구안정은 사라지고 단단히 여민 청록빛 비단 섶이 보였다. 고개를 돌리니 낮은 담장이 저절로 움직이듯 흔들리며 지나갔다. 어지럼이 일어 눈을 감았다 뜨자 작은 둔덕처럼 솟은 목울대가 보였다. 나란인가. 아니다. 다른 사내의 것이다. 기척을 느꼈는지 목울대의 주인이 내려다보았다. 돈후였다.

놀라 움찔거리자 돈후가 온요를 안은 팔에 힘을 주었다. 발버둥쳐 그의 품을 벗어나고자 했지만 발가락 하나 움직이지 못했다. 이윽고 돈후의 처소라던 별채의 처마가 보였다. 물고기 모양의 풍경이 차라랑 소리를 내며 돌았다. 온요는 스르르 눈을 감았다.

안주부 북쪽의 국경 마을. 온요가 자란 곳이다. 관아 앞에 여럿이 모여들었다. 사람들이 수군거렸다. 온요는 자신을 돌봐주던 이웃 아낙의 손을 뿌리치며 무리를 헤치고 나아갔다. 기다란 장대 끝에 사람 머리가 매달렸다. 잘린 목 아래로 핏물이 뚝뚝 떨어졌다. 목을 뒤로 젖혀 올려다보던 온요의 얼굴이 파랗게 질렸다. 온요를 낳아 준 생부, 아버지다. 귓가에서 쩍 하고 얼음 갈라지는 소리가 났다. 동시에 아버지의 머리가 눈을 부릅떴다. 부릅뜬 눈으로 온요를 노려보며 소리쳤다.

"이게 다 너 때문이야!"

온요는 놀라 뒷걸음질 치다 엉덩방아를 찧었다. 이것은 꿈이다. 평생 온요를 따라다니던 악몽. 꿈인 줄 알면서도 깰 수가 없다. 온요는 눈을 감고 도리질했다.

누군가 온요의 입에 또다시 쓴 액체를 흘려 넣었다. 온요는 혀를 내밀어가며 받아 마셨다. 얼마 후에는 걸쭉한 액체가 입속으로 들어왔다. 미음이다. 그것도 달게 받아 삼켰다.

누군가의 손이 온요의 얼굴을 어루만졌다. 어머니보다 크지만 어머니만큼 부드럽고 따뜻한 손. 하염없이 어루만지는 손길에 온요는 미소 지으며 어둠 속으로 걸어 들어갔다. 어둠 속이 한결 편안해졌다. 온요는 천천히 몸을 눕혔다. 그러고는 잠에 빠져들었다.

"아가씨, 정신이 드세요?"

멀리서 아낙의 목소리가 들렸다. 온요는 천천히 눈을 떴다. 매끈한 대들보가 시원스레 시야를 갈랐다. 눈을 깜빡여 정신을 모았다. 이곳은 어디일까. 시야는 맑아도 머릿속이 멍하니 기억이 나지 않았다.

웬 아낙의 얼굴이 불쑥 대들보를 가리며 들어왔다. 돈후의 유모, 간난어멈이다. 온요가 눈만 깜빡이자 빙그레 웃었다. 온요는 몸을 일으키려다 쓰러지듯 다시 누웠다.

"아유, 아직은 안 돼요. 엿새를 꼬박 누워 앓으셨는데 이대로 일어나시면 큰일 나요. 몸을 더 보하신 후에 일어나셔요."

간난어멈이 야무진 손길로 베개를 괴어주었다. 베개를 높이자 방 안 풍경이 한눈에 들어왔다. 벽을 가득 채운 서책과 지필묵이 놓인 책상, 그리고 격자 살로 멋을 낸 창호가 보였다. 처소로 삼으라 했지만 거절했던 곳, 돈후의 서재다.

병을 보낸 뒤 여종들의 처소에 들었는데 언제 이곳으로 옮겨졌을까. 문득 꿈결에 보았던 청록빛 섶과 돈후의 목울대가 떠올랐다. 그가 온요를 안고 이곳으로 옮긴 것이다.

"도련님 걱정이 이만저만이 아니었어요. 기억하시죠? 도련님이 닷새 밤을 꼬박 시중드셨잖아요. 이리 깨어나신 것을 알면 무척 기뻐하셨을 텐데……. 나랏일이 바빠 퇴청이 힘드시다니 며칠만 기다리셔요."

간난어멈이 묽은 죽을 올린 소반을 가져왔다. 죽 반 숟가락을 떠 후후 불더니 온요의 입에 댔다. 온요는 고개를 저었다. 몇 번이고 권하는 것을 몇 번이고 거절했다. 간난어멈이 안타까운 얼굴로 바라보기에 죽 대신 물을 청해 마셨다. 입술이 부르텄는지 쓰리고 얼얼했다.

"곁에 둘 테니 시장하시면 한술 뜨셔요. 후딱 일 보고 나서 다시 올게요."

간난어멈은 온요의 손을 꼭 쥐어주고는 서재를 나갔다. 낯선 아낙이지만 산채의 아지매들처럼 푸근하고 넉넉한 이다. 간난어멈이 나가자 서재 안이 썰렁해졌다.

앓는 사이 엿새가 흘렀다고 했다. 물 한 모금 먹지 않고 운곡의 임종을 지키느라 기력이 다했는지 너무 오래 앓았다. 병과 산채 식구들은 어디쯤 가고 있을까. 나란과 운은 만났을까.

운…….

눈물이 고였다. 온요의 곁을 지키고 싶다던 운. 힘주어 잡아주던 커다란 손과 넓고 따뜻했던 품이 떠올랐다. 천마산 최고봉의 적송처럼 고귀했던, 그래서 쉬 다가가지 못했던 마음속의 사내. 용기 내어 잡으려 했던 운의 손은 그가 사막에서 보았다던 신기루처럼 사라져버렸다.

운은 지금 무엇을 하고 있을까. 아버지인 남호 대감이 참수되었다고 했다. 원망하면서도 그리워했던 아버지를 눈앞에서 끔찍하게 잃었으니 얼마나 참담할까. 이제 온요마저 배반했으니 누가 그의 슬픔을 달래줄까.

고인 눈물이 흘러 베개를 적셨다. 목에서 시작된 울음이 가슴으로, 다시 온몸으로 퍼져갔다. 맥없이 누워 한참을 운 온요는 꼭 쥔 주먹으로 눈물을 훔쳤다. 그러고는 천천히 몸을 일으켰다. 침상을 짚은 손이 부들부들 떨렸지만 안간힘을 써 버텼다. 온요는 속으로 되뇌었다.

'구걸은 했으나 굴복하지는 않겠다.'

마른 입술을 깨물며 힘주어 걸어가 문을 열었다. 찬바람이 훅 밀려들었다. 빙글, 세상이 돌아갔다. 비틀거리던 온요는 쿵 소리와 함께 정신을 잃고 쓰러졌다.

◈ ◈ ◈

길게 드리운 놀에 붉어진 강물이 해를 삼킬 듯 널름거렸다. 나란은 대동강을 가르며 나아가는 배 위에 앉아 지는 해를 바라보았다.

운과 경주하듯 언 땅을 내달려 서경에 도착한 것이 나흘 전. 서경 어디에서도 산채 식구들의 모습을 찾을 수 없었다. 장비 행수 덕우가 사람을 풀어 샅샅이 뒤지고 인근 마을까지 수소문했지만 소용이 없었다. 서경에 무사히 들어왔다면 시전의 광덕 지소부터 찾았을 혜강과 온요다. 그들은 아직 서경에 닿지 못한 것이다.

후회스럽다. 흔적을 찾느라 시간이 걸리더라도 꼬리를 쫓았어야 했다. 서경길은 나날이 위태로워지고 있다. 길목마다 관군과 반군이 엇갈리면서 경계의 눈초리는 더할 수 없이 매서워졌다. 무리의 숫자가 많아 의심을 산다면 치도곤을 면키 어렵다. 뿐이 아니다. 관원과 군사로 득실대는 역을 피해 오려면 길이 험할 것이고, 마을을 거치지 못해 노숙한다면 얼어 죽기 십상이다. 아낙과 아이들이 많아 더 힘겨울 텐데…….

나란의 상념을 깨우려는 듯 배가 흔들렸다. 고개를 돌려보니 운이 노를 고쳐 잡고 있다. 서툰 노질임에도 열심이다.

운은 천마산에서나 서경에서나 말을 잊어버린 듯 입을 다물고 있다. 어젯밤에는 관풍전에 다녀왔다고 했다. 서경의 요인들이 반란을 도모했다는 곳. 운이 그곳에서 묘청과 조광을 만났다고 들었다. 의아해하는 나란에게 덕우는 운이 비로소 남호 대감의 아들이 되었다고 했다. 특히 조광은 운이 새 나라에서 큰 역할을 할 것이라 기대한다고 전했다.

새 나라……. 실제로 서경은 대동강 주변을 경계로 다른 나라가 되었다. 서경 인근의 지방 관아까지 동참하면서 세력도 커졌다. 논쟁으로 이루지 못했던 천도를 무력으로 이룬 것이다. 장차 대위국이 강성해져 고려를 대체하면 산채 식구들도 떳떳하게 살 길이 열릴 것이라며 덕우는 흥분했다.

과연 그럴까. 나란은 어느 것 하나 쉬 믿을 수도, 기대할 수도 없다. 여진이 세운 금이 강성해져 송의 도읍인 변경을 함락했을 때 사람들 대부분은 대륙의 하늘이 바뀔 것이라 생각했다. 하지만 송은 임안으로 도읍을 옮겨 살아남았다. 쪼그라들긴 했지만 그래도 대륙의 주인이라 떵떵거리고 있다. 무려 이백 년 동안 왕조를 이어온 고려가 그리 쉽게 무너질까.

사실 나란은 세상의 주인이 바뀌든 말든 관심 없다. 자신 같은 이들에게 세상이란 그저 부서지지 않는 감옥일 뿐. 문제는 갑작스럽게 변란의 중심에 서게 된 운이다. 산채 식구들을 찾아 함께 나선 것을 보면 예의 결심대로 살고자 하는 것 같은데, 어둡게 날이 선 눈빛을 보면 그것이 다가 아니다.

아무쪼록 온요가 운의 마음을 잡아줄 수 있으면 좋겠다. 어쩌면 운도 속으로는 수렁에서 건져줄 끈을 붙잡기 위해 몸부림치고 있는지도 모른다. 그래서 저렇듯 서툰 노질을 해가며 온요를 찾아가는 것이리라.

흔들리던 배가 나루에 닿았다. 지키던 병사들이 창을 겨누며 다가왔다. 복색을 보니 서경의 병사들이다. 운이 섶에서 패를 꺼내 보이자 병사들이 굽실거리며 물러났다. 묘청과 조광을 만났다더니 벼슬이라도 받은 것인가. 나란은 애써 외면했다.

나루를 지키는 부대를 지나 인근 마을로 들어갔다. 덕우가 물색해둔 자를 만나기 위해서다. 변란 때문인지 마을은 인적 없이 괴괴했다. 덕우의 설명대로 커다란 버드나무가 있는 집을 찾으니 늙수그레한 사내가 반색하며 나왔다.

"어서 오시오. 장비 행수 전언 듣고 내내 기다렸소."

보자마자 반기는 것을 보니 들은 소식이 있나 보다. 나란은 성큼 다가서며 물었다.

"사람들을 찾았소?"

"남쪽으로 십 리쯤 떨어진 마을에 피난민이 있다 들었소."

"피난민?"

"변란이 일어났다는 소식을 듣고 서경으로 가려는 피난민이 많다오. 이미 우리 마을에서도 여럿이 성안으로 들어갔소. 성안이 안전할 테니 그리하는 게 아니겠소. 아무튼 남쪽에서 온 무리가 그 마을에 묵는다 했소. 병이 난 사람이 있나 보오. 전해준 사람 말이, 빈집 빌리는 값으로 은자를 냈다지 뭐요. 난리 통에 은자를 내니 놀란 눈치였소. 그리고 은자를 낸 자의 얼굴에 흉터가 있다고 했소. 말씨가 서경 사람인 것 같다던데, 찾는 이들이 맞소?"

흉터를 가진 자라면 을지다. 돈후가 산채 식구들을 이곳까지 보내준 것이다. 또다시 그 녀석 신세를 졌다.

"마을은 어찌 가야 하오?"

사내에게 설명을 들은 나란은 곧바로 길을 나섰다. 사내는 날이 저물었으니 제집에서 묵고 가라 했지만 사양했다. 정월을 지나 동장군의 기세도 한풀 꺾였으니 밤길을 걷다 얼어 죽지는 않을 것이다. 부지런히 걸으면 적어도 새벽녘에는 도착할 수 있다.

나란과 운은 달빛에 의지해 굴곡진 평원을 걸었다. 녹은 눈 때문에 질척거리는 땅이 발목을 잡고 모난 돌이 가죽신을 찢을 듯 찔러댔다. 멀리서 짐승의 울음소리도 들렸다. 나란은 어깨에 멘 활과 허리춤에 찬 단도를 매만졌다. 짐승을 만나면 단번에 고꾸라뜨릴 자신이 있으나 짐승보다 무서운 것은 사람이다. 나란처럼 살과 칼로 무장한 자들, 어느 한편에 서서 적이라 외치며 달려드는 자들…….

허나 누구라도 길을 막는다면 설령 서경군이라 할지라도 베고 말 것이다. 나란이 근육에 힘을 주며 움찔거리자 운이 진정하라는 듯 어깨를 두들겼다.

어둡고 험해도 속도를 늦추지 않고 걸은 덕분에 사내가 일러준 마을이 모습을 드러냈다. 동이 트려는지 어둠에 푸른빛이 어렸다. 나란과 운은 마을을 보자마자 달리기 시작했다.

마을 초입의 한 초가에 들어가 다짜고짜 문을 두드렸다. 방 안에서 잠자던 노인이 벌벌 떨며 내다보았다. 피난민이 묵는 집이 어디냐 물으니 손으로 동편을 가리켰다. 나란은 황당해하는 노인을 등지고 뛰어나왔다.

노인이 일러준 집은 기척 없이 고요했다. 초가지붕 아래 방 두 칸과 정지를 품은 평범한 집이다. 나란은 싸리문 안쪽으로 뛰어들어가 벌컥 문을 열어젖혔다. 방 안에 열 명이 넘는 이들이 빽빽하게 웅크려 자고 있었다. 갑작스런 소란에 화들짝 놀라 더욱 웅크리는 이가 있는가 하면, 몇몇은 고개를 들어 낯선 침입자를 쳐다보았다.

"나란!"

벌떡 일어난 갑이 뛰어나와 나란의 목을 감으며 안겼다. 곧이어 병과 아이들이 줄줄이 나와 나란에게 매달렸다. 나란은 갑이와 아이들 무게에 눌려 휘우듬했지만 입은 박처럼 벌어졌다. 나란의 웃음소리와 아이들의 울음소리가 섞여 초가 마당에 메아리쳤다.

"아이고, 나란이구나. 아이고, 살았구나."

아지매들이 뒤늦게 나와 눈물을 흘렸다. 건넌방 문이 열리며 또 다른 아이들이 나왔다. 사내들도 모습을 드러냈다. 인호는 눈시울을 붉히며 나란과 운의 손을 번갈아 잡고 흔들었다. 나란은 아이들의 머리를 하나씩 쓰다듬어주고는 건넌방 앞에 섰다. 다리가 불편했던지 혜강이 무릎걸음으로 다가왔다.

그런데 어찌 된 일일까? 아낙들의 방에서도 건넌방에서도 온요의 모습은 보이지 않았다.

"온요는 어디 있소?"

나란이 두리번거리며 물었다. 좀 전까지만 해도 반색하던 혜강의 낯이 흐려졌다. 철렁, 가슴이 내려앉았다.

"온요는 어디 있냐니까!"

나란이 버럭 소리치자 병이 쪼르르 달려와 말했다.

"온요 누나는 안 왔어요."

"안 와? 왜?"

"온요 누나는 돈후 공자님과 혼인해야 한대요. 그래서 우리만 왔어요."

"뭐? 온요가 혼인을 해?"

"돈후 공자님이 그랬어요. 온요 누나랑 혼인하기로 했다고. 온요 누나는 공자님이 잘 보살펴줄 테니 아버지와 새집으로 가라고 했어요. 형편이 좋아지면 다시 만날 수 있을 거래요."

"돈후 이 자식!"

나란은 이를 악물고 주먹으로 벽을 쳤다. 나란의 주먹을 받은 벽이 우수수 흙을 토해냈다. 모든 호의가 온요를 차지하기 위해 벌인 수작이었던가.

"돈후 공자님 탓하지 마라. 공자님이 병사들에게 잡힌 온요 아가씨와 병이를 돌봐주셨다는구나. 그리고 천마산에서 기다리던 우리에게 옷과 식량을 주고 길잡이까지 붙여주셨어. 공자님이 아니었다면 예까지 오기 전에 얼어 죽거나 관군에게 붙잡혀 치도곤을 당했을 게다. 혼인 이야기는 나도 영문을 모르겠다만 병이 말로는…… 아가씨도 원한 일이라는구나."

혜강이 변명했으나 앞뒤가 맞지 않는다. 제 목숨 연명할 이유를 산채에서 찾았던 온요다. 부모님 대신 산채 식구들 살피며 사는 게 온요의 유일한 바람이었는데 산채를 버리고 돈후와 혼인한다고? 필경 돈후 자식이 협박한 것이다. 산채 식구들 목숨을 담보로 남으라 했겠지. 심성이 착해 곱게 봐주었는데 이렇게 뒤통수를 칠 줄이야…….

거칠게 숨을 몰아쉬며 씩씩대던 나란은 퍼뜩 정신을 차리고 돌아섰다. 운! 마당에 있던 운이 보이지 않았다.

나란은 초가를 뛰어나와 마을을 가로지른 큰길로 내달렸다. 멀리 마을을 빠져나가는 운의 뒷모습이 보였다. 성큼성큼 뛰듯 걸어가는 그의 굳은 등에서 분노가 느껴졌다. 나란은 고개를 꺾고 한숨을 내쉬었다.

"이제…… 돌이키기는 글렀구나."

초야

"전주목과 나주목에서 조달할 군량은 시일이 걸립니다. 일단 남경과 광주목에서 쌀과 베를 수급해야 합니다."

"왜 남경과 광주목만 들들 볶는 게요? 황도와 가까운 게 죄도 아니고 원……."

"군량이 안 되면 사병을 더 내놓으면 될 게 아니오?"

"사병들을 다 내놓으면 지방 관리는 누가 합니까? 군량만 해도 그래요. 그렇게 다 내놓으면 뭘로 사병들을 먹입니까? 일단 조창에 쌓인 것부터 당겨씁시다. 조운선을 띄우면 장흥창에서 출발한다 해도 몇 날 안 걸릴 거요."

토벌군 편성을 위한 회의는 지루하게 계속되었다. 임금은 용상에 앉아 졸았고, 환관들은 조는 임금이 신하들 앞에서 실수할까 안절부절못했다. 돈후는 도열한 중신들 뒤편에서 오가는 말을 옮겨 적으며 대기했다.

불과 열흘 전만 해도 개경과 서경 사이에는 훈풍이 부는 듯했다. 상표•를 들고 온 서경의 사신 최경은 군사를 일으킨 것은 상께 반하고자 함이 아니며, 천도의 당위에 따라 이어를 기다리고 있다고 전했다. 말인즉슨, 옥좌를 비워두고 기다리고 있으니 임금께서 서경으로 오시기만 하면 전쟁을 벌이지는 않겠다는 뜻이다.

임금은 서경이 자신을 배반하지 않았다는 것만으로도 매우 기뻐했다. 얼마나 반가웠던지 반란군의 앞잡이에게 술과 음식을 내리고 벼슬까지 주어 돌려보냈다. 조정에서도 화해와 타협을 주장하는 이가 늘어났다. 그도 그럴 것이, 서경의 군사가 황도를 범하기 위해 출정했다는 헛소문이 돌면서 도성 안은 공포로 흉흉한 상태였다. 그런 때에 서경이 공격 의사가 없음을 확인했으니 내심 안도하는 이들이 많았던 것이다.

하지만 두고 볼 부식이 아니었다. 부식은 양부 대신들을 거세게 압박했다. 어차피 서경과의 공존은 불가능하며 군사를 일으킨 바에야 충돌은 피할 수 없다는 것이 부식의 주장이었다. 개경파의 거두가 직접 서경의 처리를 공론에 부치자 조정은 금세 달아올랐다.

• 上表. 임금에게 올리는 글이나 문서.

낭사들의 격렬한 소와 논쟁이 이어졌고 결국 공론은 강경 진압으로 모였다. 그에 따라 이 지루한 회의가 계속되고 있는 것이다.

옆에 섰던 동료 내시가 저도 모르게 하품을 하다 움찔 놀라 고개를 숙였다. 돈후도 피로가 느껴졌다. 여러 날 밤 온요를 간병한 데 이어 닷새째 숙직을 하느라 집에 가지 못했다. 병과 신채 식구들을 서경으로 보낸 뒤 돈후는 부식의 심기를 거스르지 않기 위해 더 열심히 일해야 했다. 밤이면 한림원 구석방에서 낭사들이 올릴 소를 일일이 점검했고, 낮에는 임금 곁을 지키며 서경과의 교신을 감시하여 보고했다.

다른 한편으로는 온요의 호적 처리에 골몰했다. 운곡과 산채는 아직 반란 가담 여부가 드러나지 않았다. 부식이 묵인한다면 앞으로도 드러나지 않을 것이다. 상서호부에서 일하는 동문을 통해 은밀히 알아보니 온요를 운곡의 호적에 올릴 방도가 있었다. 반란에 엮이지 않고 귀족의 영양 신분을 갖는다면 정식으로 혼인하고 산채 식구들도 구원할 수 있을 것이다.

"폐하, 금일은 이만 파하시지요."

부식이 조는 임금을 향해 고했다. 턱을 괴고 졸던 임금은 기다렸다는 듯 일어났다. 중신들도 썰물처럼 편전을 빠져나갔다. 속기한 문서를 챙겨 편전을 나서는데 부식의 목소리가 돈후를 붙잡았다.

"피곤해 뵈는구나."

돈후는 문서를 안고 허리 숙여 인사했다.

"괜찮습니다."

짤막한 답이 서운해서였을까. 부식이 미간을 찌푸렸다.

"이제 숙직은 서지 않아도 된다. 토벌군 편성도 마무리되고 있으니 너까지 나서서 도울 필요는 없다. 한 이틀 휴가를 주라 할 테니 입궐하지 말고 쉬어라. 계집까지 데려다 놓았는데 낙은 있어야 하지 않겠느냐."

"……."

돈후는 즉답하지 않았다. 온요를 낙이라고 칭한 것은 며느리로 받아들이지 않겠다는 경고일 것이다. 기생과 놀 듯 그저 즐기라니……. 울컥 노기가 치밀었지만 참았다.

"그리하겠습니다."

돈후는 예를 갖추어 인사했다. 그러고는 돌아서 편전을 빠져나왔다. 오래도록 부식의 시선이 느껴졌으나 돌아보지 않았다.

내시부에 들러 퇴청을 고하고 궐을 나오니 비로소 마음이 급해졌다. 삼복이 매일 궐 앞으로 찾아와 소식을 전해주었으나 온요가 궁금했다. 꼬박 엿새를 고열에 시달리며 앓았던 온요는 정신을 차렸다고 한다. 유모가 섭생에 신경을 써준 덕에 기력도 회복했다고 한다. 지금쯤은 산채 식구들이 서경 인근에 도착했다는 소식도 들었을 것이다. 조금이나마 위안이 되었기를 바랄 뿐이다.

땅거미가 지기 시작했다. 광화문을 지나던 돈후는 걸음을 멈추었다. 멀리 광덕상회가 보였다. 반란 직후만 해도 이따금 상인들이 드나드는 것 같더니 이제는 아예 문을 닫아버렸다. 이런 때일수록 무상하게 굴어야 의심을 받지 않거늘, 모조리 서경으로 옮겨간 모양이다. 혹시 운이 상단에서 일한 사실이 발각될까 봐 피한 것일까. 운의 흔적이 드러난다면 골칫거리가 되긴 할 것이다. 광덕이 꼬리를 밟히면 운곡에게까지 불똥이 튈 가능성이 커진다. 그래도 오랫동안 개경에서 중규모의 상단을 이끌어온 행수이니 어설프게 산채까지 들어넘기는 짓은 하지 않겠지. 돈후는 한숨을 내쉬고 걸음을 재촉했다.

대문에 들어서자마자 안채를 향해 큰 소리로 퇴청했음을 고했다. 담장 너머로 안채 대청에 선 유씨 부인이 보였으나 못 본 척 외면하고는 나는 듯 걸어 별채로 향했다.

지난 엿새, 간병을 위해 온요 곁을 지킬 수 있어 좋았다. 작은 입술을 열어 약물과 미음을 떠먹이고 새근거리며 자는 모습을 지켜보았다. 악몽 때문에 뒤척이면 보드라운 얼굴을 어루만져 진정시키고 온요가 내뱉는 단 숨을 함께 마셨다. 하찮은 일상이었지만 천상의 일처럼 좋았다.

중문을 넘자 댓돌 위에 놓인 짚신 한 켤레가 눈에 들어왔다. 온요 것이다. 미처 헤아리지 못했다. 색색의 실로 꽃수를 놓은 어여쁜 가죽신을 마련해주어야겠다. 가죽신뿐이랴. 변변한 옷도 없을 테니 고운 옷도 지어줄 테다.

돈후는 대청에 올라 서재의 문을 조심스럽게 열었다. 발소리까지 죽이며 문지방을 넘어섰으나 서재는 비어있었다. 침상은 누웠던 흔적조차 없다. 어디로 간 것일까. 댓돌 위에는 분명 짚신이 있었는데……. 돈후는 고개를 갸웃거리며 서재를 나와 침소 앞에 섰다. 설마 온요가 이곳에서 기다리고 있는 것일까. 떨리는 손으로 문을 열었다.

다소곳이 앉아있던 온요가 고개를 돌려 돈후를 보았다. 해쓱하나 말간 얼굴. 어찌나 고운지 심장이 멎는 듯했다. 온요는 일어나 허리를 숙였다. 이것은 마음에 들지 않는다. 지나치게 공손하다. 돈후만큼 반가워하지는 않아도 미소 한 자락 보여주면 좋으련만…….

돈후는 짐짓 심상한 품새로 걸어가 온요 맞은편에 앉았다.

"많이 좋아졌구려. 다행이오."

넘치는 마음을 감추려다 보니 너무 건조한 말이 튀어나왔다.

"무리하지 말고 오래도록 푹 쉬시오."

미소를 지어가며 말했지만 온요는 돈후를 쳐다보지 않았다. 내리깐 눈에 무엇을 담고 있는지 짐작하기 어려웠다. 아직 멀었나 보다. 아버지 같은 운곡이 세상을 떠났고 가족 같은 산채 식구들과 헤어졌으니 아픔을 잊으려면 더 많은 시간이 필요할 것이다. 돈후는 슬금슬금 올라오는 불안의 그림자를 떨쳐내기 위해 말을 이었다.

"병이와 산채 사람들 소식은 들었소? 무사히 서경 인근에 도착했다 하오. 서경만 통과하면 큰 어려움은 없을 게요. 머잖아 을지 숙부가 돌아오면 직접 들을 수 있도록 해주겠소."

온요는 시선을 높여 돈후를 마주 보았다. 감정이 느껴지지 않는 마른 눈이다.

"낮에 삼복으로부터 들었습니다. 고맙습니다."

온요는 앉은 채로 목례했다. 가슴이 서늘했다. 온요는 지금 화를 내고 있다. 자신보다 아끼는 이들을 떠나보냈으니 당연한 일이다. 무사하다는 소식보다 헤어진 슬픔이 더 크겠지. 애써 불안을 진정시키는데 기어이 비수가 날아왔다.

"병이와 산채 식구들을 구해주는 조건으로 저를 원한다 하셨지요. 그래서 기다리고 있었습니다. 거래를 했으니 값을 치르겠습니다."

돈후는 멍한 눈으로 온요를 건너다보았다. 온요의 입에서 나온 소리가 맞을까. 잘못 들은 것은 아닐까. 그럴 것이다. 잘못 들은 것이다. 나흘 밤을 설쳐가며 일한 탓에 정신이 혼미해진 것이다.

"값을 치르고 나면…… 저를 산채로 보내주세요."

잘못 들은 것이 아니었다. 온요는 일전에 돈후와 나눈 대화를 거래라고 했다. 산채 식구들을 살려주는 대가로 제 몸을 팔겠다는 것이다. 온요는 단 몇 마디 말로 돈후를 황량한 벌판에 내던져버렸다.

산채 식구들을 볼모로 삼았음을 인정한다. 온요의 천성을 이용해 비겁하게 발목을 잡았음도 인정한다. 그러나 온요를 원한다 한 것은 몸뚱이나 취하자고 한 말이 아니다. 산채로 보내달라고? 나를 버리고 운에게 가겠다는 뜻인가. 안 된다. 절대로 보내줄 수 없다.

"거래라……. 뭐, 거래로 받아들였다면 거래라 해두지. 하지만 그대를 산채로 보내준다는 약속은 한 적이 없는 것 같은데?"

돈후의 삐딱한 말투에 놀랐는지 온요가 고개를 번쩍 들었다.

"그게 무슨……?"

"내 약속은 병이와 산채 식구들이 안전하게 피신할 수 있도록 돕는 것까지였소."

"저를 취하는 것으로는 부족하다는 뜻인가요?"

"나는 그대를 원한다고 했지 취하겠다고 한 적은 없소."

"그러면 제가 어찌해야 하나요? 어찌해야 산채로 돌아갈 수 있는지 말씀해주세요. 어떤 일이든 시키는 대로 할 터이니 제발……."

온요의 눈에 그렁그렁 눈물이 고이기 시작했다. 그녀의 눈물을 보는 순간 화가 치밀었다.

나는 온종일 네 생각만 했는데, 네 걱정만 했는데, 너는 나를 떠날 궁리만 하고 있었던 것이냐. 네가 떠나면 나는 어쩌란 말이냐. 네 눈에는 내가 보이지 않느냐. 나는 처음 만난 순간부터 너만 보았는데 너는 왜 나를 봐주지 않는 것이냐.

돈후는 벌떡 일어났다. 온요가 눈물 머금은 눈으로 쳐다보았다.

화는 났지만 애처로웠다. 온요에게 필요한 것은 시간이다. 시간이 흘러 상처가 아물면 달라질 것이다. 기다리면 된다. 기다리면 때가 올 것이다. 돈후는 거칠어진 숨을 가다듬고 말했다.

“아직도 안색이 좋지 않소. 오늘 이야기는 안 들은 것으로 할 테니 다른 생각 말고 몸이나 잘 추스르시오.”

몸을 돌려 방을 나서려는데 온요가 달려와 돈후의 팔을 붙잡았다. 붙잡힌 팔에서 벼락같은 전율이 느껴졌다. 온요는 다급하게 붙잡아놓고는 말이 없었다. 할 말은 있는데 차마 뱉지 못하는 듯했다. 가슴이 펄떡거렸다. 모든 신경이 팔을 잡은 온요의 손으로 향했다. 주저하던 온요가 떨리는 목소리로 입을 열었다.

“차라리…… 저를 취하시고…….”

돈후는 홱, 몸을 돌렸다. 화들짝 놀란 온요가 손을 거두며 물러났다. 몸속에서 바람이 일기 시작했다. 바람을 따라 분노와 충동이 엉키고 검은 욕망이 고개를 들었다. 돈후는 온요를 노려보며 성큼 다가섰다.

“기어이 거래를 하고 싶단 말이지? 내게 그 몸뚱이를 팔아 값을 치르겠다고?”

돈후가 다가서자 온요는 움찔거리며 뒷걸음질 쳤다. 한 걸음 다가설 때마다 꼭 한 걸음씩 물러섰다. 곧이어 온요의 등이 벽에 닿았다. 온요는 당황한 표정을 감추며 고개를 숙였다. 그러고는 비를 피해 웅크린 작은 새처럼 덜덜 떨었다.

온요가 떠는 모습을 보니 가슴에 통증이 일었다. 사내로 봐주길 원하건만 도적 보듯 두려워하는 온요. 몸속에서는 검은 욕망이 봉인을 풀기 위해 꿈틀거렸지만 더 다가서지는 않았다. 멈추자. 멈춰야 한다. 충동적으로 온요를 범할 수는 없다. 돈후는 열기를 다스리며 한 걸음 물러났다.

그때였다. 온요가 고개를 번쩍 들었다. 궁지에 몰린 것이 새삼 분했는지 미간에 힘까지 주고 당차게 쏘아보았다. 그러고는 작심한 듯 크게 숨을 들이마시고 눈을 꼭 감았다. 취하라는 뜻이다. 마지못해 객을 맞은 창기처럼 구는 태도에 다시금 분노와 충동이 엉키기 시작했다. 물러섰던 돈후는 입을 비틀며 다가섰다.

손을 뻗어 온요의 볼을 감싸 쥐었다. 보드라운 볼이 손안에 들어왔다. 돈후는 고개를 기울여 천천히 입을 맞추었다. 온요의 말캉한 입술에 닿는 것만으로도 금세 몸이 달아올랐다. 하지만 온요는 입술은 내주면서도 입은 꼭 다문 채 열지 않았다. 문득 천마산에서 운의 품에 안겨 입을 맞추던 모습이 떠올랐다. 노기가 치솟았다.

엄지로 턱을 내려 혀를 밀어 넣었다. 감았던 온요의 눈이 동그랗게 열렸다. 온요의 보드라운 혀를 휘감고 폭풍처럼 입안을 훑었다. 갑작스러운 침입에 놀란 온요가 돈후의 가슴팍을 밀어내려 꿈틀거렸으나 허리를 감고 바짝 당겨 제압했다. 빰을 어르던 손으로 뒷머리를 받치고는 더욱 세게 혀를 빨아들였다. 달큼한 타액이 목을 타고 넘어오자 온몸의 피가 끓었다. 숨을 빼앗긴 온요는 금세 축 늘어졌다.

몰아치듯 입맞춤을 한 뒤 돈후는 온요를 안아 들고 침상으로 향했다. 푹신한 비단 이불 위에 그녀를 눕힌 뒤 관복과 저고리를 벗어 던졌다.

그래, 네가 원하는 대로 거래에 응해주겠다. 마음 열어줄 때를 기다리겠다 생각한 내가 순진하고 어리석었다. 스스로 창기가 되길 원한다면, 오냐, 기꺼이 색한이 되어주마. 그것도 아주 철저하게!

침상으로 올라갔다. 단단히 둘러 묶은 대를 풀려고 하자 온요가 섶을 움켜쥐고 고개를 가로저었다. 돈후는 몸을 낮춰 속삭이듯 윽박질렀다.

"몸으로 값을 치르겠다고 하지 않았나? 그래놓고 나를 거부하면 안 되지. 내 말을 거역하거나 몰래 도망치면 거래는 무효다. 산채 사람들은 모두 도망자야. 개경이든 서경이든 도망자를 받아줄 곳은 없다. 새로운 산채가 어디 있는지 내가 모를 것 같으냐? 변란 중이라도 사람을 풀면 산채 부수는 것쯤은 일도 아니다. 그러니 태도를 분명히 해. 지금이라도 거래를 그만두겠다면 당장 물러나줄 테니."

온요의 눈에 파란 불꽃이 일었다. 날 선 눈빛으로 쏘아보던 온요는 돈후의 손을 야멸치게 쳐냈다. 그러고는 시위하듯 제 손으로 대를 풀었다.

대가 온요의 몸에서 떠나자 헐거워진 섶 사이로 뽀얀 속살이 비쳤다. 돈후는 참지 못하고 섶을 헤쳐 벌렸다. 저고리 속에 꽁꽁 숨겨져 있던 동그란 젖무덤이 드러났다. 맥이 터질 듯 빨라졌다. 젖가슴을 가득 베어 물었다. 금세 하얀 젖가슴 여기저기에 붉은 점이 맺혔다. 서둘러 저고리를 벗겼다. 가슴에서 배꼽으로 핥아 내려오는 동안 치마와 속곳도 벗겨냈다.

머리카락처럼 새카만 거웃을 보는 순간 머릿속이 하얗게 바랐다. 온몸 곳곳을 돌아다니며 들끓던 피가 불꽃이 되어 중심으로 모여들었다. 이제는 멈출 수도 늦출 수도 없다. 돈후는 온요의 매끈한 두 다리를 가르고 덮치듯 파고들었다.

"으윽……."

온요가 단말마 같은 비명을 뱉어냈다. 돈후는 놀라 우뚝 멈추었다. 내려다보니 온요의 얼굴이 잔뜩 일그러졌다. 찌푸린 미간에 고통이 서리고 앙다문 잇새로 흐느낌이 새어 나왔다. 몸도 뻣뻣하게 굳었다.

이런!

돈후는 재빨리 온요를 감싸 안았다. 서운함과 투기심에 사로잡혀 이성을 잃고 말았다. 후회가 밀려왔다. 섣부른 자신에게 욕지기도 치밀었다. 하지만 돌이키기에는 이미 늦어버렸다.

"쉬……."

돈후는 온요의 얼굴을 쓸고 어루만지며 달랬다. 눈가를 저신 눈물을 닦고 핥으며 기다렸다. 고통으로 뻣뻣해진 몸은 오래지 않아 풀어졌다. 흐느낌도 잦아들었다.

돈후는 조심스럽게 온요의 머리를 받친 뒤 한쪽 어깨를 내주었다. 팔을 아래로 감아 힘주어 온요를 껴안고 천천히, 그러나 온전히 제 몸을 밀어 넣었다. 파르르 떨며 몸을 굳히던 온요가 돈후의 어깨를 깨물었다. 날카로운 통증과 함께 아찔한 쾌감이 밀려들었다. 다시금 피가 솟구쳤다.

돈후는 억눌린 신음을 들으며 온요의 몸속으로, 몸속으로 파고들었다. 처음이라 고통스러울 온요를 배려하고 싶었지만 그러지 못했다. 춘정을 느꼈던 날부터 지금까지 꾹꾹 눌러왔던 짐승의 열기를 이성의 힘으로는 제어할 수 없었다. 온요의 가늘고 하얀 목을 핥고 동백처럼 붉은 입술을 삼키고 마침내 제 몸속의 모든 것을 쏟아붓고 나서야 부서지듯 허물어졌다.

투두둑.

어두운 창호 너머에서 빗소리가 났다. 봄이 멀지 않은 것인가. 동장군의 위세가 사그라지기도 전에 비가 내리고 있다. 돈후는 팔을 괸 채 잠든 온요를 내려다보았다. 온요를 보며 빗소리를 들었다. 온요는 갓 태어난 새끼노루처럼 모로 누워 얕은 숨을 뱉어냈다. 그

모습을 보고 있자니 만 가닥 감정이 빗물이 되어 가슴을 채우고 적셨다.

우세스럽게도 온요에게 첫 사내라는 사실이 기쁘다. 온요는 언제나 잡힐 듯 잡히지 않고 달아나던 바람이었는데 오롯이 품 안에 깃들어있다는 사실도 느껍다. 하지만…… 두렵다. 노기를 이기지 못해 잔인하게 내뱉은 말이 그녀에게 주었을 상처가 두렵고, 서슬 퍼런 아버지의 눈길이 만들어낼 감옥도 두렵다. 무엇보다 온요가 끝내 외면할까 두렵다.

이제라도 용서를 구한다면 받아줄까. 소중하게 아끼며 은애하고 싶었다 고백한다면 믿어줄까. 어찌해야 할까. 어찌해야 돌이킬 수 있을까. 윽박지르고 가둔다고 지킬 수도, 취하고 품는다고 마음을 얻을 수도 없을 텐데, 어찌하면 온요에게 온전한 사내로 인정받을 수 있을까.

빗소리가 거세졌다. 온요가 뒤척였다. 돈후는 조심스럽게 이불을 여며주었다. 온요는 다시 깊게 잠든 듯 고른 숨을 뱉어냈다. 앓던 밤처럼 악몽을 꾸는 것 같지 않아 다행이다. 돈후는 몸을 굽혀 온요의 이마에 입을 맞춘 뒤 가만히 일어나 침상에서 벗어났다.

화로에 숯을 얹었다. 이불 속에 있다고는 해도 알몸의 온요가 추울까 염려되었다. 횃대에 걸린 침의를 집어 대충 걸친 뒤 누더기 같은 온요의 옷을 말아 들고 방을 나섰다.

비가 와서인지 별채 주변에는 아무도 보이지 않았다. 소리쳐 삼복을 부르면 온요가 깰 것 같아 고민하고 있는데, 마치 기다렸다는 듯 삼복이 중문 밖에서 빼꼼 얼굴을 내밀었다. 돈후와 눈길을 마주친 뒤에는 도둑처럼 살금살금 걸어와 몸을 배배 꼬더니 제 머리를 벅벅 긁었다. 하는 양이 이상해 고개를 기울이자 삼복이 바싹 다가와 귀에 대고 속삭였다.

"필요한 게 있으시면 말씀하셔요."

뭐 하는 짓이냐 눈으로 물으니 다시 다가와 소곤거렸다.

"알고 있습니다요."

미간을 구기자 손으로 제 입을 가리고 웃기까지 했다.

"대감마님 퇴청 고하러 왔던 놈이 마당에서 들었습니다요. 제가 입단속은 했는데 그래도 조만간 다 알게 될 겁니다요."

얼굴이 화끈 달아올랐다. 민망해진 돈후는 온요의 옷가지와 낡은 짚신을 삼복의 가슴팍에 안기며 낮은 목소리로 일렀다.

"내다 버리든 태우든 해라. 그리고 따뜻한 물 좀 받아오너라."

삼복이 온요의 옷가지와 짚신을 보며 고개를 갸웃거리더니 빗속을 뚫고 사라졌다. 돈후는 대청에 서서 습기 머금은 찬바람을 맞았다.

종복들이 알았다면 아버지도 아시겠지. 혼서들 쌓아놓고 이것저것 계산하기 바쁜 어머니도 아실 것이다. 차라리 잘 되었다. 이로써 어른들과 공연한 입씨름은 하지 않아도 된다. 온요를 내자로 맞으려면 넘어야 할 산이 남았지만 끈질기게 버티면 될 것이다. 계산속

빤한 어머니가 되레 든든한 우군이 되어줄 것이다. 눈엣가시 같은 장자가 보잘것없는 내자를 맞는다면 그보다 좋은 일도 없을 테니.

잠시 후 간난어멈이 놋대야를 들고 별채 마당으로 들어왔다. 삼복 대신 온 모양이다.

"제가 들어가 도와드릴까요?"

돈후는 고개를 저었다.

"옷가지를 버리라 하셨다는데 마땅한 것이 없으니 어찌할까요? 마님 것이라도……."

재차 고개를 저었다. 온요 옷은 직접 골라 마련해줄 것이다. 돈후는 간난어멈으로부터 놋대야를 건네받았다. 간난어멈은 돈후의 손에 하얀 비단 수건을 쥐여주며 말했다.

"처음엔 많이 힘들어요. 잘 다독여주세요."

돈후는 고개를 끄덕인 뒤 돌아서 방으로 향했다. 조심조심 열었지만 덜컥 문소리가 났다. 문지방을 살금 넘어들어가자 온요가 일어나 앉아있는 모습이 보였다. 이불로 둘둘 말아 알몸을 감추고는 한껏 웅크린 채였다.

돈후는 움츠렸던 어깨를 펴고 뚜벅뚜벅 걸어가 침상 옆에 놋대야를 내려놓았다. 비단 수건을 물에 담가 적셨다. 따뜻한 물이 손가락 사이로 부드럽게 흘러내렸다.

돈후가 적신 수건을 들고 다가가자 온요는 더욱 웅크렸다. 이불을 걷어내려 하자 손을 붙잡았다. 돈후는 제 손을 붙잡은 온요의 손을 내려다보았다. 작고 가늘지만 마디는 굵고 거친 손이다.

"옷이…… 없어졌어요."

돈후는 답하지 않았다. 온요의 손을 털어내고 이불깃을 잡자 온요도 방어하듯 맞잡았다.

"나를 거역하면 거래는 무효라 했는데, 그새 잊었소?"

쳐다보는 온요의 눈에 또다시 원망이 담겼다. 하지만 힘주어 잡았던 이불깃은 놓았다. 가슴에 통증이 일었다. 겁박하지 않으면 한 발자국도 나아갈 수 없단 말인가. 돈후는 제 얼굴에 지는 그늘을 감추며 온요를 천천히 눕혔다.

가늘고 약한 온요의 몸. 요기라고는 찾아볼 수 없는 정갈한 몸이다. 보드라운 순백의 몸 위에 자신이 남긴 흔적이 보였다. 안쓰럽고 미안했지만 내색하지 않고 온요의 몸을 닦았다. 동상 때문인지 작은 발이 퉁퉁 부어있었다. 발에 입을 맞추자 화들짝 놀란 온요가 몸을 한껏 말아 움츠렸다. 돈후는 더 작아진 온요의 몸 위에 이불을 덮어주었다.

심지를 눌러 불을 껐다. 삽시간에 방 안 가득 어둠이 드리웠다. 돈후는 침상으로 다가갔다. 기척을 느낀 온요가 거리를 벌리며 침상 끝으로 달아났다. 달아나다 벽에 부딪혀 둔탁한 소리까지 냈다. 쓴웃음이 나왔다. 돈후는 이불 속에 몸을 넣은 뒤 베개를 세워 기댔다.

"옷은 새로 마련하는 대로 가져다주겠소."

"하지만 옷이 없으면……."

"침상에서 나오지 않으면 될 것이 아니오. 정 아쉬우면 내 옷이라도 입으시든지."

"……."

"이제부터 그대의 거처는 이곳이오. 내 허락 없이는 벗어나지 마시오."

"……."

어둠 속에서 짧은 대화가 오간 뒤 방은 고요해졌다. 빗소리도 잦아들었다. 돈후와 온요가 내뱉는 숨소리만 방 안을 채웠다. 돈후는 또다시 뜨거워지는 제 몸의 열기를 진정시키며 눈을 감았다. 눈을 감자 그간의 피로가 한꺼번에 몰려들었다. 돈후는 수렁에 빠지듯 깊은 잠 속으로 빠져들었다.

창호가 어스름했다. 새벽이다. 온요는 돈후가 깨지 않도록 조심스럽게 몸을 일으켰다. 아랫도리에서 쓰린 통증이 느껴졌다. 흑, 신음도 터져 나왔다. 손으로 입을 가리고 돈후를 살폈다. 깊게 잠들었는지 미동도 없다. 온요는 양팔로 벗은 몸을 감싼 채 돈후를 내려다보았다. 어슴푸레 그의 얼굴이 드러났다.

처음 돈후를 보았던 날이 떠올랐다. 말에서 떨어져 정신을 잃었다가 번쩍 눈을 뜨고 자신을 보았던 아름다운 사내. 왜 그때 이 사내를 보자마자 두려웠는지, 왜 한시라도 빨리 도망치고 싶었는지 이제야 알 것 같다. 이 사내는 아름다운 얼굴 뒤에 가시와 독을 감추고 있었다. 그가 뒤늦게 드러낸 가시에 찔리고 독에 물들어 꼼짝없이 갇히고 말았다.

온요는 무릎을 세우고 얼굴을 묻었다. 울음이 올라오는 것을 간신히 참고 삼켰다.

이제 어찌해야 하나. 정녕 이 사내의 노리개로 살아야 하나. 제안이 뻔뻔하고 흉하여 분노했지만 산채에서 보았던 너그러운 성품을 기대했다. 그래서 정조라도 팔아 산채로 돌아가고자 했는데, 이 사내는 정말로 나를 놓아주지 않을 것 같다.

왜 나일까. 저리 아름다운 얼굴과 고귀한 신분을 가졌으면서 왜 나처럼 보잘것없는 계집을 놓아주지 않는 걸까. 개경에 널린 아리따운 귀족 처자들과 기생들, 대궐 같은 집을 가득 채운 여종들을 두고 왜 하필 나일까. 동생인 돈중이 어린 노비들을 꼬챙이로 찔러가며 괴롭히는 모습을 본 적이 있다. 돈후도 그런 사람일까. 하찮은 계집을 희롱하며 즐기는…….

온요는 머리를 흔들었다. 의도가 무엇이든 노리개는 되지 않을 것이다. 희롱당하며 살 바에야 차라리 노비가 되어 죽도록 일하며 사는 것이 낫다.

온요는 소리를 죽이며 침상을 빠져나왔다. 어둠을 더듬어 장을 열고 그의 옷가지를 꺼내 대충 꿰어 입었다. 그러고는 살금살금 걸어 방을 빠져나왔다.

댓돌에는 돈후의 가죽신밖에 없었다. 온요는 맨발로 내려와 간밤의 비로 질척대는 땅을 밟고 걸었다. 행랑으로 가 간난어멈의 방문을 톡톡 두드렸다. 기척이 없어 다시금 두드렸다. 잠시 후 문이 열리고 간난어멈이 잠이 덜 깬 얼굴을 내밀었다.

"아가씨?"

간난어멈이 놀라 뛰어나왔다.

"저…… 남는 옷이 있으면 좀 빌려주세요."

그녀가 동그래진 눈으로 온요를 훑어 살피더니 옆방으로 이끌었다. 온요는 흙 묻은 발을 대충 닦고 들어갔다. 병과 함께 묵던 방인데 다행히 비어있었다.

"왜 나오셨어요? 여기는 아가씨가 계실 곳이 못 돼요."

"저는 여기가 더 편해요."

"많이 힘들었어요? 원래 처음에는 힘들어요. 하지만 곧 괜찮아져요. 지금은 도련님이 미워도 조금만 있으면 좋아지실 거예요. 우리 도련님이 얼마나 좋은 분인데요."

간난어멈은 돈후와 온요의 악연에 대해 모른다. 그래도 따뜻한 손으로 어루만지며 위로하는 그녀가 고맙다. 온요가 고개를 숙이고 눈물을 떨어뜨리자 간난어멈이 등을 쓸어주었다.

"우선 급한 대로 간난이 옷을 가져올게요. 지금 차림을 누가 볼까 걱정되네요. 도련님이 어여쁜 옷을 마련해주신다 했으니 며칠만 참으세요."

방을 나간 간난어멈이 금세 옷가지를 안고 돌아왔다. 변변치 못하다며 걱정했지만 온요는 반갑게 받아들었다. 돈후의 옷을 벗고 간난의 옷으로 갈아입는 동안 간난어멈은 온요의 몸을 살폈다. 부끄러웠다. 온요가 대를 둘러 단단히 섶을 갈무리하자 간난어멈이 기다렸다는 듯 입을 열었다.

"우리 도련님, 외롭게 자라셨지만 늘 반듯하고 고우셨어요. 마님 성정이 한설 같아 힘드셨을 텐데도 내색 한 번 하지 않으셨지요. 그런데 어인 곡절인지 지난해부터 많이 힘들어하세요. 제가 젖어미 한 인연으로 가까이서 도련님을 보아왔지만 그런 모습은 처음이에요. 아가씨라면 우리 도련님을 잘 돌봐주실 것 같아요. 부탁드려요."

온요는 답하지 않았다. 온요도 돈후가 그런 사람인 줄 알았다. 간난어멈조차 그의 가면 같은 겉모습에 속은 것이다. 그녀의 이야기를 듣고 나니 가슴이 더욱 차갑게 식었다.

동이 트자 간난어멈은 반빗간으로 향했다. 간난어멈은 본디 노비가 아니었다고 들었다. 어쩌다 돈후의 집안과 인연을 맺었는지는 모르지만 지금은 반빗간의 여종들을 이끄는 찬모라고 했다.

온요도 반빗간으로 갔다. 웬만한 기와집 한 채와 맞먹는 규모에 절로 입이 벌어졌다. 돈후의 부친인 김부식이 고려 최고의 권력자인 줄은 알았지만 상상했던 것보다 살림의 규모가 컸다. 모여든 여종만 수십이었고 겨울임에도 갖가지 식재료가 높이 쌓여있었다. 이른 새벽 눈을 비비며 서둘러 뛰어나온 여종들은 일사불란하게 흩어져 제 할 일을 했다.

무엇을 해야 할지 몰라 망설이던 온요는 식재료 다듬는 무리 틈에 끼어 앉았다. 여종들이 궁금해하며 쳐다보았다. 누군가 귀엣말을 하자 놀란 표정이 파도처럼 전달되었다.

온요는 어색한 미소를 지으며 생선을 집어 들었다. 비린내 때문에 누구든 만지기 싫어하는 재료다. 칼등을 세워 거침없이 비늘을 긁어냈다. 밥 짓기든 빨래든 장작 패기든 몸 쓰는 일이라면 두렵지 않다. 산채에서 안 해본 일 없이 하며 자라온 온요다. 지금은 오히려 모든 것을 잊어버릴 정도로 혹독한 일이 필요했다.

비늘을 긁고 아가미와 꼬리를 잘라 떼어냈다. 손질을 마친 생선을 바구니에 담고 다른 생선을 집어 들었다. 네 번째 생선을 집어 들 무렵 주변 낌새가 이상해졌다. 재잘재잘 떠들던 여종들이 약속이라도 한 듯 동시에 입을 다물었다. 생선을 도마에 올리고 비늘을 긁던 온요는 여종들을 쳐다보았다. 여종들의 시선이 향한 곳을 따라가 보니 돈후가 있었다.

돈후는 침의 차림에 맨발이었다. 어디를 뛰어다니다 왔는지 발은 흙투성이였고 흐트러진 매무시에 벗은 듯 맨몸이 드러났다. 일하던 여종들 모두가 황망히 머리를 조아렸다. 돈후는 화가 난 듯 매운 눈길로 온요를 보았다. 처음엔 온요도 화들짝 놀라 쳐다보았으나 이내 눈길을 거두고 하던 일을 계속했다. 생선 비늘을 긁으며 속으로 빌었다.

'제발 나를 그냥 내버려둬. 당신을 보고 싶지 않아.'

돈후가 다가와 온요의 손에서 칼을 빼앗아 내던졌다. 비늘 묻은 칼이 소리를 내며 바닥에 굴렀다. 돈후는 온요의 손을 우악스레 붙잡아 일으킨 뒤 중문으로 향했다. 여종들의 눈이 일제히 온요와 돈후에게 모였다. 온요는 몇 걸음 가지 않아 돈후의 손을 내던지듯 뿌리쳤다. 그러고는 돌아와 여종 무리 속에 앉았다.

돈후는 더욱 성난 얼굴로 다가와 노려보더니 이번에는 양 손목을 얽어 잡았다. 온요는 오라에 묶인 것처럼 질질 끌려갔다. 반빗간 앞에서 지켜보던 간난어멈과 눈길이 마주쳤다. 그녀가 안쓰러운 눈빛으로 얼른 가라 손을 내저었다.

반빗간을 나와 중정을 거쳐 별채로 향하는 동안 남종들까지 모여들었다. 돈후는 아랑곳하지 않고 성큼성큼 걸어갔다. 별채에서 나오던 삼복이 둘을 보고 놀라 입만 벙싯댔다. 온요는 고개를 푹 숙였다. 돈후가 주는 모욕에 분노가 치밀었다.

별채 침소로 들어섰다. 돈후는 온요를 침상 위에 밀어 앉힌 뒤 상을 짚고 고개를 숙인 채 씩씩거렸다. 그러고는 주먹으로 쿵쿵 내리쳤다. 온요는 그가 왜 저렇게 화를 내는지 이해할 수 없었다. 왜 그리 거친 눈길로 보는지도 이해할 수 없었다. 차라리 돈중처럼 꼬챙이로 찌르며 괴롭히는 편이 나을 것이다.

“내 허락 없이 이곳을 벗어나면 안 된다 하지 않았소?”

돈후의 거친 숨이 온요에게까지 닿았다.

“저는 당신의 첩이 아니에요!”

온요는 한껏 날을 세워 소리쳤다. 기세와 달리 돈후는 말문이 막힌 듯 입을 다물었다.

“치러야 할 값이 남았나요? 그래서 산채로 보내주지 않겠다는 건가요? 그렇다면 좋아요. 값을 다 치를 때까지 노비로 살겠어요. 어차피 천한 신분이었으니 달라질 것도 없어요. 하지만 이곳에서 지내진 않겠어요. 노비는…… 주인의 방에서 지내지 않아요.”

돈후의 숨은 더욱 거칠어졌다. 불과 몇 시진 전까지만 해도 분노하는 그가 두려웠지만 이제 더 이상 두렵지 않다. 온요는 차분하게 가라앉았다.

몸을 팔았다고 노리개가 되는 것은 아니다. 아버지 운곡이 그랬다. 풀이나 꽃이 꺾인다고 제 본성을 잃는 것은 아니라고. 꺾였다고 해도 그것은 여전히 풀이요 꽃이다. 정조를 잃었어도 온요는 온요일 뿐, 달라진 것은 없다. 돈후에게 굴복해 노류장화보다 못한 신세로 살지는 않을 것이다.

“노비로 살겠다……. 그리 원한다면 기꺼이 노비로 대해주지. 나는 네 주인이다. 그러니 앞으로는 절대 내 말을 거역하지 마라. 다시 한 번 말한다. 별채를 벗어나지 마라. 어길 때는 네가 아니라 너를 받아준 노비들을 엄벌하겠다. 그들이 겪는 고초는 모두 네 책임이야!"

돈후는 방을 나갔다. 대청 너머에서 거칠게 문을 여닫는 소리가 났다. 잠시 후 우당탕 집기 구르는 소리도 났다. 그가 화를 쏟아내는 소리를 들으며 온요는 눈물을 흘렸다.

아버지는 왜 나를 두고 가셨을까. 나는 왜 그때 아버지 곁에서 죽지 못했을까. 아직도 씻어내야 할 죄가 많이 남아서일까.

온요는 침상 위로 무너져 울음을 쏟아냈다.

집착

운은 새벽길을 달려 서경 북쪽의 임원역으로 향했다. 어스름이 가시기도 전에 묘청의 전령이 다녀갔다. 묘청은 조회 전에 만나기를 원했다. 아마도 운이 조광과 만난 일을 궁금해하고 있을 것이다.

"정운 공자시오?"

말에서 내리자마자 하급 관원 복색을 한 자가 다가와 아래위를 훑으며 물었다. 운이 고개를 끄덕이자 턱짓으로 따르라 일렀다. 한 궁인이 다가와 말고삐를 넘겨받았다. 관원의 태도가 무례했지만 운은 군말 없이 뒤를 따랐다. 문을 통과하자 햇빛을 받은 궁이 제 모습을 드러냈다.

대화궁. 풍수설에 따라 지은 고려의 이궁이다. 묘청은 지덕이 쇠

한 개경을 버리고 왕성한 임원역에 궐을 지으면 금을 제압할 수 있을 것이라 주장했다. 그래서 혹한과 폭염 중에도 공사를 강행했고, 덕분에 많은 백성이 죽어나갔다. 벼락이 지붕을 쳐 부서지는 사고까지 일어났지만 중단하지 않았다. 그렇듯 각고의 노력을 기울였음에도 결국 전각들을 다 짓기도 전에 변란에 휩싸이고 말았다.

운은 처음 대화궁을 보았을 때 적잖이 실망했다. 개경의 본궐에 못 미치는 규모 때문이 아니다. 아버지 정지상은 묘청과 더불어 지나칠 정도로 궁 공사에 매달렸다. 과연 아버지가 바라던 세상의 중심이란 한낱 지리나 건물 따위에 불과했던가. 설령, 이곳이 풍수가들이 말하는 대화세의 명당이라 해도 백성의 고혈로 짓는 세상은 결코 이상향이라 할 수 없다. 그것이 아버지의 꿈을 믿지 않았던 이유이기도 했다.

하지만 상황은 변했다. 생각은 바뀌지 않았으나 세상이 운을 이곳으로 떠밀었다. 일전에 조광을 만나 나눈 대화도 바뀐 운명이 만든 것이다. 조광을 만나고 돌아오면서 운은 생각했다. 운곡 스승님은 이미 나의 운명을 예견하고 있었다고. 산채를 나가 아비를 살피라는 말은 운명에 순응하라는 충고였던 셈이다.

운은 고개를 돌려 건룡전을 바라보았다. 대화궁의 정전. 임금을 위해 지었으나 임금은 없고 신하만 드나드는 곳. 묘청과 조광은 바로 저곳이 새 나라의 중심이라 선언했다. 그러고는 임금 없이 신하들만 모여 조회를 준비하고 있다.

건룡전을 지나자 팔성당이 눈에 들어왔다. 불가에서 모시는 여덟 신의 상(像)을 가져다 놓고 나라의 복을 기원하는 곳. 묘청은 팔성당이 왕권을 안정시키는 데 기여할 것이라 장담했지만 결과적으로는 왕권을 가장 크게 위협하는 반란의 중심지가 되었다.

운의 입에 쓴웃음이 물렸다. 껍데기만 남은 자신이 껍데기 같은 전각 틈에 있으니 이것이야말로 잘 어울리는 조합이 아닌가.

"어서 오너라. 서둘러 오라 해서 미안하구나."

묘청은 팔성당 앞에 나와 기다리고 있었다. 운은 깍듯이 고개 숙여 인사했다. 인도해준 관원은 더 깊게 허리 숙여 인사한 뒤 물러갔다. 묘청은 운을 이끌고 팔성당 안쪽 집무실로 들어갔다. 대화궁에 머물 때 대부분의 시간을 보내는 곳이라고 했다. 동자승이 차와 떡을 올린 소반을 내려놓고 나갔다.

"조반도 걸렀을 텐데 시장기라도 면하여라."

묘청이 떡을 권했으나 운은 차만 마셨다. 묘청은 아버지 같은 눈빛으로 운을 쳐다보았다. 지상의 참변 소식을 듣고 가장 많이 눈물을 흘린 이가 묘청이라고 들었다. 아마도 아비 잃은 운을 가엾게 보고 있을 것이다.

"오늘 조회에 들기 전에 네게 물어보고 싶은 것이 있어 불렀다. 조 시랑에게 들으니 네가 군관 자리를 달라 했다더구나. 사실이냐?"

묘청은 조광을 조 시랑이라고 불렀다. 천견충의군을 이끄는 원수임에도 고려의 관작으로 부르는 것은 그를 마음으로 인정하지 않는다는 뜻이리라.

"그렇습니다."

담담하게 답하자 묘청은 의아해했다.

"나는 네가 조정의 일을 원할 것이라 생각했는데 뜻밖이구나. 문장 좋고 상단 경험도 있는 네가 조정에 들어오면 큰 힘이 될 텐데, 지금이라도 바꿀 생각은 없느냐?"

"없습니다."

운의 짧은 답에 묘청은 낯을 굳혔다. 벼린 칼처럼 날카로운 눈빛으로 운을 살피더니 카랑한 목소리로 물었다.

"복수를 하고 싶은 게냐?"

"……."

입을 다물고 답하지 않자 묘청이 목소리를 높였다.

"이미 조 시랑으로부터 개경 소식을 듣지 않았느냐. 개경에서 토벌군이 편성되었다. 네 아비를 죽인 김부식이 토벌군을 이끄는 사령관이 되었지. 네가 갑자기 군관 자리를 달라 한 것이 부식과 관계가 있느냐?"

묘청이 답을 재촉했다. 울컥, 뜨거운 것이 치밀었다.

복수를 위해 군관이 되려느냐고? 그렇다. 애초부터 천도나 건국 따위는 관심도 없었다. 권력의 주인이 바뀐다고 세상이 달라질 것이라 믿지도 않았다. 고려라는 우물에 갇혀 개구리처럼 치받으며 사는 자들을 오히려 경멸한다. 세상은 아버지나 묘청 같은 사람이 아니라 운곡 같은 이들이 필요하다. 하지만 이제 운곡은 세상에 없다. 아버지는 눈앞에서 참살되었고, 외로운 삶의 유일한 희망이었던 온요는 원수의 아들에게 빼앗겼다. 그러니 내가 할 수 있는 일이란 복수밖에 없다. 거듭 다짐하건대, 온 힘을 다하여 베고 죽이고 갈아 마셔버릴 것이다.

피가 끓었으나 운은 담담한 목소리로 답했다.

"제가 필요치 않으시다면 돌아가겠습니다."

운의 답에 묘청이 소리를 버럭 질렀다.

"이 녀석아, 그런 말이 아니지 않느냐. 조 시랑더러 너를 조정으로 부르라 한 것이 바로 나다. 남호가 열반하고 남긴 것이 오직 너뿐인데 아비 따라 죽을 길로 가겠다니 내 어찌 두고 본단 말이냐. 어리석은 놈! 복수를 하려거든 더 나은 방법을 찾아라. 칼로 벤다고 원과 한이 사라지는 것이 아니다. 휘두를수록 업만 쌓는 것이지."

운이 다문 입을 더 굳게 다물자 묘청은 이마를 잡고 한숨을 뱉어냈다. 목이 타는지 꿀꺽꿀꺽 차를 마셨고, 운을 쳐다보다 절레절레 고개를 흔들었다. 운은 그저 시시때때로 변하는 묘청의 얼굴을 지켜보기만 했다.

한참 후 제 색을 찾은 묘청이 입을 열었다.

"네 질긴 고집을 누가 말릴 수 있겠느냐. 다소나마 연해질까 싶어 운곡에게 보내라 했었는데 되레 쇠고집이 되었구나. 군관 자리 안 준다 하면 개경으로 직접 쳐들어갈 것이 자명하니 도리 없지. 그래,

마땅한 자리를 찾아보라 전하마.”

어찌 된 일일까. 묘청은 전혀 모르고 있다. 조광은 이미 여러 날 전에 자리를 약속했다. 운은 전위군으로 서길 원했다. 가능하다면 실력 있는 자들로 소규모 부대를 만들어 직접 이끌고 싶다고 했다. 조광은 먼저 운에게 실력을 갖추었는지를 물었다. 운은 과거를 포기한 직후 무예 수련을 받았으며 대륙에서도 경험이 있다 답했다. 직접 대련 시범을 보이기까지 했다. 조광은 현실적이고 냉정한 사람이었다. 운의 눈빛을 찬찬히 가늠하더니 흔쾌히 받아들였다. 운의 복수심을 이용할 만하다 판단했을 것이다.

“덕우에게서 천마산 산채가 모두 이전했다는 소식을 들었다. 그런데 온요는 오지 않았다고 하더구나. 어찌 된 사정인지 아느냐?”

온요……. 이름만 들어도 피가 거꾸로 솟는 것 같다. 분노와 배신감이 불처럼 일어나 온몸을 활활 태워버릴 것 같다. 운은 뜨거운 숨을 삼키고 답했다.

“모릅니다.”

묘청은 눈을 가늘게 뜨며 쳐다보았다. 운의 미세한 변화를 읽은 모양이다. 당장 일어나 나갈까 고민하는데 동자승이 들어와 조회 시각을 고했다. 묘청은 잠시 운을 바라보더니 자리에서 일어났다. 운도 따라 일어섰다.

“네가 무관으로 출사한다는 말을 들었다면 남호가 뭐라 했을지 모르겠다. 오랑캐놈을 데려다 군관 삼으려 했는데 일이 엉뚱하게 되었구나. 그놈 말대로 내가 땡초 중의 땡초로다."

묘청은 빠른 걸음으로 팔성당을 나섰다. 운은 팔성당 앞에 서서 묘청의 뒷모습을 지켜보았다. 건룡전으로 향하는 그의 걸음이 위태롭게 느껴졌다. 마치 아버지 지상의 뒷모습을 지켜보는 것처럼.

대화궁 안에는 두 개의 탑이 있다. 하나는 조광의 것이고 다른 하나는 묘청의 것이다. 따로 솟은 탑의 거리만큼이나 두 사람이 꿈꾸는 세상은 다르다. 조광은 김부식에 가깝지만 묘청은 정지상에 가깝다. 결기와 이상만으로 세상과 부딪혔던 아버지는 단칼에 베여 사라졌다. 부디 묘청이 같은 운명을 밟지 않기를 바랐다. 운은 이제 누구도 지키거나 살피지 않을 것이므로…….

온요는 별채 대청에 멍하니 앉아있었다. 해 기우는 담장 너머로 뽐내듯 치뻗은 기와지붕이 켜켜이 보였다. 그 아래에는 지붕만큼이나 많은 담장이 가로막고 있다. 대궐 같은 돈후의 집은 수십 겹으로 단단히 둘러친 감옥이다. 온요의 힘으로는 도저히 부수거나 뛰어넘을 수 없는…….

한기를 실은 바람이 창살 같은 담장을 넘어왔다. 처마 밑의 풍경이 아픈 소리를 내며 돌았다.

새벽마다 반빗간에서 돈후 손에 끌려 나오기를 수차례. 오늘은 간난이 다가와 온요에게 부탁했다. 자꾸 반빗간에 나타나면 자신들이 곤란하니 오지 말아달라고, 한 번만 더 나타나면 정말 매질을 당할지 모른다며 걱정했다. 온요는 사과하며 황망히 돌아섰다.

돌아서니 갈 곳이 없었다. 행랑의 빈 방은 다른 여종의 차지가 되어버렸고, 빼곡하게 채워진 수십 칸의 건물은 저마다 할 일을 가진 노비들로 채워져 틈이라고는 없었다. 겉으로는 깍듯해도 차갑게 경계하는 노비들의 눈초리를 감당하기도 힘들었다. 결국 온요는 별채로 돌아와 허수아비처럼 앉아 하루를 보냈다.

상념에 잠긴 사이 중문 사이로 낯익은 장정의 얼굴이 비쳤다 사라졌다. 오늘만 벌써 세 번째다. 건장한 종복들이 순검하듯 별채를 기웃거리는 것을 보면 온요를 감시하는 것이 분명하다.

불현듯 앞뒤 재지 말고 달아나자는 생각이 들었다. 붙잡혀 끌려오는 한이 있더라도, 멀고 험한 길 가다 굶어죽는다 해도 떠나고 싶었다. 어차피 덤으로 얻은 생이니 들판에 쓰러져 짐승 먹이가 된다 한들 아쉬울 것은 없으리라.

온요는 벌떡 일어났다. 일어나 키를 세우니 담장 너머로 또 다른 장정이 보였다. 덩치가 태산처럼 우람했다. 문득 돈후의 겁박이 떠올랐다. 만약 온요가 달아난 걸 알면 돈후는 어찌할까. 겁박했던 대로 산채 식구들에게 해코지를 하려 들까.

온요는 무너지듯 대청 위에 주저앉았다. 다시 바람이 불어왔다. 바람에 실린 한기가 옷깃을 파고들었다. 온요는 몸을 감싸 안고 움츠렸다.

지금쯤 산채 식구들은 무엇을 하고 있을까. 용문산 산채에 도착했을까. 짐을 풀었다면 아낙들은 밥을 짓고 남정네들은 오두막을 손질하고 있겠지. 천마산보다 훨씬 더 추울 텐데 잘 견디고들 있을까. 아마도 덕우 행수가 잘 살펴주겠지. 성가신 시비나 짐승 걱정은 나란이 해결할 테고. 그래, 모두 잘 지내고 있을 거야. 내가 없다고 산채가 무너지거나 사라지는 것은 아니니까. 나만 감내하면 모두가 편안해질 테니까…….

버선 위에 눈물이 떨어졌다. 귀한 솜을 넣고 누벼 지은 비단 버선. 지난밤 돈후가 들고 와 강제로 신기고는 제 허락 없이 벗으면 벌을 내리겠다 엄포를 놓았다. 종잡을 수 없는 그의 행동이 혼란스럽다. 불같이 화를 내는가 하면 말할 수 없이 슬픈 눈으로 쳐다본다.

달리 요구하는 것도 없다. 그저 별채에 있으라고만 한다. 첩이 되지 않겠다 하니 첩이 될 필요 없다 하고, 노비로 살겠다 하니 그러라 한다. 그러면서도 노비들과 함께 일하지 못하게 한다. 정조를 잃었던 밤 이후에는 잠자리를 요구하지도 않는다. 대체 그가 원하는 것은 무엇일까.

"아가씨, 마님께서 잠시 들라 하십니다."

낯선 목소리에 고개를 들어보니 웬 여인이 서있다. 언뜻 간난에게 침모라는 설명을 들은 기억이 났다. 온요는 엉거주춤 일어나 뒤를 따랐다.

너른 마당을 지나 안채에 들어서니 아름다운 정원이 나타났다. 진기한 모양의 돌을 이어 만든 화단과 어여쁘게 다듬어진 분재, 소담한 못이 멋스러웠다. 따뜻한 계절이 오면 그림 같은 풍경을 만들어낼 것이다. 침모가 대청 앞에서 고했다.

"별채 아가씨 오셨습니다."

온요는 댓돌 위에 서서 호흡을 골랐다. 멀리서 몇 번 보았지만 유씨 부인은 서늘하고 무서운 인상을 주었다. 어서 들어가라는 재촉에 온요는 한껏 긴장한 채로 안방에 들어섰다.

유씨 부인은 반들반들 윤이 나는 온돌의 아랫목, 꽃 자수가 화려하게 놓인 비단 보료 위에 허리를 꼿꼿이 세우고 앉아있었다. 온요는 손을 단정히 모으고 걸어가 깊이 조아려 인사한 뒤 다소곳이 앉았다.

"이제야 불러 미안합니다. 일전에 돈후가 피접 갔을 때 도움을 받았다는데 고맙다 인사 한 번 못 했군요. 부친께서 졸하셨다 들었습니다. 상심이 크겠지만 편히 지내도록 하세요."

유씨 부인은 온요의 사정이나 신분에 대해 모르는 듯했다. 이 집안의 노비들도 모두 온요에게 지나칠 정도로 깍듯하다. 아직 산채는 반란의 소용돌이에 휘말리지 않은 것 같다. 온요는 공손하게 답례했다.

"염려해주셔서 고맙습니다. 공대하시니 몸 둘 바를 모르겠습니다. 편히 말씀해주세요."

유씨 부인은 기다렸다는 듯 거침없이 말했다.

"연치 어린 처자이니 그리하지. 내 이를 말이 있고 줄 것도 있어 불렀다. 부친께서 고매하시다 듣긴 했으나 내 집에서는 내 집의 법도를 따라주었으면 한다."

온요가 굳어진 낯으로 쳐다보자 유씨 부인은 미간을 구겼다.

"아침마다 반빗간에서 낯 뜨거운 짓을 한다지?"

온요는 당황하며 고개를 숙였다. 얼굴이 화끈 달아올랐다.

"다시는 아랫것들 앞에서 해괴한 짓 하지 마라. 네 부친께서 어찌 가르치셨는지는 모르겠으나 그리해서는 집안의 기강을 바로 세울 수 없다. 이미 흉한 소문이 담장을 넘었을까 봐 걱정이 이만저만이 아니다. 상스럽긴 하다만 어찌하겠느냐. 너는 이미 별채에 든 몸이니 차후라도 집안의 누가 되지 않도록 각별히 유의하여라."

모멸감에 몸이 떨려왔다. 자식 교육을 잘못 시켰다 운곡을 욕보이더니 돈후에게 몸을 버린 계집이라 대놓고 비난하고 있다. 기품 넘치는 얼굴을 하고는 어쩌면 저렇게 잔인하고 표독스럽게 말할 수 있을까.

"나는 도통 대감과 돈후의 심중을 모르겠구나. 쌓인 혼서들은 어쩌라고 덜컥 너를 데려다 놓았는지, 원! 근본 모르는 돈후야 그렇다 쳐도……."

유씨 부인은 제 말에 제가 놀라 황급히 말을 끊었다. 그러고는 밖을 향해 소리쳤다.

"어서 준비한 것을 들여라."

유씨 부인의 말이 떨어지기 무섭게 문이 열리더니 침모가 들어왔다. 뒤이어 들어온 아낙이 커다란 보따리를 온요 앞에 놓았다. 침모가 보따리 매듭을 풀자 눈이 부실 만큼 곱고 아름다운 비단옷 여러 벌이 모습을 드러냈다.

"네 옷이다. 침모 눈썰미가 좋아 맞춤한 것들로 준비했을 게야. 네가 사는 산골은 어떤지 몰라도 개경에서는 입성이 곧 신분이다. 가져가 당장 갈아입어라. 행여 집 찾은 손이 네 차림을 볼까 무섭다."

거침없는 유씨 부인의 말에 정신이 아득해졌다. 온요는 이를 앙다물었다.

"배려해주셔서 감사하오나 소녀에게는 필요치……."

유씨 부인이 정색하며 말을 가로챘다.

"버릇이 고약하구나. 아무리 본 데 없이 자랐기로 감히 어른의 말허리를 자르다니. 앞으로는 내가 묻기 전에 답하지 마라. 그리고 괜한 자존심 내세울 것 없다. 비단옷 한 벌이면 웬만한 토막 한 채 값인데, 산골에서 사학 하는 처지에 감당할 수 있겠느냐. 필요한 것은 충분히 마련해줄 것이니 너는 행동거지만 유의하면 된다."

온요가 항변하려 입을 움찔거리는데 유씨 부인은 차갑게 말을 맺었다.

"그만 나가보아라."

기가 막히고 분하여 눈물이 나왔다. 온요가 맞잡은 손을 떨며 움직이지 않자 침모가 이끌었다. 온요는 침모의 부축에 의지해 겨우 일어나 안방을 나섰다. 안채를 나와 별채에 도착해서도 덜덜 떠는 온요에게 침모가 일렀다.

"마님은 성정이 강하신 분입니다. 말대꾸하는 것을 가장 싫어하시고요. 앞으로는 마님께서 할 말이 있느냐 하문하실 때만 말씀 올리세요. 그래야 탈이 없으실 겁니다."

주인의 성품을 닮았는지 침모는 깍듯이 공대하면서도 명령하듯 조언했다. 온요는 마치 야단맞는 아이처럼 서있어야 했다. 야멸치게 충고를 늘어놓은 침모는 힐끔 온요의 눈치를 보더니 아낙을 시켜 서재에 보따리를 부려놓았다. 침모와 아낙이 사라진 후 온요는 별채 마당에 망연히 서있었다.

결국 노비조차 될 수 없어 첩으로, 노리개로 살게 되었다. 감옥 같은 이곳에서 유씨 부인이 적선하듯 던져준 비단옷을 입고 돈후에게 희롱당하며 살다 죽어야 한다. 그것이 남은 생에서 치러야 할 응보인가. 아무리 몸을 더럽히고 꼼짝없이 갇힌 신세가 되었어도 그렇게 살기는 싫다.

온요는 홀린 듯 대청으로 올라가 서재의 문을 열었다. 놓고 간 옷보따리가 세 개나 되었다. 온요는 보따리를 헤쳐 치마를 골라냈다. 두 개의 치마 끝을 연결해 묶은 뒤 둘둘 말아 꼬니 제법 길었다.

책상을 밟고 올라가 대들보에 새끼줄처럼 꼰 치마를 걸었다. 동그란 고리를 만든 뒤 단단하게 매듭을 지었다. 온요는 길게 숨을 내뱉은 뒤 주저 없이 고리 속에 머리를 넣고 매듭을 당겨 죄었다. 그 때였다.

“이게 뭐 하는 짓이냐!”

돈후였다. 며칠째 퇴청이 늦었는데 오늘따라 일찍 돌아왔다. 온요는 재빨리 책상에서 뛰어내렸다. 고리에 목이 걸리고 다리가 헛돌았다. 순간, 목이 끊어질 듯 고통이 느껴졌다. 하지만 이내 툭, 매듭 풀어지는 소리와 함께 몸이 아래로 떨어졌다. 동시에 돈후가 달려와 온요를 받아냈다. 돈후는 온요를 꼭 껴안고 바닥에 굴렀다. 온요는 돈후의 품에서 벗어나기 위해 몸부림쳤다.

“놔! 놔! 놓으란 말이야. 제발 놔줘. 죽게 내버려둬.”

돈후는 온요가 몸부림칠수록 더욱 단단히 감싸 안았다. 버둥거리던 온요는 돈후의 팔을 떼어내기 위해 힘껏 물어뜯었다.

“윽…….”

돈후는 신음을 토했으나 팔을 풀지도, 힘을 늦추지도 않았다. 아무리 애써도 벗어날 방법이 없었다. 온요는 머리를 흔들며 통곡했다.

“왜 나를 놔주지 않는 거야. 왜, 왜…….”

울부짖고 원망했지만 돈후는 반응이 없었다. 그저 온요를 힘주어 감싸 안기만 했다.

저녁상을 들인 지 반 시진이 지났다. 온요는 꼼짝하지 않았다. 맞은편에 앉은 돈후도 수저를 들지 않았다. 그저 붙박인 듯 앉아있는 온요를 바라보았다. 일찍 퇴청했기 망정이지 하마터면 온요를 잃을 뻔했다. 목을 매 죽을 생각을 하다니 생각할수록 아찔하고 화가 치민다.

삼복이 고하기를, 온요가 유씨 부인을 만났다고 했다. 직접 보지 않아도 어떤 대접을 받았을지 훤히 그려졌다. 비단옷을 지어 안긴 것을 보면 계산은 이미 마친 것이다. 보잘것없는 집안의 딸이지만 아들이 오매불망하니 못 이기는 척 며느리로 맞아들일 속셈이겠지. 하지만 그렇다고 해서 순순히 맞아줄 유씨 부인이 아니다. 그간 돈후에게 당한 적이 한두 번이 아니니 화풀이 삼아 온갖 모욕을 다 주었을 것이다. 물정 모르는 온요는 꼼짝없이 앉아 오물을 뒤집어쓸 수밖에 없었을 것이다.

"삼복이 밖에 있느냐?"

돈후가 신경질적으로 소리치자 삼복이 뛰어들었다.

"치워라."

삼복은 손도 대지 않은 밥상과 온요의 굳은 표정을 번갈아 보고는 군말 없이 나갔다. 여종들이 들어와 저녁상을 치우는 동안 온요는 미동 없이 앉아있었다. 돈후는 음식을 물린 상 위에 두툼한 서책 두 권을 올려놓았다.

"네가 할 일이 있다."

온요는 쳐다보지 않았다. 눈을 외로 내리깐 채 고요했다.

"성 밖에 헐벗고 아픈 백성을 돌보는 대사가 한 분 계신다. 그분에게서 의서를 구해달라는 부탁을 받았다. 대사처럼 일해줄 의승을 기르고 싶으나 가난한 절에서는 승려보다 의서 구하기가 어렵다고 한다. 한 권이라면 모르겠으나 여러 권이 필요하다니 네가 필사를 해줘야겠다."

온요는 천천히 고개를 돌렸다. 눈길이 제중립효방(濟衆立效方)이라는 책 이름에 닿더니 움직이지 않았다. 그럴 줄 알았다. 백성을 위해 의술을 모아놓은 책이라 쓰여있으니 더 눈길이 갈 것이다. 책은 아버지의 지기이자 태의감의 수장인 김영석 대감을 직접 찾아가 생떼를 써 구했다. 송과 신라의 의술을 두루 정리했다니 온요에게 큰 위안이 될 것이다. 물론 온요의 마음을 붙잡아두는 데 요긴한 미끼로도 쓰일 것이다.

"상의국에서도 구하기 힘든 귀한 책이라니 잘 간수해라. 아직 미완이라 전부를 가져오지는 못했다. 일단 이것부터 시작해라. 네가 필사한 의서로 의술을 익힌 승려가 늘어나면 그만큼 구원받는 백성도 늘어나겠지."

망설이던 온요가 책을 향해 손을 내밀었다. 잠시 소중한 듯 표지를 어루만지더니 손을 거두었다. 고개도 툭 떨어졌다. 돈후의 미간이 구겨졌다.

"제게 무엇을 원하시나요?"

온요는 고개를 떨어뜨린 채 낮게 물었다. 돈후는 입을 열지 못했다. 돈후가 원하는 것은 오직 하나다. 온요의 마음. 온요에게 사내로서 은애 받기를 원한다. 하지만 온요 마음에는 다른 사내가 있다. 온요의 정조를 취했다고 해도 달라지지 않는 사실이다. 만약 돈후가 마음을 원한다 하면 온요는 뭐라 답할까. 절대로 내어줄 수 없다며 단칼에 베듯 거절할까. 돈후는 낯을 구긴 채 답했다.

"주인이 노비에게 원하는 것은 하나다. 명을 따르라는 것. 그러니 함부로 죽으려 해서는 안 된다. 네 목숨은 네 것이 아니라 내 것이다. 죽더라도 내 허락을 받고 죽어야 할 것이다."

온요는 고개를 들고 물끄러미 돈후를 보았다. 분노나 원망을 담지 않은 눈빛이다. 마치 시전 거리에서 처음 만났던 날처럼 담백하다. 돈후는 애써 심상한 표정을 지으려 했지만 뜻대로 되지 않았다. 그녀의 곧은 눈길이 자신의 못난 마음속을 들여다보는 것 같아 견딜 수 없었다. 돈후는 붉어진 얼굴을 감추며 자리에서 벌떡 일어났다.

"지필묵은 이곳에 있는 것을 쓰면 된다. 급한 것은 아니니 무리할 필요는 없다."

돈후가 서재를 나서려 하자 온요도 예를 갖추며 일어났다. 머쓱한 기분이 든 돈후는 주춤주춤 걸어 문으로 향했다.

뿌득.

발밑에 무언가가 밟혔다. 발을 치우고 내려다보니 비녀다. 유씨 부인이 장신구까지 마련해준 것인가. 돈후는 허리를 굽혀 비녀를 집어 들었다. 청록의 매끈한 옥대 끝에 칠보가 장식되어 제법 어여쁘다. 화려한 장신구를 즐기는 유씨 부인이 이런 비녀를 장만해주다니 뜻밖이다. 비녀를 들고 갸우뚱 보는데 온요가 화들짝 놀라 다가왔다.

"제 것입니다. 돌려주십시오."

돌아보니 낯빛이 하얗다. 순간, 가슴에 찬 서리가 덮였다. 돈후는 비녀를 말아 쥐고 온요를 노려보았다. 온요는 마치 도둑질하다 들킨 것처럼 안절부절못했다. 싸늘하게 식었던 가슴에 화르르 불길이 일었다.

정표로구나!

운이다. 운이 준 것이 틀림없다. 나와 몸을 섞은 후에도 간직했단 말인가. 무슨 뜻인가. 잊지 않겠다는 뜻인가. 기회를 엿보다 도망치기라도 하겠다는 뜻인가. 나를 버리고 운에게 가겠다고?

돈후는 비녀를 책상 위에 올렸다. 그러고는 벼루를 집어 힘껏 내리쳤다. 쿵 소리와 함께 비녀가 갈라졌다. 한 번 더 내리치자 동강나 부서졌다. 온요는 기함하며 제 입을 틀어막았다. 돈후는 몸을 돌려 온요에게 다가갔다.

"깜빡 잊었군. 네가 할 일이 또 있다는 것을."

돈후는 온요의 손을 움켜잡고 서재를 나왔다. 대청을 뚜벅뚜벅 걸어 침소의 문을 열었다. 그러고는 온요를 침상으로 데려가 밀어 앉혔다. 휘청대며 끌려와 앉은 온요는 원망 담은 눈으로 쳐다보았다. 돈후는 옷을 벗으며 말했다.

"설마 하룻밤으로 값을 치렀다 생각하는 것은 아니겠지?"

온요는 파르르 떨며 입술을 깨물었다. 내뱉은 거친 말은 온요뿐 아니라 돈후 자신에게도 칼이 되어 생채기를 냈다. 매번 겁박으로 다가가 눈길을 구걸해야 하는 자신이 욕스러웠다. 하지만 둘 모두에게 상처가 된다 한들 어쩔 수 없다. 지금은 온요가 자신의 여인이라는 확인이 필요했다.

포와 저고리를 벗어던진 뒤 온요에게 다가갔다. 온요는 저항도, 거부도 하지 않았다. 돈후는 침상에 눕힌 온요의 몸 위로 올라갔다. 대를 풀어 저고리를 벗기고 치마를 걷어냈다. 외면하는 얼굴을 붙잡아 돌린 뒤 입을 맞추려는데, 다문 잇새로 흐느낌 같은 말이 흘러나왔다.

"싫어……."

장검에 베이기라도 한 듯 가슴에서 날카로운 통증이 느껴졌다. 분노와 뒤섞여 끓던 열기도 썰물처럼 빠져나갔다. 열기가 사라지자 몸은 금세 돌처럼 굳어 뻣뻣해졌다.

돈후는 굳은 몸을 천천히 일으켰다. 속곳 차림의 온요가 몸을 말아 웅크렸다. 그 모습이 다시 가슴을 찌르고 베었다. 돈후는 침상 끄트머리로 물러난 뒤 돌아앉아 머리를 감싸 쥐었다.

지금 내가 무슨 짓을 한 것인가. 비녀 따위가 뭐라고 짐승처럼 미쳐 날뛰었나. 이러려던 게 아니었는데, 상처받은 온요를 위로하고 싶었는데, 그래서 조금이나마 마음 열어주길 기대했는데, 또다시 서운함과 투기심에 이성을 잃고 말았다.

자책하는 사이, 적막해진 침소에 어둠이 내려앉았다. 얼마 후 등 뒤로 움직임이 느껴졌다. 온요가 엉금엉금 기듯 침상을 내려가 바닥을 더듬었다. 달빛에 의지해 옷가지를 찾은 뒤에는 치마를 두르고 저고리 소매에 팔을 꿰었다.

돈후는 어둠 속에 앉아 온요가 옷 입는 모습을 지켜보았다. 방금 전까지 웅크려 떨던 온요는 전혀 다른 사람이 되어가고 있었다. 섶을 여민 뒤 손빗으로 머리를 빗어 고쳐 묶기까지 하자, 바윗덩이 같은 두려움이 가슴에 쿵 떨어졌다. 저리 말끔하게 단장하고 나서는 손을 흔들며 떠나버릴 것만 같다.

온요가 몸을 일으켜 발을 내딛는 순간, 돈후는 다급히 손목을 낚아챘다. 온요는 휘청대며 돌아섰지만 달빛을 등진 탓에 표정은 보이지 않았다. 돈후는 차마 온요를 마주 볼 수 없어 고개를 숙였다. 그러고는 떨리는 목소리로 청했다.

"제발…… 가지 마. 내 곁에 있어줘."

온요는 움직이지 않았다. 입도 열지 않았다. 돈후는 숨소리를 죽인 채 답을 기다렸다. 잡은 손을 뿌리치지 않는다는 건 읍소를 들어주겠다는 뜻일까. 하지만 헛된 기대는 오래지 않아 부서졌다. 온요는 낮고 차갑게 말했다.

"거래의 대가에 어머니 노릇은 없었어요."

❖ ❖ ❖

변란 중임에도 서경의 시전은 평시와 다름없이 북적댔다. 저마다 가진 것을 사고팔고 악다구니를 써가며 경쟁했다. 여진의 벌판을 달려온 칼 같은 바람도, 개경에서 토벌군을 꾸렸다는 소식도 먹고 살아야 한다는 당위보다는 작았다.

나란은 북적이는 시전 한복판에 서서 장신구를 구경하느라 뒤처진 갑을 기다렸다. 부득불 따라 나서겠다 고집을 부리는 통에 어쩔 수 없이 꼬리처럼 달고 나왔으나 여간 성가신 것이 아니다. 잔뜩 찌푸린 나란의 뒤에서 늙수그레한 사내들이 이야기를 주고받았다.

"정말 임금이 서경 사람들 씨를 말리라 했단 말이야?"

"아, 글쎄 그렇다니까? 충의군에 배속된 내 조카가 한 말이니 틀림없지."

"에이, 임금이 서경을 얼마나 아끼는데 그런 소리를 해? 작년에도 기생들 끼고 잘 놀다 가셨잖아? 뭐, 대동강에서 배 띄우고 놀다 풍랑을 만나 고초는 좀 겪으셨지만……."

"이 답답한 인사야, 지금은 우리더러 역적이라 욕한다잖아."

"아니, 우리가 왜 역적이야? 임금을 쫓아낸다 해야 역적이지. 임금님 잘 모셔보자고 벌인 난리인데, 누가 그런 망발을 해?"

"몰라 물어? 이게 다 개경 놈들이 우리를 죽이려는 수작이라고!"

"이런 우라질! 쳐들어와 보라지. 내가 개경 놈들 모가지를 죄다 분질러놓을 테니까."

겉으로는 평화로워 보여도 속내는 달랐다. 대화궁 공사로 자자했던 원성은 개경에 대한 원망으로 바뀌었다. 시전 거리에서도 개경서 왔다 하면 몰매를 맞을 분위기다. 장비 행수 덕우도 자신이 개경 상인이라는 사실을 드러내지 않으려 조심하는 눈치였다.

"계속 늑장 부리면 콱 내버리고 간다?"

뒤늦게 와서도 여전히 기웃거리느라 처지는 갑에게 나란이 핀잔을 주었다. 갑은 낯을 구기며 쏘아보았다. 나란은 앞서 걸으며 품 안의 옥비녀를 만지작거렸다. 주려고 산 것이나 건네자니 꼴이 우세스러워질 것 같다. 속 모르는 갑이 부루퉁하니 투덜거렸다.

"상단 일 거들면서 품삯도 많이 받았을 텐데, 어여쁜 것 하나 사주면 병이라도 난대? 하여튼 자린고비라니까!"

나란은 작심하고 돌아서 옥비녀를 내밀었다.

"옜다, 이거라도 줄 테니 그만 기웃거려라."

옥비녀를 본 갑의 눈이 휘둥그레졌다. 나란은 옥비녀를 던지듯 쥐여주고는 쌩 돌아서 걸어갔다. 입이 박처럼 벌어진 갑이 종종 쫓아오며 물었다.

"이거 어디서 났어?"

"길에 굴러다니기에 주웠다."

"피이……."

퉁명스레 답했음에도 갑은 마냥 감격했다. 비녀를 높이 들고 뱅글 돌더니 총총 뛰며 웃었다. 나란은 화끈 달아오른 얼굴을 감추며 달리듯 앞서갔다.

해림 옆에 붙은 광덕 지소에는 완적도 와있었다. 서경 군기시의 공장이 되어 바쁘다 들었는데 산채 일이 궁금해 들른 모양이다. 나란과 갑이 들어서자 덕우가 반색하며 맞았다.

"아이쿠, 이게 누구냐? 갑이가 서경 나들이를 왔구나."

갑은 제법 다소곳하게 예를 갖추어 인사했다. 덕우가 이젠 시집을 보내도 되겠다 덕담하자 꽃물이라도 든 듯 얼굴을 붉혔다. 지소 안은 덕우와 완적의 굵은 웃음소리로 밝아졌다. 나란은 심기가 상해 투덜거렸다.

"머리에 피도 안 마른 게 시집은 무슨! 가뜩이나 망아지 같아 골치인데 공연한 소리로 헛바람 넣지 마시우."

"저리 고운데 헛바람 좀 들면 어떠냐. 서경 사내들이 한눈에 반하겠구먼. 아, 그리 걱정되면 네가 색시 삼든지."

"뭐요?"

나란이 낯을 구기며 버럭 소리를 지르자 덕우와 완적이 더 크게 웃어댔다. 갑은 부끄러운 듯 몸을 배배 꼬았다. 나란은 퉁명스레 핀잔을 주었다.

"너는 왜 계속 여기 있는 거야? 인사 마쳤으면 얼른 해림으로 가서 얌전히 기다려."

갑은 샐쭉 입을 내밀었으나 곧이어 생글생글 웃으며 인사한 뒤 지소를 나갔다. 나란의 핀잔에도 기분은 좋은지 넘실넘실 특유의 기생 걸음을 하는 바람에 지소 안에는 다시 한 번 웃음꽃이 피었다.

"산채에 손볼 것이 많지? 도와주지 못해 미안하다."

완적이 나란에게 의자를 내주며 말했다.

"일없소. 힘 좋은 장정만 열이 넘는데 무슨 걱정이오. 아재들은 아재들 일이나 잘 보시오."

사실, 용문산 산채는 새로운 터전으로서는 아쉬움이 많았다. 눈비나 겨우 가려줄 오두막만 몇 채 덩그마니 지어놓았을 뿐 밭으로 일굴 땅도 턱없이 적고 세간조차 변변치 않았다. 서경과의 거리도 멀어 오가기 힘드니 자칫 보급이 끊어지면 굶어 죽기 알맞았다. 운 좋게 반란 직전에 서경에 온 덕우 덕분에 곳간이 채워진 것만도 다행이었다.

"일전에 완함이 청한 세간은 준비해놓았다. 변란 중이라 말은 구하지 못했지만 노는 짐아비들이 많으니 옮길 수는 있을 것이다. 날이 밝는 대로 출발하게 하마. 그나저나 상단에 살림할 손이 아쉬워 큰일이다. 너는 아무래도 봄이나 되어야 나올 수 있겠지?"

근심 어린 덕우의 물음에 나란이 답했다.

"당분간은 산채에 있어야겠소. 혜강 아재 다리가 낫지 않아 꼼짝 못 하니 나라도 있어야지 싶소. 그런데 난리 통에 장사가 되기는 하겠소?"

"먹고살려면 방법을 찾아야지. 다행히 물길은 막히지 않아 물건은 들어온다. 개경에 두고 온 것들이 아쉬울 뿐이지."

덕우가 그늘진 낯으로 한숨을 내쉬었다. 나란의 낯도 어두워졌다. 개경에 두고 온 것이 어디 광덕의 물건뿐이랴. 나란과 덕우의 대화를 듣고 있던 완적이 물었다.

"온요 아가씨는 어찌 된 것이냐? 장비 행수에게 듣고 기함했다. 일전에 온요 아가씨와 김부식의 아들이 함께 서경에 왔기에 이상하다 생각했는데, 혹시 묘청 대사를 잡으려고 김부식이 수작 부리는 것은 아니냐?"

덕우도 바짝 다가앉으며 물었다.

"산채 식구들을 살려주고 너와 운을 도성에서 빼내준 것을 보면 수작이라 보기는 힘들지. 온요라면 끔찍했던 네가 아무 말 안 하는 것도 이상하고. 혹시 김돈후가…… 진짜 온요에게 마음이 있었던 것이냐?"

나란은 답할 말을 찾지 못했다. 그간의 사정을 시시콜콜 풀어놓을 수도 없다.

“돈후가 온요에게 마음이 있었던 것은 맞소.”

덕우와 완적의 입이 동시에 벌어졌다.

“혼인 이야기는 직접 들은 것이 아니라 모르겠소. 그래서 조만간 개경에 다녀오려 하오.”

나란의 말에 덕우가 사색이 되어 손을 내저었다.

“섣불리 덤비지 마라. 비명에 간 해월의 시신도 수습하지 못한 판국에 너까지 가서 봉변이라도 당하면 어쩌려고? 아직 우리 상단은 드러나지 않은 것 같다만 서경과 관련된 사람들은 모두 잡혀가 치도곤을 당했다더구나. 칠현루 기생 중 몇은 도망치다 역에서 잡혀 압송되었고, 광덕의 일꾼 몇 놈만 엊그제 겨우 서경에 들어왔다. 너까지 잘못되면 누가 있어 산채를 돌보겠느냐. 이리 될 줄 이미 아셨는지 운곡 형님이 내게 유언 삼아 말씀하셨다. 다른 것은 생각지 말고 살아남으라고. 너라도 있어야 산채가 산다. 온요 일은 장사치들을 풀어 알아볼 참이니 걱정 마라. 내 무슨 수를 쓰든 데려오마.”

“행수나 관두시오. 돈후 녀석은 내가 아오. 섣불리 나섰다가 되레 일이 꼬일 수도 있으니 긁어 부스럼 만들지 마시오. 온요 문제는 내가 알아서 하겠소.”

나란은 덕우에게 거듭 나서지 말라 단속했다. 아직까지는 돈후의 의도를 알 수 없다. 김부식이 산채에 사병을 보냈다면 운곡이 서경과 관련 있음을 파악한 것인데, 돈후가 온요와 혼인하겠다 한 것은 제 아비와는 다른 길을 본다는 뜻이다. 상황이 어찌 될지 모르지만 돈후는 결코 온요에게 해가 되는 일은 하지 않을 것이다. 산채가 안정되는 대로 개경에 가서 온요를 만날 것이다. 만약 강제로 붙잡힌 것이라면 돈후 녀석을 때려눕히고서라도 데려올 것이다.

"그런데 저 보따리는 무엇이오?"

나란은 화제를 돌리기 위해 완적 옆에 있는 두툼한 짐을 가리켰다. 완적이 보따리를 앞으로 내밀며 답했다.

"정운 공자께 드릴 피갑이다. 아니지, 이젠 공자가 아니라 군장 나리라 불러야지. 충의군의 전위부대에 배속되셨다더구나. 앞장서 싸우시겠다니 웬만한 피갑으로 되겠느냐. 그래서 내가 있는 솜씨 없는 솜씨 다 부려서 만들었다."

나란의 얼굴이 흙빛이 되었다.

"뭐요? 운이 뭐가 되었다고요?"

"몰랐느냐? 벌써 대동강 변에서 낮밤 없이 훈련 중이시다. 막사 앞에서 잠깐 뵈었는데, 어찌나 늠름하시던지 탄성이 절로 나오더라. 내 일전에도 악비 장군 같다 했지만 장차 서경을 구할 큰 장군이 되실 게다. 부친은 문장으로 떨치고 아들은 무공으로 떨치니 그야말로 진정한 영웅 집안이지 뭐냐."

운이 기어이 복수를 위해 나섰다. 전위부대에 자원했다면 토벌군 사령관이 된 김부식과 정면으로 맞서겠다는 뜻이다. 그예 죽을 길로 가겠다는 것인가. 외롭게 살기 싫어 산채에 들어오겠다던 녀석이,

신분이나 과거 따위는 상관없이 온요 곁에 있고 싶다던 녀석이 복수부터 하겠다고? 온요 마음이 어떤지 확인해보지도 않았으면서?

나란은 벌떡 일어나 완적에게 말했다.

"운이 있는 곳이 어디요? 얼른 앞장서시오."

정표

부식의 집은 출정을 앞두고 어수선했다. 관청처럼 청홍 관복을 입은 자들이 드나들고, 등짐을 멘 장정이 줄지어 오가며 마당과 곳간에 짐을 부려놓았다. 임금의 명을 받아 군기시에서 휘황한 피갑을 보내온 날은 잔칫집처럼 떠들썩했다.

시전 골목 같은 본채와 달리 별채는 고요했다. 삼복과 간난네를 제외하고는 누구도 별채에 관심을 두지 않았다. 온요는 돈후가 던져준 의서를 붙잡고 있었다. 어르고 달래기 위한 미끼인 줄은 알지만 어디에도 마음 둘 곳 없는 처지에 이만한 위안이 없었다.

꼬박 열흘 동안 읽고 쓰는 일만 했다. 그리듯 베끼려고 든다면 금세 마칠 일이나 한 줄 한 줄의 내용이 주옥과 같으니 곱씹느라 더뎠다. 의서들이 대개는 송에서 건너온 것을 표지만 바꾼 경우가 많은데 제중립효방은 단지 대륙의 것을 베낀 책이 아니었다. 신라 때부터 의원들이 남긴 처방을 모아 정리한 뒤 송의 것과 비교해놓아 신세계를 보듯 빠져들었다.

다만 아쉬운 것은 배움이 짧아 거듭 되새겨보아도 뜻을 깨우칠 수 없는 글자들이었다. 필사한 낱장을 모아놓고 훑어보니 군데군데 이가 빠진 듯 빈 곳이 보여 흉했다. 운곡 생전에야 아쉬움이 없었지만 지금 처지에서는 마땅히 묻고 답을 구할 곳이 없다. 문득, 운곡이 돈후에게 도움 청하라 했던 말이 생각났다.

돈후…….

온요의 낯은 금세 어두워졌다. 열흘 전, 목을 매 죽으려 했던 그날, 돈후는 이해할 수 없는 행동을 했다. 의서를 안기며 선심을 쓰는가 싶더니 비녀를 부수고 불같이 화를 냈다. 첫날처럼 사납게 달려들다 물러나서는 제발 곁에 있어 달라 청하기까지 했다. 온요는 돈후가 미워 쏘아붙였다. 몸은 팔아도 어머니 노릇은 해줄 수 없다고. 온요의 일갈을 들은 돈후는 새파랗게 굳었다. 통쾌했다. 그에게 상처를 줄 수 있다는 사실만으로도 가슴이 후련했다. 당장 목을 졸라 죽이기라도 할 듯 노려보던 돈후는 문을 박차고 나가버렸다. 그러고는 지금까지 모습을 보이지 않고 있다.

그런데 돈후가 사라진 뒤 시간이 흐를수록 온요는 마음이 불편해졌다. 어쩌자고 그런 말을 했을까. 어머니의 빈자리로 인한 외로움을 누구보다 잘 아는 내가 그리 잔악한 말로 조롱을 하다니. 산채에서 속죄하며 사는 동안 깨끗해졌다 믿었는데 내 속에는 여전히 삿된 마라•의 기운이 남아있다. 만약 그가 내 조롱으로 인해 정말로 상처를 받았다면…….

온요는 머리를 흔들었다. 그럴 리 없다. 약점을 이용해 여인을 희롱하는 비열한 색한이 바로 돈후다. 군자인 척 산채 식구들을 구해주었던 것도 모두 위선이었다. 그의 위선에 속아 산채도, 운과 함께 꿈꾸었던 미래도 모두 잃어버렸다.

운…….

운을 떠올리자 금세 눈물이 차올랐다. 천마산에서 마음을 고백하는 일 따위는 하지 말았어야 했다. 어차피 천한 온요와는 어울리지 않는 사람이었는데, 결국 창기처럼 살 운명이었는데, 당치 않는 욕심을 부렸다. 운은 지금 무엇을 하고 있을까. 온요가 자신을 배신했다는 사실은 알고 있을까.

차오른 눈물을 훔쳐 닦는데 갑자기 건넌방에서 부스럭 소리가 들렸다. 돈후가 돌아온 것일까. 덴 가슴이 쿵쿵 절구질을 시작했다. 하지만 부스럭 소리가 계속되니 마냥 앉아있을 수만은 없었다.

온요는 서재를 나와 돈후의 침소 앞에 섰다. 그가 집을 비운 동안 아무도 들지 않은 곳이다. 떨리는 손으로 조심스럽게 문을 열자 남

• 魔羅. 불교에서 말하는 악마. 인간을 유혹하거나 괴롭히는 악령으로 묘사된다.

정네의 구부린 등이 보였다. 삼복이다.

"아이고, 조심하느라 애썼는데 방해되셨습니까요?"

삼복이 엉거주춤 서서 머리를 벅벅 긁었다. 손에는 걸레가 들렸고 찰랑찰랑 물 담긴 대야도 보였다. 청소 중이었던 것이다. 문득 정사의 흔적이 묻었던 비단 요가 생각났다. 이제껏 한 번도 생각해 본 적이 없었는데 설마 그대로 남아있는 것은 아닐까? 얼굴이 후끈해졌다. 온요는 얼른 다가가 손을 내밀었다.

"제가 할게요."

삼복이 놀라며 물러섰다.

"무슨 말씀이십니까요. 별채 소제는 이놈이 머리털 나고 죽 해온 일인데 어찌 아가씨가 하신다 그러십니까요. 바람처럼 하고 나갈 테니 아가씰랑 그저 편히 계시면 됩니다요."

완강한 거부에 온요는 난감해졌다.

"그럼 같이 해요."

삼복이 극구 말렸지만 서둘러 침상 쪽으로 다가갔다. 침구 정리하는 시늉을 하며 요를 확인했다. 다행히 깨끗했다. 안도하는 마음이 든 것도 잠시, 의문이 들었다. 처녀의 흔적이 묻은 요는 누가 치웠을까? 설마 삼복이 치웠을까? 별채에는 간난네를 제외하고는 여종이 드나들지 않는다. 그렇다면 삼복이 치웠다는 뜻이다. 얼굴이 다시 후끈해졌다. 부끄러웠다. 쥐구멍에라도 들어가고 싶었다. 온요는 부끄러운 마음을 감추기 위해 애꿎은 이불깃만 쳐댔다. 그때였다. 요 위로 무언가가 떨어졌다. 내려다보니 푸른 빛깔의 띠다.

온요는 손을 뻗어 띠를 집어 들었다. 성근 베를 쪽으로 물들여 만든 띠. 사내들이 머리에 두르는 것이다. 그런데 비단옷만 입는 돈후에게는 어울리지 않아 이상했다. 가만히 보니 낯이 익다. 짚이는 것이 있어 띠 끝을 살피니 치자색 실로 수놓은 동그란 점이 보였다. 온요가 자신의 이름자를 대신해 수놓은 해 자수. 이 푸른 띠는 온요 것이다.

"어? 도련님이 그것을 어찌 두고 가셨을까요?"

온요는 띠를 들고 돌아서 삼복을 보았다.

"도련님이 부적처럼 여기는 것입니다요. 작년 여름날 다친 손에 감고 오셨는데, 어찌나 귀히 여기시는지 품에서 내놓은 적이 없으셨습니다요. 이놈조차 손대지 못하게 하시더니 오죽 바쁘셨으면 그것을 다 흘리고 가셨을까요. 이리 주십시오. 이참에 깨끗하게 빨아놓겠습니다요."

삼복이 손을 내밀었으나 온요는 띠를 쥐고 망연히 내려다보기만 했다.

다친 손에 감고 왔다고? 이제야 기억이 난다. 말고삐에 채여 찢어진 돈후의 손을 치료하고 상처를 감싸기 위해 썼다. 병의 실수로 다친 그에게 온요가 할 수 있는 유일한 보답이었다. 그런데 귀히 여겨 부적처럼 지녔다고? 돈후의 집안에서는 한낱 노비들이나 쓸 베 조각을?

"저…… 아가씨?"

삼복이 조심스럽게 재촉하고서야 온요는 생각에서 벗어났다. 띠를 건네자 삼복이 받아 소매에 갈무리했다. 그러고는 엎드려 걸레질을 했다. 온요는 전보다 느려진 손길로 이불깃을 고쳐 잡았다. 머릿속에는 풀리지 않는 의문이 떠다녔다. 돈후는 왜 저 띠를 버리지 않고 지니고 있었을까. 정작 띠를 건넨 나는 까맣게 잊어버렸는데…….

"오늘 도련님이 돌아오신답니다요. 황주와 평주를 두루 거쳐 오신다니 많이 피곤하실 겁니다요. 아가씨는 이제 그만 건너가셔요. 이놈이 후딱 청소 마치고 목간하실 물을 데울 것이니 나중에 의복만 좀 봐주시면 됩니다요."

돈후가 돌아온다는 말에 온요는 움찔했다. 이곳이 돈후의 집이니 언제든 돌아오리라 생각했지만 막상 온다는 말을 들으니 당황스럽다. 온요는 침상 앞에서 연신 헛 손을 짚으며 헤맸다. 그 모습을 보며 삼복이 고개를 갸웃거렸다.

청소를 마친 삼복이 이만 물러가겠다고 고했다. 고개를 끄덕이자 대야를 들고 방을 나갔다. 온요는 침소 한가운데에 덩그마니 서있었다.

"아이고, 도련님 오셨습니까요?"

대청에서 삼복의 목소리가 날아갈 듯 울려 퍼졌다. 도련님? 돈후가 왔단 말인가?

"얼른 가서 목간물 데우겠습니다요. 그나저나 웬일로 부적을 두고 가셨습니까요?"

"부적?"

"이것 말입니다요."

"……."

"어찌 그리 무섭게 보십니까요? 이놈도 몰랐습니다요. 방금 전에 청소하다 찾았습니다요."

"……."

"빨아드리지 않아도 되겠습니까요?"

"……."

잠시 후 방문이 열리고 돈후가 모습을 드러냈다. 온요는 붙박인 채 돈후를 쳐다보았다. 온요를 발견한 돈후는 주춤하더니 이내 문지방을 넘어 성큼성큼 걸어왔다.

그는 열흘 새 매우 수척해진 모습이었다. 하얗던 낯빛은 그을린 듯 어둡고 선홍 입술은 생기를 잃어 잿빛을 띠었다. 오직 눈만 매처럼 날카로워졌다. 자신을 돌보지 않아 장부를 상하게 하고 화를 감추느라 속병이 생긴 이들이 보여주는 전형적인 얼굴. 권력과 재력 어느 것 하나 부족함이 없는 이가 왜 저런 낯을 하고 있을까.

돈후는 말없이 관모를 벗고 한 손으로 술띠를 당겨 풀었다. 다른 손에는 온요의 푸른 띠가 들려있었다. 마치 감추려는 듯 꽉꽉 말아 쥐어 끝자락만이 순처럼 삐져나왔다. 온요는 돈후가 아는 척을 하지 않으니 더욱 난감해졌다. 새삼 인사를 할 수도, 도망쳐 나갈 수도 없었다. 돈후는 관복을 벗으며 말했다.

"계속 거기 서있을 것이냐?"

온요는 그제야 정신을 차렸다. 관복을 벗어 침상에 던진 돈후가 저고리를 여몄던 대를 풀었다. 섶이 벌어지고 맨몸이 드러났다. 온요는 황급히 침소를 빠져나왔다. 도망치듯 대청을 가로질러 서재로 들어갔다.

몸이 떨렸다. 돈후의 맨몸을 보는 순간 그날 밤이 떠올랐지만 그것 때문만은 아니었다. 온요는 팔을 감싸듯 안고 주물렀다. 주무르며 돈후가 쥐고 있던 띠를 떠올렸다. 힘줄 선 손 안에 구겨져 있던 푸른 띠가 시야를 가득 채웠다.

조금씩 떨림이 잦아들었다. 떨림이 사라진 몸은 돌비가 되었다. 온요는 서재 한가운데에 오래도록 서있었다.

돈후는 침소를 나서다 흘긋 서재를 보았다. 그리워 미친 듯이 달려왔으나 보자마자 차갑게 굳어 외면하는 모습을 보니 가슴에 또다시 생채기가 났다. 돈후는 어두워진 낯으로 대청을 내려섰다. 부식이 사랑으로 들라 전했다. 부르지 않아도 보고를 위해 들 참인데 삼복을 보내 재촉까지 했다.

사랑채로 열린 중문을 넘자 대청 아래 있던 익환이 다가와 깍듯하게 고개를 숙였다.

"노고가 많으셨습니다."

익환은 돈후가 내시부로 든 이후 마치 부식을 섬기듯 대하고 있다. 앵계에서 운을 빼내 도망시켰을 때도 예상과 달리 나무라지 않았다. 돈후가 왜 야단치지 않느냐 물었더니 도련님이 미래의 주인이니 따를 뿐이라고만 답했다.

"손이 들어계십니까?"

"이순 부자가 와있습니다."

이순이라면 이정의 부친이다. 이렇다 할 벼슬은 없으나 남경과 공주에 대토지를 가진 삼한갑족이다. 이정이야 문헌공도 시절부터 사사건건 돈후와 시비 붙은 과거라도 있으나 이순은 부식과 별다른 연이 없는 것으로 안다. 그가 무슨 일로 아버지의 사랑에 든 것일까. 여느 귀족처럼 재물을 바치고 벼슬을 구걸하기 위해 왔다면 굳이 돈후까지 부를 이유가 없다.

"돈후 도련님 들었습니다."

익환이 고하자 들어오라는 부식의 답이 들렸다. 돈후는 문을 열고 들어가 부식과 이순에게 각각 예를 표했다. 이정은 떨떠름한 표정으로 시립해있었다.

"장자께서 내시부에 들더니 더 수려하고 늠름해 보이십니다."

이순이 돈후를 칭찬했으나 부식은 별다른 반응 없이 입을 열었다.

"영감께서 자식의 무례를 사죄하러 오셨다는구나."

이순은 기다렸다는 듯 말했다.

"정이가 자네에게 여러 번 무례를 범했다 들었네. 아비 된 처지로 자식 교육을 잘못했으니 사죄함이 마땅하지. 정이도 뉘우치고 있다네. 뭐하느냐? 당장 사죄하여라."

이정은 돈후를 향해 머리를 조아렸다. 이놈이 어인 일로 선뜻 허리를 굽히는 것일까. 머리를 조아리고 허리를 굽힌다고 진심으로 사죄할 놈이 아니다. 무언가 바라거나 취할 것이 있으니 몸을 낮추는 것이겠지.

돈후가 허리를 꼿꼿이 세운 채 경멸하듯 내려다보기만 하자 이정은 미간을 구기며 몸을 일으켰다. 당황한 이순은 너털웃음을 지으며 곤란한 상황을 무마하려 애썼다. 부식은 돈후의 오만함이 만족스럽다는 듯 웃으며 말했다.

"서경 진압에 쓸 군량을 책임지기로 하셨는데, 따님까지 네게 주고 싶다 하신다."

이번에는 돈후의 미간이 구겨졌다. 재물을 대리라는 예상은 했으나 혼담이라니. 벽란도에 있던 시절, 뜻조차 새기기 힘든 조악한 문장으로 연서를 보내던 이정의 누이를 말함인가. 돈후가 저항하는 눈길을 보냈으나 부식은 빙글빙글 웃으며 말을 이었다.

"혼인은 중대사이니 당사자인 네 의견부터 들어야 하지 않겠느냐? 그래서 불렀다. 직접 답을 올려라."

"지금은 혼인 운운할 만큼 편안한 시국이 아닙니다. 게다가 저에게는 이미 예정된 혼처가 있습니다."

돈후의 거침없는 답에 이순의 얼굴은 흙빛이 되었다. 이정은 달아오른 얼굴로 거친 숨을 몰아쉬었다. 굴욕적인 사과까지 했는데 혼담을 거절하니 부아가 난 것이 틀림없다. 결국 이정은 제 성질을 이기지 못하고 끼어들었다.

"혹시 첩인지 종인지 모를 그 계집 때문이라면 저어하지 않아도 된다. 한 계집에 만족한대서야 사내랄 수 없지 않느냐. 처첩의 위계만 분명하다면 우리도 흠잡을 일 없다."

일순, 부식의 눈에 노기가 서렸다. 사랑의 공기도 삽시간에 얼어붙었다. 부식의 표정을 본 이순이 사색이 되어 머리를 조아렸다.

"사죄드립니다. 아직도 훈계가 부족하여 이리 무례를 범하니 난망할 따름입니다. 부디 넓은 아량으로 자식놈의 무례를 용서해주십시오."

이정도 아차 싶었는지 당황하며 머리를 조아렸다. 부식의 내밀한 집안 사정을 염탐했다는 것이 얼마나 큰 실수인지 저 부자는 모를 것이다. 돈후는 이정이 온요를 낮잡아 표현한 것에 분노했지만 한편으로는 실수해준 것이 고마웠다. 부식은 이제 이순의 혼담을 받아들이지 않을 것이다.

결국 이순 부자는 부식의 냉대를 받으며 물러났다. 이순은 사돈을 맺기 위해 재물을 쓰려 했겠지만 앞으로는 척지지 않기 위해 써야 할 것이다. 살집을 똑같이 나눈 듯 피둥피둥한 이순 부자가 나가자마자 부식이 입을 열었다.

“너는 아직 멀었다. 네가 고집을 부릴수록 별채 계집의 처지만 고단해진다. 곁에 두고 아끼고 싶다면 먼저 괜찮은 집안의 처자와 혼인을 해. 그런 다음 첩으로 삼아라. 운곡 문제는 내가 적당한 선에서 해결해주마. 네가 고집부리면 첩조차 삼기 힘들어질 것이야.”

“온요와 정식으로 혼인할 수 있도록 해주십시오.”

“혼인은 안 된다. 내자와 첩은 달라. 운곡은 서경에 재물을 댔다. 너 때문에 아직은 헤집지 않았다만 혐의가 드러나면 역당으로 처리할 수밖에 없다. 그러면 우리 집안에도 영향을 끼치게 된다. 무엇보다 그런 아이를 내자로 들여서 장차 나랏일을 어찌 보겠느냐. 너에게는 힘 있는 처가가 필요하다.”

“제가 반편이라 사내구실도 못할까 염려되십니까?”

“어리광부리지 마라. 이제 아비는 곧 전장으로 출정해야 한다. 네가 이 집안의 가장이 되어야 한다는 말이다. 집안과 나라의 명운이 위태로운 마당에 한가하게 계집 타령이나 하고 있을 테냐. 혼처는 봐둔 곳이 더 있으니 서경 일이 마무리되는 대로 혼례를 올리도록 해라. 그것이 너와 계집 모두를 위한 일이야.”

“싫습니다!”

돈후가 목소리를 높이자 부식의 눈썹이 꿈틀거렸다. 아버지를 자극해서는 안 된다는 것을 알지만 이대로 두고 볼 수는 없었다. 내버려두면 집안끼리 혼약을 맺고 안마당에 혼례상을 차린 뒤에야 돈후를 불러낼 것이다. 돈후는 절대로 받아들이지 않겠다는 뜻을 분명히 했다. 부식은 이마를 부여잡고 끙 앓는 소리를 내더니 돈후의 눈을 보고는 한숨을 내쉬었다.

"갔던 일 보고나 듣자. 동주와 황주 사정은 어떠하더냐? 그놈들까지 반기를 들 기세라 하니 출정길이 여의치 않아 골치다."

"폐하의 뜻을 전하고 다짐은 받았습니다. 동주는 상하의 입장이 다소 엇갈린 듯했으나 우리 사람들이 곳곳에 퍼져 있으니 크게 염려하지 않으셔도 될 것 같습니다. 설령 지휘부 일부가 반기를 든다 한들 다수의 군과 관아가 호응하지 않을 것입니다. 반면 황주는 지리적으로 서경과 가깝고 서경 출신 관리도 많아 녹록지 않을 듯합니다. 서경 편으로 넘어갔다고 보는 게 맞습니다. 하지만 전쟁이 벌어지면 북쪽보다 남쪽을 방어하기 어려운 지형이고 틈도 많으니 초반에 기선을 제압한다면 그들도 결국 따를 것입니다."

부식의 눈과 입에 호선이 그어졌다. 보고가 만족스러운 눈치다. 하지만 돈후는 여전히 낯을 굳힌 채 말을 이었다.

"온요가 아니면 싫습니다. 끝내 반대하셔서 내자로 들이지 못한다 해도 다른 계집과는 혼인하지 않겠습니다."

부식은 고집부리는 돈후를 향해 부드럽게 미소 지었다.

"상께서 너를 어여삐 보신 것 같다. 품계를 높여주시겠다 하시더라. 아비가 출정한 뒤 상과의 긴요한 소통은 네가 맡아 하게 될 것이야. 개경에서 전장까지 오가려면 고단할 테니 섭생에 각별히 유의

하고 체력을 기르도록 해라. 그리 수척해서야 말인들 제대로 타겠느냐. 보고는 내가 상을 직접 배알하고 드릴 것이니 너는 이만 물러가 쉬어라."

부식이 물러가라 했지만 돈후는 움직이지 않았다. 부식은 돈후에게서 시선을 거두고 붓을 들었다. 서찰을 쓰려는 듯했다. 종이를 반듯하게 편 부식이 특유의 일필휘지로 글을 써내려갔다. 하지만 다음 장을 올린 뒤에도 돈후가 여전히 눈앞에서 버티자 체념한 듯 붓을 내려놓았다.

"고집한다고 될 일이 아니니다. 허나…… 급히 치를 일도 아니지. 아비가 고민은 해보겠다. 이제 됐느냐? 그러니 제발 나가 쉬어라."

돈후는 그제야 움직였다. 허리를 굽혀 인사한 뒤 사랑을 나섰다. 대청을 나와 댓돌에 놓인 가죽신을 꿰는데 다리가 후들거렸다.

산은 넘지 못했으나 적어도 시간은 벌었다. 아버지는 아직 온요의 과거나 신분에 대해 알지 못한다. 한시라도 빨리 온요를 운곡의 호적에 올려놓아야 한다. 아버지와의 진짜 담판은 그 이후에 하면 될 것이다. 돈후는 안도하며 한숨을 내쉬었다.

애써 갈아놓은 먹물이 잿빛으로 말라붙었다. 온요는 연적으로 물을 흘려 넣고 다시 먹을 갈았다. 맑은 물줄기가 먹 아래에서 이지러지더니 까만 눈물을 쏟아냈다. 온요는 해가 중천에 오른 지금까지도 거듭 먹만 갈았다. 머릿속을 헤집는 상념 때문에 붓을 들어도 글씨를 쓸 수 없었다.

지난밤 돈후는 온요에게 말 한마디 건네지 않았다. 침소의 불도 일찍 꺼졌다. 내심 다행이라 여기며 늦도록 필사에 몰두하다 잠이 들었는데, 아침에 눈을 뜨고서야 새벽녘에 돈후가 다녀갔음을 알았다.

그는 책상에 엎드려 잠든 온요를 침상에 옮겨 눕히고 필사본 곳곳의 공란을 채워주고 갔다. 뜻을 새기지 못해 비워둔 공간에는 반듯한 그의 글씨가 들어앉아 있었다. 세필로 깨알 같은 주석까지 달아놓았다. 마치 운곡의 음성처럼 친절하고 명료한 주석을 읽으면서 온요는 가슴이 먹먹해졌다.

제 몸을 희생해 산채 사람들을 구하고 병에게 글자를 가르쳐주던 돈후, 눈이 부실 정도로 아름답게 웃으며 한량처럼 농을 건네던 돈후, 생모를 그리며 홀로 숨죽여 울던 돈후, 차갑고 잔악한 말로 으르고 겁박하던 돈후는 모두 한 몸에 숨어있다. 과연 어떤 모습이 그의 진짜 얼굴일까.

온요는 멈추었던 손을 움직여 다시 먹을 갈았다. 먹물은 거듭 갈리고 갈려 찐득해졌다. 농도가 지나쳐 글씨가 뭉개질 것이나 멈추지 못했다. 어차피 상념을 털어내지 않는 한 글씨를 쓸 수 없을 것이다.

덜컹, 소리를 내며 문이 열렸다. 먹을 잡은 채 고개를 들어보니 열린 문밖 대청에 돈후가 서있다. 온요는 붙박여 앉은 채 멍하니 쳐다보았다. 돈후는 마당을 향해 선 채 말했다.

"죽림의 해월과 가까웠느냐?"

온요는 화들짝 놀라 일어섰다. 그 바람에 의자가 소리를 내며 넘어졌다.

"처형당해 내걸렸던 시신을 수습했다. 역당의 처지라 내놓고 할 수는 없어 위명으로 위패를 만들어 안치했다. 도성 밖 암자에 있는데 가볼 테냐?"

해월이 참수되었다는 소식은 삼복으로부터 들었다. 제대로 된 장례를 치러주지 못해 한스러웠는데 하직 인사나마 할 수 있다고? 온요는 문지방까지 한달음에 달려가 엎드려 조아렸다.

"가고 싶습니다."

돈후에게서는 답이 없었다. 혹시라도 마음을 바꾸려는가 싶어 고개를 번쩍 들고 쳐다보았다. 무엇 때문에 심기가 상했는지 내려다보는 돈후의 낯이 잔뜩 굳었다. 불안해진 온요가 재차 청했다.

"제발 가볼 수 있게 해주세요."

돈후는 미간을 찡그리더니 고개를 돌리며 답했다.

"보기 싫으니 일어나라."

온요는 엉거주춤 일어섰다. 고개를 숙인 채 답을 기다리는데 눈앞에 웬 보따리가 들어왔다. 온요는 얼떨결에 받아들었다.

"어머니가 주신 옷은 입을 필요 없다. 갈아입고 대문 앞으로 나와라. 해 지기 전에 돌아오려면 서둘러야 한다."

말을 마친 돈후는 대청을 내려가 중문으로 나갔다. 온요는 서둘러 문을 닫고 보따리를 끌렀다. 보따리에서는 곱게 짠 베옷이 세 벌이나 나왔다. 하얀 저고리와 쪽염을 들인 푸른 치마, 겹으로 누벼 따뜻하게 만든 연청 장의까지. 황당한 기분이 들었다. 띠와 똑같은 색깔의 베옷이라니…….

우두커니 앉았던 온요는 머리를 흔들었다. 서둘러야 한다는 그의 말이 채찍처럼 정신을 깨웠다.

옷을 갈아입고 대문 앞으로 나가자 돈후는 말 위에 앉아있었다. 서두르라던 말과 달리 그는 온요를 뚫어지게 쳐다보기만 했다. 왜 저리 굳은 표정으로 보는 것일까. 옆에 섰던 삼복만이 반색하며 말했다.

"아이고, 참 고우십니다요. 비단과 옥으로 치장한다 한들 아가씨보다 곱지는 않을 것입니다요."

온요는 삼복의 너스레에 얼굴을 붉혔다. 하지만 공치사를 들으며 시간을 허비할 수는 없다. 삼복이 말 아래에 디딤목을 놓자마자 조급한 눈길로 돈후를 쳐다보았다. 돈후는 허리를 기울이며 손을 내밀었다. 잠시 망설였지만 돈후의 손을 힘껏 잡고 말에 올랐다.

"이랴!"

돈후의 구령과 함께 말이 앞으로 나아갔다. 삼복이 뒤에서 잘 다녀오시라 인사했다.

골목길을 지날 때는 타박타박 걷던 말이 택지를 벗어나자 속력을 내어 달리기 시작했다. 반 시진이 못 되어 성문이 보였다. 또 다른 황도의 문. 숭인문이라 쓰인 것을 보니 동쪽으로 난 문이다. 돈후가 패를 내보이자 검문하던 위숙군 병사가 크게 읍하며 물러났다.

성문을 벗어난 말은 더욱 빠르게 내달렸다. 온요는 등 뒤로 돈후의 몸이 느껴져 신경이 쓰였다. 온요가 자꾸만 앞으로 기울자 고삐를 잡은 그의 손과 팔이 바짝 조여들었다. 온요는 갇힌 새처럼 더욱 움츠러들었다.

달리던 말이 작은 암자 앞에 멈추었다. 말은 힘겨운 듯 뜨거운 콧김을 쏟아냈다. 훌쩍 말에서 뛰어내린 돈후가 양손을 내밀었다. 온요는 잠시 망설이다 몸을 맡겼다. 돈후는 온요를 번쩍 안아 말에서 내려주었다.

암자 앞에는 마중 나온 이들이 있었다. 젊은 승려와 을지였다. 을지는 서경에서 만난 적이 있다. 흉터는 거칠고 말수가 적었지만 친절한 이였다. 을지는 말없이 목례로 맞았고 젊은 승려는 허리를 숙여 합장한 뒤 밝게 웃었다.

"왜 이리 늦나 했더니 아리따운 처자를 모시고 오느라 그랬구나?"

젊은 승려는 자신을 진승이라 소개했다. 사학에서 돈후와 함께 수학한 사이라고 했다. 부유한 귀족 집안에서 아들 중 하나를 출가시켜 사찰을 관리한다더니 진승도 그런 경우일까. 단정한 표정에서 귀한 신분이었음이 느껴졌다.

"위패를 모시는 비구니가 계시는데 혹 아시는 분인지 모르겠습니다."

진승이 몸을 돌려 법당 쪽을 보았다. 온요는 진승이 가리키는 곳으로 눈길을 돌리다 깜짝 놀랐다. 칠현루에서 해월을 보좌하던 능파가 허리를 숙이며 합장했다. 어느새 출가했는지 머리를 깎고 승복을 입은 모습이다. 온요는 능파를 향해 달려갔다.

"온요 아가씨!"

능파는 달려간 온요를 함빡 끌어안았다. 온요는 능파에게 안겨 오열했다. 두 여인의 숨죽인 흐느낌이 암자의 작은 마당을 메웠다.

돈후는 을지와 함께 자리를 비켜주었다. 온요는 법당 안에 들어가 예를 올렸다. 무명(無名)이라 쓴 여러 개의 위패들 가운데 하나가 해월 것이라 했다. 이름도 없는 위패였지만 마치 해월을 직접 본 듯 사무쳤다. 술과 웃음을 팔아 운곡과 산채를 돌봐주었던 어머니 같은 사람. 이승에서 마지막으로 보낸 시간은 참담했으나 부디 극락왕생하기를 빌었다.

"행수님은 편안하게 가셨어요. 처형되시기 전에 잠깐 뵈었는데, 계집으로서 원 없이 살았으니 되었다 하시더라고요. 고신이 무척 심했는데도 가실 때는 아름다우셨어요. 고려 최고의 기생답게요. 그러니 아가씨도 너무 슬퍼하지 마세요."

온요는 능파의 말을 들으면서 또다시 눈물을 흘렸다. 원 없이 살았다는 해월의 유언이 가슴을 아프게 두들겼다. 삶은 왜 이리 외롭고 고단한 것일까. 얼마나 외롭고 고단해야 해월처럼 해탈한 듯 말할 수 있을까. 온요가 위패 앞에 엎드려 흐느끼자 능파는 온요의 등을 하염없이 쓸어주었다.

온요가 가까스로 마음을 추스를 무렵 능파가 물었다.

"아가씨는 앞으로 어찌하실 생각이세요?"

온요는 답하지 못했다. 미래를 예단할 수 없는 처지임을 능파는 모른다. 차마 답할 수 없어 입을 다물자 침묵을 오해한 능파가 충고하듯 말했다.

"김돈후 공자님께 청하시면 서경으로 가실 방법을 알아봐 주실 거예요. 공자님과 진승 스님께서 제가 변란 전에 승록청에 이름을 올린 것으로 처리해주셨거든요. 덕분에 가까스로 목숨을 건지고 행수님 시신도 수습할 수 있었어요. 아가씨도 잘 말씀드려보세요."

돈후에게 서경으로 보내달라 청하라고? 온요의 입에 쓴웃음이 물렸다. 서경으로, 산채로 가는 길을 막고 있는 사람이 다른 누구도 아닌 돈후다. 굴욕을 감수하고 청했으나 되레 꼼짝없이 붙잡히고 말았다.

"김돈후 공자님께 청하는 게 곤란하시면 제가 다른 방법을 알아볼까요? 광덕의 장비 행수님을 은밀히 수소문해보면 길을 찾을 수 있을 텐데……."

온요는 능파의 손을 잡고 고개를 흔들었다. 겨우 목숨을 건진 능파에게까지 화가 미칠까 두려웠다. 온요의 뺨을 타고 흘러내린 눈물이 능파의 손에 떨어졌다. 안쓰럽게 온요를 바라보던 능파의 눈길이 법당 밖으로 향했다. 온요도 능파를 따라 눈길을 옮기다 흠칫 놀랐다. 돈후가 법당 밖에 서있었다.

능파의 이야기를 들은 것일까. 돈후의 눈빛이 심상치 않았다. 어둡고 날카로워진 그를 보고 있자니 가시방석에 앉은 듯 불안해졌다.

"늦었다."

돈후는 짧은 말로 어서 나오라 재촉했다. 온요와 능파는 아쉬움에 두 손을 꼭 맞잡고 작별 인사를 했다.

느릿했던 온요의 발걸음은 법당을 나서자마자 빨라졌다. 돈후가 온요의 손을 움켜잡고 달리듯 걸은 탓이다. 힘주어 잡은 손에 노기가 잔뜩 담긴 것을 보니 능파의 이야기를 들은 것이 분명했다.

돈후는 서둘러 온요를 말에 태우고는 진승과 짧은 인사를 나눴다. 을지는 먼저 떠났는지 보이지 않았다. 능파는 법당 앞에서 합장하며 배웅했는데 그녀를 보는 돈후의 눈길이 매서웠다.

돈후는 말에 오르자마자 박차를 가했다. 말은 해가 기울어 어스름이 깔린 들판을 바람처럼 달려나갔다. 한 손으로 고삐를 잡고 다른 손으로는 온요를 결박하듯 안은 채 내달리니 두 사람의 몸이 전보다 심하게 흔들렸다. 돈후의 거친 숨소리는 말굽 소리를 덮을 만큼 커졌다. 이대로 달리다가는 떨어져 구르고 말 것이다.

온요는 돈후의 팔을 힘주어 잡았다. 흠칫 몸을 굳힌 돈후가 속도를 늦추기 시작했다. 할퀴듯 지나던 바람이 한결 부드러워졌다. 온요는 애원하듯 말했다.

"도망치지 않을게요. 그러니 제발……."

말이 완전히 멈추어 서자 돈후는 온요를 두 팔로 감싸 안았다. 그러더니 온요의 뒷목에 얼굴을 묻었다. 그의 뜨거운 숨이 등을 타고 흘렀다. 돈후와 온요는 말 위에서 그렇게 한참을 앉아있었다.

돈후의 몸은 화덕처럼 뜨거웠다. 온요는 침상 옆에 앉아 물에 적신 수건으로 거듭 돈후의 얼굴과 손을 닦았다. 말을 타고 오는 동안 줄곧 온요의 머리와 뺨을 덥히던 그의 숨이 너무 뜨겁다 생각했지만 이리 위중한 줄은 몰랐다.

돈후는 집에 도착해 말에서 내리자마자 쓰러졌다. 삼복이 기겁을 하며 업어서 별채로 옮겼고 의원이 다녀갔다. 온요도 맥을 짚었다. 상한•이었다. 허약해진 몸에 한기가 스며 탈이 난 것이다.

돌이켜보니 지방에서 돌아왔을 때부터 낯빛이 좋지 않았다. 여독이 풀리기도 전에 밤새워 미진한 필사본을 채웠고, 찬바람을 맞으

• 傷寒. 열병.

며 성 밖을 달리다 왔다. 정신을 잃고 누운 그를 보자 죄책감이 밀려들었다.

"의원은 다녀갔느냐?"

우렁한 목소리에 돌아보니 관복 차림의 부식이 서있었다. 온요는 깜짝 놀라 일어났다. 부식은 온요가 아는 한, 세상에서 가장 무서운 사람이다. 운의 아버지를 단칼에 베어 죽였고, 산채에 새카맣게 몰려들던 사병들의 주인이다. 장차 서경에 쳐들어갈 토벌군의 우두머리라고도 했다.

"상한이라 합니다. 청루에 계시는 동안 몸이 많이 상한 것 같습니다. 의원 말로는 지방에 다녀오신 일 때문에 발로했다 합니다. 약은 준비하고 있습니다."

부식 옆에 선 이가 답했다. 익환이었다. 부식을 보좌하며 집안의 대소사를 관장하는 집사라 했다.

부식은 끙 소리를 내며 내려다보더니 침상 옆에 앉아 돈후의 이마를 쓸었다. 두툼한 손으로 안쓰러운 듯 아들의 얼굴을 어루만지는 모습을 보면서 온요는 또 한 번 놀랐다. 야차처럼 생각했던 그가 인자한 아비의 얼굴을 하고 있는 것이 믿어지지 않았다.

"대감, 돈후는 제가 잘 살피겠습니다. 곧 출정이신데 이리 마음 쓰셔서 되겠습니까. 우선 의복부터 갈아입으시지요."

언제 왔는지 유씨 부인이 부식의 뒤편에서 허리를 숙였다. 그 옆에는 심술궂은 돈중도 걱정스러운 표정으로 서있었다. 돈후의 침소 안은 순식간에 사람들로 꽉 차 비좁았다. 온요는 주춤주춤 물러났다. 자신이 낄 자리가 아니었다.

"너도 의술을 한다 들었다. 어찌 치료해야 하느냐?"

온요는 귀를 의심했다. 지금 부식이 내게 묻고 있는 건가? 온요에게 답이 없자 부식이 우람한 몸을 움직여 돌아보았다. 온요는 숨이 멎을 것 같은 충격에 몸이 굳었다.

"듣지 못하였느냐? 돈후를 어찌 살피면 되겠느냐?"

너무 긴장하여 입을 벙싯거려도 말이 나오지 않았다. 부식은 그런 온요를 뚫어지게 쳐다보았다. 온요는 살 같은 부식의 눈길을 감내하며 가까스로 기를 모은 뒤 나지막하게 답했다.

"먼저 땀을 충분히 내며 쉬시게 한 뒤 약으로 독을 빼고 몸을 보하시면 됩니다. 도련님의 병환이 상한이기는 하나 한기가 깊지는 않으니 땀을 내고 약을 드시는 것만으로도 나아질 것입니다."

"약만 먹이면 된다는 뜻이냐?"

"그렇지는 않습니다. 약은 병증을 없애줄 뿐 근원을 치료하지는 못합니다. 더 중요한 것은 섭생입니다. 충분히 쉬시면서 상한에 좋은 음식으로 보하셔야 후유증이 없을 것입니다. 상한은 처음 발로했을 때 제대로 다스리지 않으면 고질병이 될 수도 있습니다."

"……."

부식은 입을 다문 채 온요를 쳐다보았다. 온요는 더 이상 눈을 맞추지 못하고 고개를 숙였다. 돈후와는 너무나 다른 느낌을 주는 사람이다. 우락부락한 인상도 그렇지만 속을 꿰뚫는 듯 보는 눈길이 지나치게 매섭다.

"네가 곁에서 살펴주어라. 필요한 것이 있으면 익환에게 말해라. 무엇이든 구해줄 것이다. 잘 부탁한다."

온요는 놀라 고개를 들었다. 유씨 부인도 놀란 눈치였다. 부식은 한 번 더 돈후의 이마를 쓸며 한숨을 내쉬더니 일어나 방을 나갔다. 유씨 부인과 돈중, 익환이 차례로 뒤따르자 침소 안은 썰물이 빠져나간 뻘처럼 휑해졌다. 온요는 다리에 힘이 풀려 주저앉았다.

잠시 후 삼복이 들어왔다. 불기 좋은 화로를 들여놓더니 물 담긴 대야와 비단 수건도 내려놓았다. 그러고는 울상을 지으며 돈후를 바라보았다. 삼복이 망연히 앉은 온요에게 읍소했다.

"불쌍한 우리 도련님 오랫동안 속 끓이다 병나신 겁니다요. 아가씨가 봐주시면 기운 내실 테니 부탁드립니다요. 그러면 제가 아가씨를 평생 은인으로 모실 겁니다요."

절절한 삼복의 말이 허공에서 둥둥 떠다녔다. 온요는 막막했다. 이곳에 온 뒤 자신은 늘 바람에 구르는 낙엽 신세다. 예상치 못했던 상황에 직면해 이리 쓸리고 저리 쓸리며 허둥댄다. 몸져누운 돈후를 보고 있자니 그를 미워하고 두려워했던 일이 갑자기 아득하게 느껴졌다.

삼복이 방을 나가자 온요만이 돈후 곁에 남겨졌다. 넋을 놓고 앉아있던 온요는 돈후의 옅은 신음에 정신을 차렸다. 돈후는 점점 더 뜨거워졌다. 땀을 내는 것은 필요하나 열이 지나치게 높으니 병세가 나빠질 것이다. 온요는 물에 적신 수건을 들고 다가갔다. 돈후의 몸에 단단히 감긴 대를 향해 손을 뻗다 거두길 몇 번. 온요는 다짐하듯 중얼거렸다.

"의술은 의원의 것이 아니라 병자의 것이야. 그러니 의술을 배운 사람은 마땅히 병자를 돌봐야 해."

운곡이 생전에 주문 외듯 즐겨 하던 말이다. 온요는 심호흡을 한 뒤 대를 풀었다. 저고리를 벗기기 위해 섶을 여는데 익숙한 것이 드러났다. 온요의 띠다. 성근 베로 만든 푸른 띠가 꼭꼭 접힌 채 돈후의 맨가슴 위에 있었다. 온요는 띠를 집어 들고 내려다보았다. 그러고는 누운 돈후를 쳐다보았다. 마음이 복잡해졌다.

수건이 닿자 돈후는 다시 신음을 토했다. 눈도 가늘게 떴지만 이내 감겼다. 온요는 잠시 기다렸다가 그의 몸을 닦기 시작했다. 가슴과 배를 닦은 뒤 몸을 기울여 등을 닦는데 익숙한 흉터가 눈에 띄었다. 지난여름, 무너지는 보를 이어 산채 사람들을 구하느라 생긴 상처였다. 불긋한 흉터를 남기긴 했지만 잘 아물었다. 다른 어깨에도 흉터가 보였다. 궁금해 들여다보던 온요의 눈이 화등잔처럼 커졌다. 잇자국이었다.

온요는 물수건을 든 채 주춤 물러났다. 흉터의 이유를 알고 있다. 첫날 정사 중에 자신이 깨물어 생긴 것이다. 밉고 고통스러워 있는 힘껏 물어뜯었는데, 까맣게 잊고 있었다. 바늘땀처럼 선명하게 새겨진 것으로 보아 상처가 꽤 깊었던 것 같다. 사람에게든 짐승에게든 물려 생긴 상처는 칼에 베인 것보다 고통스럽다.

온요는 다시 침상으로 다가가 돈후의 팔을 살폈다. 오른팔에도 흉터가 보였다. 목을 매 죽으려던 온요를 말릴 때 물어뜯었던 자리다. 소맷자락 덕분이었는지 어깨의 잇자국보다는 옅었다. 온요는 침상 옆에 천천히 쪼그려 앉았다. 그러고는 죽은 듯 누워있는 돈후를 바라보았다. 태산 같았던 그가 병든 고라니보다 작고 약해 보였다.

"아가씨, 약 대령했습니다요."

삼복이 기척을 낸 뒤 약을 들고 들어왔다. 맨몸을 드러낸 돈후 옆에 앉아있자니 얼굴이 화끈거렸다. 부식의 당부 때문인지, 아니면 내밀한 공간이라 여겨서인지 삼복은 시중들겠다 나서지 않고 물러갔다.

온요는 약사발을 들고 돈후 곁에 앉았다. 숟가락으로 약을 떠 그의 입에 흘려 넣었다. 지난여름 상처가 덧나 앓는 그에게 했던 것처럼, 병을 보낸 뒤 열병이 났을 때 그가 온요에게 했던 것처럼 약을 먹였다. 돈후는 기절하듯 잠든 와중에도 잘 받아먹었다.

몸을 한 차례 더 닦아낸 뒤 온요는 다시 침상 옆에 쪼그리고 앉았다. 여전히 돈후를 원망하면서도 아픈 그를 외면할 수 없는 자신이 한심하게 느껴졌다. 운곡이 마지막에 남긴 말도 떠올랐다.

'애쓰지 마라…….'

아버지가 끝맺지 못한 말은 무엇이었을까. 아버지는 내가 생지옥 같은 고난을 겪게 되리라는 것을 아셨던 걸까. 그래서 발버둥 쳐봐야 벗어날 수 없다고 하신 걸까.

온요는 세워 안은 무릎에 얼굴을 묻었다. 그러고는 운곡이 옆에 있는 듯 중얼거렸다.

"아버지, 저는 왜 이곳에 있게 되었을까요. 제 운명은 산채 사람들을 위해 사는 것이라 믿었는데, 왜 산채가 아닌 이곳에 있는 건가요. 제가 알지 못할 다른 이유가 있는 걸까요."

중얼거리는 목소리가 점점 작아졌다.

"혼백이라도 계신다면…… 제발…… 말씀해주세요……."

침소 안의 어둠이 짙어졌다. 온요의 의식도 가물가물 불기를 잃어갔다.

온요는 얼굴을 쓰다듬는 부드러운 손길에 미소 지었다. 아버지일까? 아니면 꿈속의 어머니일까? 꿈? 지금 꿈을 꾸고 있다면 잠들었다는 뜻인가?

온요는 눈을 번쩍 떴다. 천장을 가로지르는 대들보가 보였다. 산채의 오두막과는 달리 매끈하고 멋스러운 문양이 새겨진 대들보. 돈후의 침소와 서재에서 본 것과 똑같다. 그런데 왜 내가 이곳에 누워 있을까?

고개를 돌리니 모로 누운 돈후가 머리를 괸 채 내려다보고 있다. 깜짝 놀라 몸을 일으키려는데 돈후가 어깨를 잡아 눌렀다. 그러고는 빙긋 웃으며 말했다.

"좀 더 자라. 명령이다."

징후

선의문 밖 서교의 너른 들. 출정을 알리는 나발 소리가 울려 퍼졌다. 일만의 중군 병사들이 펄럭이는 붉은 깃발을 따라 열을 지어 움직이기 시작했다. 대오의 선두에는 피갑을 두르고 말에 오른 부식이 섰고 부장들이 호위하며 따랐다. 돈후는 적토 위에 앉은 채로 토벌군의 열병과 출정을 지켜보았다.

바야흐로 시작된 토벌의 대장정. 부식은 서경과의 전쟁을 치밀하게 준비했다. 좌군과 우군, 중군 등 삼만의 토벌군은 곧 평주에서 합류하여 서경을 향해 진격할 것이다. 그러나 동주와 황주를 거쳐 곧바로 서경으로 가지는 않는다. 서경에서는 아래가 위를 들이받는 형태의 속공을 예상했겠지만, 부식이 계획한 것은 장기전이다.

동북 방면으로 크게 돌아 서경을 포위하고 끈질기게 압박하려 한다. 조광은 서경의 군사력을 과신한 나머지 결국은 부식의 전략에 말려들 것이다.

토벌군 대열의 후미가 보일 무렵 말을 탄 익환이 다가왔다. 익환은 개경과 전장을 오가며 부식의 전령 노릇을 하기로 되어있다. 아마도 출정 전에 임금의 동태를 파악하기 위해 왔을 것이다. 돈후는 대오에 시선을 고정한 채 말했다.

"폐하께서 은밀히 홍이서와 이중부를 만났습니다. 조만간 서경에 밀사로 파견할 것 같습니다. 하지만 그들뿐인지는 모르겠습니다. 서경 쪽 내시가 한 명 보이지 않는 것으로 보아 따로 보냈을 수도 있습니다. 사라진 내시 쪽은 제가 알아볼 테니 홍이서와 이중부를 쫓으세요. 길목을 지키다 서경에 이르기 전에 붙잡으면 폐하께서 다른 마음은 품지 못하실 것입니다."

돈후가 이르자 익환이 고개를 숙였다. 그런데 전언을 듣고도 곧바로 물러나지 않았다. 돌아보니 걱정스러운 눈빛을 보내고 있다.

"아직 회복되지 않으셨습니다. 덧나실까 걱정됩니다."

상한으로 사흘 동안 자리보전하고 지냈다. 돈후에게는 꿈같은 시간이었다. 온요는 전처럼 돈후를 저어하거나 두려워하지 않았다. 곁을 내어주지는 않아도 정성을 다해 간병했다. 마음 같아서는 평생토록 침상에서 일어나고 싶지 않았지만 그럴 수는 없었다. 이제 서경과의 전쟁은 돈후에게도 중요한 과제가 되었다. 개경이 서경에 패하면 돈후도 온요를 지킬 힘을 잃어버릴 것이기 때문이다.

"몸은 괜찮습니다. 걱정하지 마십시오. 아버지의 뜻에 동의하지는 않으나 제 몫은 할 것입니다."

"별채 아가씨 일은 너무 서두르지 마십시오. 대감께서도 아가씨의 됨됨이는 만족해하고 계십니다."

돈후가 의외라는 듯 쳐다보자 익환이 미소 지었다.

"본디 지재를 아끼시는 분입니다. 때를 기다리시면 도련님의 뜻을 받아들이실 것입니다."

부식이 별채의 사정을 낱낱이 파악하고 있었던 모양이다. 글을 알고 의술을 익힌 온요를 조금이나마 어여삐 보았다면 사정이 달라질까. 돈후가 아는 아버지는 그럴 여지가 없다. 어여삐 보았다 한들 기껏해야 첩으로 삼을 길을 열어주는 정도겠지. 허나, 혈통의 곁가지를 혐오하는 부식은 결코 첩이 된 온요를 가족으로 받아들이지 않을 것이다.

익환이 말머리를 돌려 물러갔다. 돈후도 적토를 이끌어 성안으로 향했다. 사라진 내시의 뒤를 쫓기는 쉽지 않다. 끄나풀을 대신 보냈을 수도 있고 이미 서경에 당도했을 수도 있다. 중요한 것은 전달하고자 하는 내용이다. 돈후는 부식이 수하로 부리는 환관과 만남을 약속해두었다. 그를 통해 임금의 마음을 엿보는 편이 나을 것이다.

시전 거리는 평시보다 더 북적였다. 도성 밖에 거주하던 백성들이 대거 피난해 들어왔기 때문이다. 덕분에 개경 집값이 배로 뛰었다. 피난민과 함께 걸인도 늘었다. 걸인들은 보시하는 죽을 얻기 위해 아귀다툼을 벌였고, 상대적으로 경계가 느슨해진 틈바구니에서 온갖 더러운 거래가 이루어졌다. 귀족들은 군비로 헌납한 재물을 벌충하기 위해 고리 놀음을 하거나 밀주를 만들어 팔았고, 사찰에서는 승전을 기원하는 법회를 핑계로 재물을 긁어모았다. 재물과 권력을 놓고 벌이는 쟁투란 비단 전장에만 있는 것도, 전시에만 벌어지는 것도 아니다. 살아있는 모든 것이 생을 이어가는 한, 언제 어디서든 여러 가지 얼굴로 나타난다.

돈후는 적토에서 내려 고삐를 잡고 시전 골목으로 들어갔다. 구걸하는 아이들이 따라붙었으나 적선할 여유가 없었다. 주청루에서 환관이 기다리고 있을 것이다.

"후야!"

돈후의 발걸음을 붙잡는 또 다른 소리가 들렸다. 흘긋 돌아보니 재하다.

"퇴청한 것이냐?"

재하가 뛰어와 돈후를 붙잡고 숨을 몰아쉬었다.

"출정식을 보고 오는 길이다. 너는 시전에 어인 일이냐?"

"경시서에서 일하는 사촌을 만나기 위해 나왔다."

경시서라면 개경의 시전과 장사치들을 단속하는 관청이다. 재하 집안에 경시서에서 일하는 관리가 있는 줄은 몰랐다.

"그리고 너 만나러 가는 길이었다."

"나를?"

"길에서 할 말은 아니고 어디든 들어가자."

돈후는 재하와 더불어 주청루로 향했다. 한시라도 빨리 환관을 만난 뒤 귀가해 온요를 보고 싶었으나 재하의 표정이 퍽 진지했다.

주청루에는 이미 환관이 와있었다. 을지에게 기다리라 전하게 하고는 재하와 함께 자신이 머물던 별채로 들었다.

"네 여인이 혹시 구안정과 관계가 있느냐?"

앉기도 전에 재하가 물었다. 돈후는 낯을 굳히며 되물었다.

"네가 그것은 왜 묻느냐?"

"사촌이 광덕상회를 조사 중이라는데, 내게 구안정이라는 사학을 아느냐 묻더라. 구안정이라면 네가 피접 갔던 곳이 아니냐. 사촌에게는 잘 모른다고 답했는데, 왜 그러느냐 이유를 물었더니 놀라운 이야기를 하더라. 광덕이 서경과 관련이 있는 것 같은데, 광덕의 짐아비 몇을 잡아 심문하는 과정에서 구안정이라는 이름이 나왔다는 거야. 산골에 있는 사학치고는 댄 물품이 많아 이상하다 의심하고 있었다."

기어코 꼬리를 밟힌 것인가. 돈후는 다급히 물었다.

"그래서 사촌이 구안정을 조사하겠다더냐?"

"구안정이 서경과 관련 있다고까지 생각지는 않더라만 이름이 거론되었으니 어떤 식으로든 조사는 이루어지겠지."

지금 산채는 비어있다. 피난을 간 것으로 여기고 조사를 종결할 수도 있으나 부식의 사병이 다녀간 것을 알면 의심이 짙어질 수도 있다. 사병을 보낸 경위에 대해 익환의 수하들과 입을 맞춰야 할 것 같다. 돈후의 낯이 어두워지자 재하가 걱정하며 물었다.

"혹시 그 여인이 서경 사람이냐?"

"서경 사람은 아니다. 구안정의 주인인 운곡 스승님의 딸이다. 운곡 스승님도 서경과 직접 관련은 없으나 삼성 어른들과 교분이 있었다."

재하가 한숨을 쉬었다. 삼성 중 한 사람인 백수한 박사를 흠모해 비명에 간 그를 마음으로 추모하던 재하였다.

"변란 중이니 작은 불씨라도 화마(火魔)가 될 수 있다. 만약 구안정에 문제가 생긴다면 너라도 나서 도와다오."

돈후의 부탁에 재하는 흔쾌히 고개를 끄덕였다.

"그나저나 언제 보여줄 것이냐?"

눈으로 무슨 뜻이냐 묻자 재하가 웃으며 재차 물었다.

"천하의 김돈후를 팔푼이로 만든 대단한 여인과 언제 인사라도 나눌 수 있냐는 말이다."

"사내놈은 누구도 못 본다. 꿈도 꾸지 마라."

으름장 담은 농에 재하는 대소했지만 돈후는 마음껏 웃지 못했다. 돈후를 마음으로 받아들이지 않는 온요. 아니, 자신을 유린한 파렴치한으로 여기는 온요. 과연 그녀를 편한 마음으로 재하에게 소개할 날이 올까.

다음을 기약하며 재하를 돌려보낸 뒤 환관을 만났다. 편전 앞에서도 색을 흘리던 그는 돈후를 보자마자 얼굴을 붉혔다. 조아려 인사한 뒤에는 배시시 미소까지 머금었다. 돈후는 미간을 찌푸렸다. 이 자가 지금 나를 유혹하는 것인가. 그러고 보니 환관의 차림새가 달라졌다. 관복과 술띠 대신 비단 포를 두르고 주렁주렁 장신구도 매달았다. 청루에서 보자 한 전언을 곡해한 것이다. 어이가 없었지만 내색하지 않고 지밀 사정부터 물었다. 사라진 내시가 임금과 어떤 밀담을 나누었는지 알아야 했다.

"조광에게 보내는 밀서를 보았습니다. 흘끔 봐서 자세히는 모르지만, 서경을 보존하는 데 수단과 방법을 가리지 말라는 내용만큼은 확실했습니다."

서경을 보존하라……. 변란을 기회로 삼아 득세한 개경파를 견제해야 하니 서경파를 완전히 잃고 싶지는 않다는 뜻이다. 임금도 아버지 못지않게 지독하고 끈질기군. 그렇다면 조광은 임금의 뜻대로 전면전을 피하려 들까? 고려 최강의 정예군을 거느린 그가 과연 전투 욕심을 참아낼 수 있을까? 일단 아버지에게 보고는 해야 할 것 같다.

돈후는 흘금흘금 눈치를 살피며 추파를 던지는 환관에게 차갑게 일렀다.

"알려주어 고맙다. 하지만 다음에 또 그리 웃으면 목을 따버릴 줄 알아라."

온요는 반빗간에서 타락죽을 쑤었다. 뭉근한 쌀죽에 소의 젖을 한 되 부어 끓이는 음식이다. 어제는 귀한 밀을 곱게 가루 내어 쌍화를 빚은 뒤 석류탕을 만들었다. 타락죽이든 석류탕이든 몸을 보하는 데 효과가 좋은 줄은 알았지만 웬만한 사람들은 존재조차 모르는 음식들이다. 온요도 귀동냥으로만 접하다 이곳에 와서야 처음 만들어보았다. 권세의 크기는 반빗간의 형편만 보아도 알 수 있다는 이야기가 틀린 말이 아니었다.

온요는 불이 너무 세지 않도록 화로에서 숯을 덜어낸 뒤 받침을 괴었다. 이제부터는 쌀죽과 젖이 타지 않고 엉기도록 저어주어야 한다. 조심스레 쌀죽에 젖을 부으려는데 간난어멈이 옆에 와 쪼그리고 앉았다.

"유시가 한참 지났으니 도련님이 곧 퇴청하실 거예요. 아가씨는 이제 그만 별채로 가셔요. 제가 상을 봐서 올릴게요."

온요는 답하지 않은 채 젖을 붓고 죽을 저었다. 몸을 움직여 일하는 동안만큼은 상념에서 벗어날 수 있어 좋았다. 하지만 돈후를 마주하면 수만 가지 감정이 엉켜 괴롭다. 보다 못한 간난어멈이 온요의 손에서 주걱을 빼앗아갔다. 원망스러운 얼굴로 쳐다보자 미안해하며 웃었다.

온요는 어깨를 늘어뜨리고 일어났다. 반빗간을 나와 마당을 걷는데 온요를 본 종복들이 주인 대하듯 허리를 깊이 숙여 인사했다. 불편했다. 겉으로는 공손하나 차갑기 그지없는 눈길에 마음도 오그라들었다. 온요는 잔뜩 움츠린 채 걷는 속도를 높였다. 별채 중문을 넘은 뒤에는 아예 달리듯 대청에 올라 서재로 들어갔다.

서재에 들어와 가쁜 숨을 몰아쉬는데 등 뒤편이 서늘했다. 문 닫히는 소리도 났다. 돌아보는 순간 온요의 입은 경악하여 벌어졌다. 서재 문을 등지고 선 시커먼 형체가 보였다.

"신……."

신도였다. 신도가 다가와 온요의 입을 커다란 손으로 틀어막았다. 동시에 온요의 목에 단도를 들이댔다. 가슴이 세차게 뛰기 시작했다.

신도는 산채가 급습을 당하던 날에 부식의 사병들과 함께 있었다. 불타는 구안정으로 걸어들어가려는 온요를 우악스레 잡아챈 이도 신도였다. 죄인처럼 붙잡혀 부식의 집으로 오는 동안 신도는 온요에게 따라붙으며 짐승 같은 소리를 냈다. 잘린 혀로 내는 소리를 알아듣기도 어려웠지만 산채를 팔아넘긴 그가 미워 내내 외면했었다.

덜덜 떨며 놀란 눈으로 쳐다보자 신도는 턱짓으로 의자를 가리켰다. 온요는 주춤주춤 의자로 가 앉았다. 신도는 천천히 입에서 손을 떼더니 품에서 종이를 꺼내 책상에 놓았다. 단도는 여전히 목에 겨누어져 있었다. 온요는 눈동자를 움직여 종이를 내려다보았다.

처(妻).

신도는 글을 모른다. 아마도 누군가에게 써달라 했거나 보고 그렸을 것이다. 온요는 한눈에 신도의 의도를 알아챘다. 신도는 신도댁이 있는 곳, 즉 새로운 산채가 어디인지를 알아내려는 것이다.

온요는 눈을 키우며 신도를 올려다보았다. 신도가 눈을 부라리며 칼끝을 세웠다. 목에서 쓰린 통증이 느껴졌다.

말할 수 없다. 설령 목이 베여 피를 내뿜고 죽는다 한들 알려줄 수 없다. 부식에게 천마산 산채를 팔았던 신도는 제 처를 되찾기 위해 또다시 용문산 산채를 팔 것이다. 운곡의 정신이 담겨 있는 산채를, 정조까지 팔아 지킨 산채를 위험에 처하도록 놔둘 수 없다.

떨림이 사라졌다. 온요는 입을 굳게 다물고 신도를 쳐다보았다. 온요의 마음을 읽었는지 신도의 얼굴이 벌겋게 달아올랐다. 목에서 느껴지는 통증이 강해졌다. 온요는 말없이 눈을 감았다.

덜컹, 문 열리는 소리가 났다. 눈을 뜨니 돈후가 보였다. 신도는 다급히 온요를 한 팔로 감아 결박하며 일으켰다. 돈후는 커진 눈으로 온요를 보더니 신도에게로 눈길을 옮겼다. 귓가에 신도의 거친 숨이 느껴졌다. 순간, 돈후의 눈에서 불꽃이 튀었다. 돈후는 신도를 노려보며 천천히 서재 안으로 들어섰다. 그러고는 조용히 문을 닫았다.

"칼 치워."

돈후의 명에 신도는 답하듯 웅얼거렸다. 서재에 침입한 의도를 알고 나니 짐승의 울음 같은 그의 소리가 사람의 말로 선명하게 들리기 시작했다. 신도는 처가 있는 곳이 어디인지만 알면 된다고 항변하는 중이었다. 다행히 돈후는 알아듣지 못했다. 그가 신도의 말을 알아듣고 산채의 위치를 알려주기라도 한다면 정말 큰일이다. 돈후는 이를 갈듯 낮게 으르렁댔다.

"당장 치우고 물러가면 죽이지는 않겠다. 하지만 거역하면 내 손으로 직접 너를 잡아 갈가리 찢어 죽일 거야."

신도는 잠시 몸을 굳히는가 싶더니 바짝 칼끝을 세웠다. 목에서 피가 흘러내리는 느낌이 들었다. 돈후는 당장이라도 신도를 죽일 듯 노려보았지만 몸은 덜덜 떨고 있었다. 온요는 돈후를 보면서 자신이 이 상황을 마무리해야 한다는 생각이 들었다. 어쩌면 가장 좋은 해결책이 될 것이다.

"죽이세요."

신도는 움찔했다. 돈후의 낯도 시커멓게 변했다.

"기꺼이 아재 칼에 죽을게요. 죽어서 아버지 곁으로 갈게요. 그러면 모두 편안해질 거예요."

온요는 마음을 굳히고 칼을 쥔 신도의 손을 덥석 잡았다. 그리고는 돈후를 보았다. 돈후의 눈이 한껏 부풀었다. 눈동자도 마구 흔들렸다.

순간, 그가 측은해졌다. 그리고 자신이 왜 혼란스러웠는지 깨달았다. 돈후를 증오하던 마음에 균열이 생긴 것이다. 온요의 떠를 오랫동안 간직했다는 사실을 안 뒤부터, 해월의 위패 앞에서 작별 인사를 하게 해준 뒤부터, 상한으로 쓰러져 앓을 때부터 마음껏 미워할 수 없었다. 이제 신도의 칼에 베이면 온요도, 돈후도 자유로워질 것이다.

온요는 눈을 꾹 감고 움켜잡은 손에 힘을 주었다. 그때였다.

"도련님, 저녁상 준비했습니다요. 지금 들일까요?"

갑작스럽게 날아든 삼복의 목소리가 팽팽했던 공기를 갈랐다. 움찔하는 찰나, 신도가 온요를 앞으로 밀쳐낸 뒤 창호를 부수며 몸을 던졌다. 돈후는 휘청 기우는 온요를 껴안으며 주저앉았다. 와장창 그릇이 깨지는 소리와 함께 여종들의 비명이 부서진 창호를 넘어왔다. 동시에 삼복이 서재로 뛰어들었다.

"도련님!"

온요를 껴안은 돈후의 팔이 무섭게 조여들었다. 그의 턱은 정수리를 찍어눌렀고, 거친 숨은 온요의 몸을 휘감았다.

"나간 놈 뒤부터 좇아!"

돈후가 소리치자 삼복이 벌떡 일어나 뛰어나갔다. 여럿의 발소리가 뒤따랐다. 돈후는 온요를 몸에서 떼어낸 뒤 소리쳤다.

"죽을 때도 내 허락을 받아야 한다는 걸 잊었느냐? 너는 대체……."

돈후는 다시 온요를 와락 껴안았다. 그의 가슴에서 펄떡이는 심장 소리가 들렸다. 쿵쿵 박동 소리를 듣고 있으니 점차 떨림이 잦아들었다.

마당에서 웅성거리는 소리가 들리기 시작했다. 온요는 돈후의 팔을 걷어내고 자세를 고쳐 앉았다. 흐트러진 매무시도 바로잡았다. 몸을 일으키려 하자 돈후가 어깨를 눌러 주저앉혔다. 그러고는 온요의 턱을 잡고 돌리며 목을 들여다보았다. 돈후는 미간을 찡그리더니 품을 뒤적여 푸른 베 조각을 꺼냈다. 온요의 띠였다. 잠시 얼굴에 당황하는 빛이 서렸으나 이내 온요의 목에 띠를 둘러 감았다. 온요는 돈후를 물끄러미 쳐다보았다.

"저를 산채로 보내주세요."

띠를 감던 돈후의 손이 멈추었다.

"제가 다치는 거, 원치 않잖아요. 저를 걱정하고 있잖아요. 그러니 보내주세요."

"싫다."

띠에 매듭을 지은 뒤 돈후는 벌떡 일어나 돌아섰다. 온요는 엎드려 소리쳤다.

"저는 이곳에서 살 수 없어요!"

돈후는 문을 향해 서있었다. 온요는 엎드린 채 답을 기다렸다. 일각도 되지 않는 시간이 억겁처럼 길었다. 침묵하던 돈후는 잠긴 목소리로 말했다.

"너를 보내면 내가 살 수 없다."

돈후는 온요를 남겨두고 서재를 나갔다. 잠시 후 밖에서 의원을 부르라는 돈후의 목소리가 들렸다. 그러고는 고요해졌다.

달빛이 이운 새벽. 어둠보다 짙은 구름 아래 저편에서 인영이 움직이기 시작했다. 수를 헤아리니 모두 여섯. 생명의 기운이 약한 때를 고르긴 했으나 정작 저들도 어둠에 익숙하지 않은 탓인지 행동이 느렸다. 하나는 수풀을 헤치다 넘어지기까지 했다.

운은 몸을 숨긴 채 그들이 둔덕 쪽으로 다가오기를 기다렸다. 이미 노출된 것을 모르는 적은 한껏 몸을 낮추고 소리를 죽이며 움직였다. 마침내 그들이 둔덕에 이르자 운이 신호를 보냈다. 엎드려 대기하던 부원들이 회풍처럼 일어나 덮치고 몰아쳤다. 적은 순식간에 목에서 피를 뿜으며 쓰러졌다. 한 명이 겨우 살아남아 납작 엎드렸다.

부원들이 횃불을 밝히며 웅크린 자를 포위했다. 그가 고개를 들었다. 복면을 두르고 흑의로 위장했으나 앳된 눈동자가 공포에 사로잡혀 흔들렸다. 한 부원이 다가가 복면을 벗겼다. 역시, 어린 병사다. 병사는 자신을 포위한 서경군을 확인하고는 와락 울음을 터뜨렸다. 포위한 부원 몇이 혀를 찼다.

병사를 내려다보던 운은 낯을 구기며 돌아섰다. 적의 동태를 살피는 막중한 임무를 저런 애송이에게 맡긴다는 것은 척후를 하지 않겠다는 뜻이나 다름없다. 혹은 진짜 척후병을 감추려는 미끼로 보냈거나……. 잠시 후 등 뒤에서 바람 가르는 소리와 함께 어린 척후병의 짧은 비명이 들렸다.

며칠째 척후병만 도륙하고 있다. 치고 빠지기를 반복하는 토벌군을 전위에서 물리치고는 있으나 기싸움만 계속되니 부원들은 물론 운도 맥이 빠지는 중이다.

삼만 군사를 이끌고 당당히 토벌에 나섰던 김부식은 정작 서경을 코앞에 두고는 미적거렸다. 평주에서는 병사를 모아놓고 열병만 해대더니 황주에서 말머리를 돌려 동북쪽으로 길을 잡았다. 서경에서 부식이 이끄는 중군의 이상한 행보에 어리둥절해 하는 사이, 황주에서 셋으로 갈라진 지상군과 바다를 거쳐 대동강에 이른 수군은 서경 주변의 지지세력을 차례로 격파해나갔다. 의도는 분명했다.

서경의 고립!

조광은 개경에서 토벌군이 오면 단번에 박살을 내리라 벼르며 기다렸다. 서경군은 고구려의 기상을 이은 병사답게 최강의 전투력을 자랑했기 때문이다. 초반 승부에서 기선을 잡으면 개경에서 자세를 낮출 것이라 예상했지만, 전황은 조광의 기대와는 다르게 흘러갔다. 작은 전투에서 몇 차례 승리하긴 했어도 부식이 이에 적극적으로 응하지 않으니 홀로 칼춤만 춘 꼴이 되었다.

더 이상한 것은 조광이었다. 그는 당초 호방했던 기세와 달리 성 밖으로 치고 나가 전면전을 펼치지 않았다. 부식이 안북대도호부에 무혈 입성해 서경의 동북쪽을 장악한 뒤부터는 연일 신경질만 부려댔다. 서경성 안에도 이러다 토벌군에게 짓밟힐지도 모른다는 공포감이 퍼지기 시작했다.

"대장, 막사로 급히 오시라는 전갈입니다."

새벽 어스름이 일기 시작한 벌판 한가운데에서 상념에 잠긴 운에게 막내 부원이 다가와 아뢰었다. 급히 오라는 것은 급박한 일이 있다는 뜻이다. 멀뚱히 서서 팔다리만 잘리고 있는 꼴이니, 차라리 토벌군이 서경으로 총공격을 감행한다는 소식이길 바랐다. 운은 말을 타고 한달음에 달려 막사에 이르렀다.

말에서 내리자 경계를 서던 병사들의 눈길이 일제히 운을 향했다. 서경 주변을 얼쩡대는 척후병을 찾아내는 대로 몰살하고, 토벌군의 좌우군 진영까지 잠입해 들쑤셔놓은 무용담 탓인지 쳐다보는 눈에 경외심이 어렸다. 운은 그들의 눈길이 불편했다. 살육을 칭송하는 전쟁이, 그 속에서 피 칠갑을 하고 있는 자신이 역겨웠다.

막사 안으로 들어서자 낯익은 자가 운에게 바짝 다가섰다. 대화궁에서 자신을 묘청에게 인도했던 젊은 관원이다. 그가 다급한 목소리로 말했다.

"묘청 대사가 졸하였소."

"뭐요? 그게 무슨 말이오?"

"조광이 지난밤 관풍전에서 묘청 대사와 병부상서 유참의 목을 베었소. 참수 현장에서 조 시랑이 말하기를, 임금의 뜻을 제대로 받들지 않고 허황된 요설로 서경을 추동하여 작금의 고초를 초래했으니 죄를 묻는다 했소. 그리고 대사의 목을 개경으로 보내어 임금의 답을 기다린다고도 했소. 조 시랑이 대사를 배신한 것이오."

관풍전이라면 묘청이 조광과 더불어 건국을 모의했다는 서경성 내의 별궁이다. 하필이면 함께 목숨을 나누겠다 맹세한 곳에서 배신의 칼을 들다니, 조광 이자가 기어코! 순식간에 피가 끓어올랐다.

"어찌할 바를 몰라 고민하던 차에 당신이 생각나 찾아왔소. 조 시랑이 대사에게 어찌 이런 참담한 짓을 할 수 있단 말이오. 대사는 내게 은인이자 스승이시오. 분하고 떨려 참을 수가 없소."

"조광은 지금 어디 있소?"

"대화궁 안에 조 시랑이 거처로 쓰는 전각이 있소. 그곳으로 들었다는 말을 듣고 왔소."

운은 막사를 나오자마자 말에 올랐다. 배를 걷어차자 말이 쏜살같이 달리기 시작했다.

수많은 목숨을 걸고 군사를 일으키더니 지금에 와서 전쟁을 그만두겠다고? 김부식을 상대할 능력도 없으면서 감투만 눌러쓴 주제에, 전황이 불리해지니 묘청 대사를 제물 삼아 위기를 모면하겠다는 수작이 아닌가.

새벽이라 그런지 궁의 경계는 허술했다. 운은 손쉽게 조광의 집무실 곁방으로 다가갈 수 있었다. 복도를 지나 문을 열고 들어가니 조광이 침상에 누워있는 모습이 보였다. 운은 침상에 다가가 한 손으로 조광의 목을 조르듯 움켜쥐었다. 조광이 눈을 번쩍 떴다. 동시에 사방의 문이 와다닥 열리며 병사 넷이 들어와 칼을 겨누었다.

"자네가 올 줄 알았네."

포위되었으나 운은 개의치 않았다. 조광의 눈을 똑바로 내려다보며 물었다.

"대사를 왜 죽였습니까?"

"임금을 모시는 신하의 의무가 무엇인가. 임금의 명을 받드는 것이 아닌가."

"임금이 대사를 죽이라 명했다는 말입니까?"

"상께서는 서경을 보존하는 데 수단을 가리지 말라 하셨네."

조광이 손을 들자 병사들이 순식간에 물러났다. 사방으로 난 문이 틈새 없이 닫혔지만 방 안은 점점 밝아지고 있었다.

"임금을 받드는 자가 군사는 왜 일으켰습니까?"

"그야, 개경의 부패한 버러지들로부터 고려를 구하기 위함이지."

"허깨비 같은 소리 집어치우시오!"

운은 목소리를 높였다. 손에 힘이 들어가자 조광이 괴로운 듯 얼굴을 붉혔다. 숨도 거칠어졌다. 운은 허리춤에 찬 단도를 천천히 빼들었다. 빛을 뿜는 단도의 칼날을 본 조광이 낯을 구겼다.

"폐하의 뜻이 어디에 있는지 확인하려 하네. 스승 같은 묘청의 목을 보고도 줄타기를 한다면 그때는 나도 폐하를 버릴 것이야."

"임금은 처음부터 믿을 수 없는 자였소. 그것은 당신도 이미 알고 있었잖소. 새삼 어지를 확인하겠다니 말이 된다고 생각하시오?"

"나는 고려의 신하야. 떼처럼 시퍼렇게 살아있는 서경민의 운명도 내 손에 달렸지. 초반 승기를 놓쳐 전황이 불리해진 마당에 함부로 전면전을 할 수는 없어. 개경에서 답이 오면 그때 싸워도 늦지 않아."

"임금이 다시 농간을 부리면 어쩔 거요?"

"답은 정해져 있네. 폐하는 받아들이겠지만 김부식이 거부할 거야. 하지만 조정의 공론으로 정해지기까지 시간을 벌 수는 있겠지. 그동안 다시 정비하고 전면전을 준비하면 돼."

운은 손을 더욱 죄었다.

"구차한 변명으로 대사를 배신한 죄를 덮을 수는 없소. 허나 당신의 목숨을 거두는 일은 잠시 유예하겠소. 밖에 있는 병사 몇으로 나를 막을 수 있을 거라 오판하지 마시오. 명심하시오. 뒤를 보이는 순간 당신은 대사 곁으로 갈 것이오."

조광의 목에서 손을 거두고 일어났다. 돌아서 방을 나서려는데 조광이 말했다.

"어차피 전부를 걸어야 해. 싸움이 시작된다면 병사뿐 아니라 저자에서 노는 아이들의 조막손까지 끌어와야 할 거야. 패한다면 서경은 고려에서 사라지겠지. 나는 그때 죽지 말라 해도 스스로 죽을 것이니 걱정 말게."

운은 문을 열고 나왔다. 칼을 겨눈 병사의 수는 더 늘어났다. 그들이 복도 양 끝을 가로막았다.

"보내주어라. 앞으로 할 일이 많은 자다."

조광의 목소리가 흘러나오자 병사들은 천천히 칼을 거두었다. 운은 병사들 사이를 걸어 전각을 빠져나왔다.

멀리 팔성당이 보였다. 이미 벼락을 맞아 부서진 적이 있었던 여덟 신의 전당. 신들은 끝내 묘청을 지켜주지 않았다. 아버지 지상에 이어 스승인 운곡, 그리고 숙부 같았던 묘청이 떠났다. 이제 머잖아 운의 차례가 올 것이다.

팔성당 너머로 해가 떠올랐다. 겨울의 한기가 옅어지고 온기를 담기 시작한 햇빛……. 온요가 보고 싶다. 별보다 따뜻한 온요의 미소가 그립다.

서경에서 사신이 왔다. 말을 타고 살처럼 달려온 사신은 얼음과 소금에 절인 묘청과 유참의 머리를 편전 한가운데에 놓았다. 아직도 선연한 피를 뚝뚝 흘리는 머리를 본 중신들의 고개가 일제히 모로 꺾였다. 임금은 덜덜 떠는 것도 모자라 울기라도 할 태세였다. 환관이 다가서 진정시키고서야 가까스로 옥좌를 지켰다.

돈후도 중신들 뒤편에서 묘청의 머리를 보았다. 칠현루 회랑에서 카랑카랑한 목소리로 상고 조선의 혼과 고구려의 기상을 거침없이 설파하던 그는 소금 부스러기를 묻힌 채 눈을 감고 있었다. 묘청의 목에서 떨어진 피가 돈후의 가슴으로 줄줄 흘러들었다. 돼지들의 배설물이 둥둥 떠다니는 오천, 그보다 더 지독하게 썩어가는 개경에 잠시나마 새 물줄기를 흘려주었던 몽상가. 그는 자신이 버러지라 손가락질하던 자들에게 둘러싸여서는 아무런 말이 없었다. 언뜻 묘청의 얼굴에 윤곽이 겹쳐 보였다. 구안정의 허름한 방 안에 앉아 세상 모든 일을 예견하듯 말하던 선인…….

갑자기 현기증이 일었다. 돈후는 더 이상 참을 수 없어 물러나왔다. 동료 내시들은 심약해 그런 것이라 생각했는지 편전을 나서는 돈후의 등을 두드려주었다.

사신이 묘청의 목을 들고 개경으로 향했다는 소식은 새벽에 익환이 보낸 전령으로부터 들어 이미 알고 있었다. 조광이 항복 의지를 보임으로써 조정에 한바탕 격론이 벌어질 것을 예상한 부식은 급히 서신을 보내왔다. 돈후는 입궐하는 길에 문공인을 만나 부식의 서신을 전달했다.

남평 문공인은 부식 못지않은 학식과 경륜을 바탕으로 권세를 누리던 자였다. 묘청과 정지상을 비롯한 천도파와 가까웠던 전력 때문에 지금은 사면초가의 상태였는데, 부식이 문공인에게 재기할 기회를 준 것이다. 아마도 조정은 조광의 항복을 받아들일 것인가

말 것인가를 두고 격론하겠지만 문공인이 앞장서 완전 토벌 쪽으로 논의를 이끌게 될 것이다.

돈후는 부식의 눈치를 봐야 하는 임금이 자신을 머잖아 전장에 보내리라는 것을 직감했다. 하지만 돈후에게는 임금의 명이 있기 전에 시급히 해결할 과제가 있다. 다시 온요를 위협할지 모를 신도를 제거하는 일이다.

돈후는 몸이 좋지 않다는 핑계를 대고 곧바로 궐을 나섰다. 익환의 수하들에게 보호받고 있던 신도는 별채를 침범한 그날 자취를 감추었다. 여러 날 흔적을 찾았지만 오리무중이었는데 어젯밤 을지가 신도의 꼬리를 밟았다고 했다. 추적해 잡았다면 지금쯤 주청루 곳간에 있을 것이다.

시전 골목을 지나 주청루에 이르니 흠수가 대문 앞에서 서성이다 돈후를 반겼다. 주청루의 뒷마당 구석에 있는 곳간으로 가니 예상대로 신도가 잡혀 와있었다.

돈후는 신도를 보자마자 살기가 일었다. 저 더럽고 커다란 손으로 감히 온요의 몸에 손을 대고 연약한 목에 상처까지 입혔다. 한입에 털어먹을 기세로 신도를 노려보는데 옆에 있던 을지가 그간의 일을 보고했다.

"결패에 숨어든 놈을 잡았습니다. 심문하려 했으나 혀가 잘려 말을 알아들을 수 없어 두고 보던 중입니다."

"심문은 필요 없습니다."

돈후는 신도 앞으로 성큼 다가섰다. 신도는 오라에 꽁꽁 묶인 채 떨고 있었다. 두려움 때문인지 혹은 분노 때문인지 알 수 없지만 곰 같은 덩치에 어울리지 않게 와들거렸다.

신도는 돈후를 향해 울상을 지으며 뜻 모를 소리를 냈다. 그러고는 머리를 땅에 댔다가 쳐다보기를 반복했다. 돈후에게 반응이 없자 몸을 마구 흔들어댔다. 배달이 고개를 기울이며 다가가 몸을 뒤졌다. 품속에서 곱게 접은 종이가 나왔다. 배달이 건네준 종이를 펴자 처(妻)라는 글자가 드러났다. 일전에 서재에서도 보았던 글자다.

“네 처를 만나기 위해 벌인 일이니 용서해 달라는 뜻이냐?”

신도는 방아깨비처럼 고개를 끄덕였다.

“네 처는 지금 서경 북쪽의 용문산에 있다. 그곳이 새로운 산채가 있는 곳이지.”

신도의 눈이 동그랗게 커졌다. 반가움이 서렸다. 돈후는 입을 비틀며 웃었다.

“하지만 네 처는 너를 보고 싶어 하지 않는다 들었다. 쫓겨난 자가 산채에 돌아오면 명줄을 거두는 게 산채의 법이라지? 게다가 새 산채의 위치는 온요가 목숨을 던져 지키려던 비밀인데, 어쩌나…….
나의 발설로 네가 알게 되었으니 살려줄 방법이 없겠는데?”

신도의 얼굴이 하얗게 질렸다. 돈후는 신도 앞에 바싹 다가가 구부려 앉았다. 돈후를 마주한 신도는 서서히 낯을 일그러뜨리더니 울부짖듯 소리쳤다. 노기 담은 눈으로 노려보며 웅얼거리는 품새가 돈후를 협박하거나 저주하는 것이 분명했다. 신도의 불손한 눈빛을 보자 분노가 끓기 시작했다. 돈후는 신도의 멱살을 그러쥐고 이를 갈 듯 말했다.

"네가 산채로 가든 말든, 네 처를 빼내든 말든 그 따위 것은 상관없다. 설령 네가 피붙이 같은 산채 사람들을 또다시 팔아넘긴다 해도 개의치 않는다. 하지만 너는 감히 온요에게 손을 댔다. 그것만으로도 용서할 수 없다. 내 손으로 너를 가장 고통스럽게 죽여줄 것이다."

돈후는 벌떡 일어나 벽에 기대어있던 배달에게 다가갔다. 배달이 놀라 주춤거리는 사이 돈후가 배달의 허리춤에서 칼을 뽑았다. 날을 세우며 신도에게 다가서는데 을지가 앞을 가로막았다. 돈후는 명령하듯 말했다.

"물러서십시오."

밀쳐내려 하자 을지는 돈후의 칼 든 손을 움켜잡았다.

"놓으십시오. 숙부를 다치게 하고 싶지 않습니다."

뿌리치려 하자 아예 돈후를 껴안아 결박했다. 을지가 턱짓을 하자 배달이 돈후 손에 들린 칼을 가로챘다. 그러고는 신도에게 다가가 가슴에 못을 박듯 칼을 찔러 넣었다. 우두둑 뼈 부러지는 소리와 함께 신도가 눈을 부릅떴다. 곧이어 거품 같은 피를 내뿜으며 고꾸라졌다. 고꾸라진 몸은 살아있는 듯 버둥거리다 완전히 멈추었다. 배달이 신도의 맥을 짚은 뒤 을지를 향해 고개를 끄덕였다. 돈후는 을지를 밀쳐내고 소리쳤다.

"뭐 하는 짓입니까? 내 손으로 응징한다 하지 않았습니까!"

을지는 굳은 얼굴로 돈후를 바라보았다.

"저놈이 온요에게 상처를 입혔습니다. 감히 온요를 죽이려 했단 말입니다. 아십니까? 저놈이 온요의 목을 찔렀다면, 그래서 온요가 죽어버렸다면…… 저도 죽었습니다. 죽어 이 자리에 없었을 겁니다. 그런데 저리 쉽게 보냅니까? 안 됩니다. 그럴 수는 없습니다. 저놈 사지라도 잘라야겠습니다. 배달! 당장 칼을 내놓아라!"

을지는 절규하듯 소리치는 돈후를 와락 껴안았다. 밀쳐내려 하자 더욱 단단히 끌어안았다. 돈후와 을지가 몸싸움을 벌이는 동안 배달은 슬그머니 곳간을 나갔다.

"돈후야, 그만해라."

을지가 나지막하게 말했다. 돈후는 저항을 멈추었다.

"이미 죽은 자다. 목숨으로 죗값을 치렀어. 누구도 죽은 자의 몸을 훼손할 권리는 없다."

숙부의 음성 덕분일까. 온몸을 휘감던 열기가 거짓말처럼 가라앉았다. 을지가 팔을 풀자마자 돈후는 털썩 주저앉았다. 주저앉아 고꾸라져 엎어진 신도를 보았다. 눈을 부릅뜨고 절명한 신도는 계속 피를 게워냈다.

"시신은 흔적 없이 치우겠습니다. 집으로 돌아가십시오."

멍해진 돈후는 중얼거리듯 물었다.

"왜…… 저를 막은 겁니까?"

"손에 피를 묻히지 마십시오. 을유가 원하지 않을 겁니다."

"……."

"이제 그만 댁으로 돌아가십시오. 온요 아가씨가 기다리고 계시지 않습니까."

온요라는 말에 돈후는 정신을 차렸다. 몸을 일으킨 뒤 다시 한 번 신도의 시신을 돌아보고는 곳간을 나섰다.

진정으로 신도를 죽이고 싶었다. 온요의 목에 칼을 들이댔던 순간을 생각하면 지금도 모골이 송연하다. 온요가 자신을 똑바로 쳐다보면서 스스로 죽으려 했던 것을 생각하면 당장이라도 심장이 멎을 것 같다. 능파에 이어 신도까지, 온요에게 연결된 모든 것이 그녀를 앗아가려 한다. 이러다 자신의 힘으로는 도저히 온요를 지키지 못하는 순간이 올 것 같아 불안했다.

돈후는 휘적휘적 걸어 집에 도착했다. 빼꼼 열린 대문으로 들어서려는데 뒤에서 누군가 돈후를 불렀다.

"그대가 김돈후 내시요?"

돈후는 천천히 고개를 돌렸다. 관복을 입은 자였다.

"경시서에서 일하는 이재원이오. 재하의 사촌이기도 하오."

얼마 전에 재하를 통해 들었던 기억이 났다. 그러고 보니 단정한 생김새가 재하와 닮았다. 돈후는 깍듯이 예를 갖추어 인사했다.

"재하에게 형님 말씀은 들었습니다. 뵙게 되어 반갑습니다."

재원도 예를 갖추어 맞배했다. 겉으로는 미소 지었으나 가슴이 두근거렸다. 재원은 왜 돈후를 찾아왔을까. 구안정은 피난으로 인해 조사 불가로 처리되었다고 들었다. 혹시 경시서에서 다른 단서라도 찾은 것일까.

불안해하며 쳐다보는 돈후에게 재원이 말했다.

"삼 일 전, 신도라는 자가 경시서를 찾아와 발고를 했소. 역당의 자금을 댄 광덕과 구안정이 관계가 있다고 말이오. 그리고 구안정 주인의 딸이 평장사 대감 댁에서 숨어 지낸다 했소. 신도가 발고한 내용이 맞는지 확인해주시겠소?"

돈후는 저도 모르게 흡, 숨을 삼켰다. 그 모습을 본 재원의 눈이 깊어졌다.

발아(發芽)

볕이 좋았다. 나란은 게르 앞 평상에 앉아 활과 살을 손질했다. 바람은 여전히 매서웠지만 노릇한 햇살을 받으니 마치 천마산 산채에 있는 것 같은 착각이 들었다. 지금쯤 개경은 봄기운이 완연할 것이다.

나란은 빙그레 웃었다. 매해 긴 동절기를 보내야 하는 새 산채의 앞날을 생각하면 마음이 무겁지만, 마른벼락 같은 변란으로 소란스러운 때임에도 혹한기를 잘 넘겼다. 울창한 숲을 끼고 있어 땔감만큼은 풍족한 덕분이다. 더디긴 하지만 이곳에도 봄다운 봄이 올 테고, 산채 살림도 조금은 나아질 것이다.

"배고프지? 참 가져왔어."

불쑥 갑이 나타나 평상에 소반을 내려놓았다. 나물을 섞어 뭉친 밥덩이에 절인 무 몇 쪽이 담겼다. 장비 행수가 묵은 수수를 구해 잔뜩 보냈다더니 보릿고개에 아낄 생각은 않고 덥석 참부터 만들었다.

"조석 챙기는 것도 감지덕지인데 뭐 하러 참까지 해? 우리가 개경 귀족이라도 되냐?"

"잔소리 말고 먹어둬. 군입 다시도록 챙겨주는 것도 머잖아 못할 테니까."

나란이 눈을 부라렸지만 갑은 콧방귀를 끼며 외면했다. 그러고는 품에서 옥비녀를 꺼내 만지작거렸다. 무안해진 나란은 밥덩이를 집어 우물거렸다. 타박은 했지만 맛은 좋았다. 갑은 병이 아지매를 닮아 그런지 부지런하고 솜씨도 좋았다.

"머잖아 못한다는 말이 무슨 뜻이냐?"

금세 밥덩이를 먹어치운 나란이 입맛을 다시며 물었다. 갑은 평상에 올라앉아 발을 대롱거리며 히죽대더니 고개를 돌려 나란을 똑바로 쳐다보았다.

"나, 서경에 가서 군속으로 일하려고."

나란은 머리를 한 대 맞은 듯 멍해졌다.

"아재들 하시는 말씀 들었어. 서경에서 그랬대. 자원해서 싸우면 어떤 죄든 면해준다고. 산채 사람들 모두가 나가야 하는 것 아니냐 그러시던데? 나도 가서 도울 거야. 싸움 거드는 게 안 되면 밥 짓고 빨래라도 하지 뭐."

갑이 맹랑하게 내뱉는 말에 나란은 얼굴을 붉히며 소리를 질렀다.

"참까지 잘 처먹고 이게 무슨 쉰 소리야? 너 같은 꼬맹이가 난리통에 나가 뭐를 한다고? 머리에 피도 안 마른 게 죽으려고 환장을 했냐? 헛바람 들어 나부대지 말고 얌전히 처박혀 있어!"

"내가 왜 머리에 피도 안 마른 꼬맹이야? 해가 바뀌었으니 나도 이제 열여섯이야. 알 건 다 안다고! 치, 늙다리 총각 주제에……. 네 눈에는 그저 온요만 계집으로 보이지?"

"뭐? 늙, 늙다리 총각? 네, 네 눈?"

나란은 기함하며 입을 벌렸다.

"울 어매도 내 나이 때 처음 몸을 풀었다고 하셨어. 그런데 내가 왜 일을 못 해? 지긋지긋한 도망자 신세 벗어나서 나도 당당하게 살 거야."

나란은 입만 벙싯거릴 뿐 말을 뱉지 못했다.

"너는 우리처럼 도망자가 아니잖아. 내가 가짜 신분이 아니라 진짜 신분을 얻으면 그때는 더 이상 꼬맹이 취급하지 마. 어차피 온요는 네게 마음 없어. 게다가 돈후 공자님 각시가 될 거라잖아. 그러니 너도 헛물 그만 켜고 잊어."

갑은 다다닥 쏘아붙이고는 쌩, 바람만 남기고 내려갔다. 나란은 갑의 뒷모습을 보며 눈만 껌뻑댔다. 방금 들은 이야기가 현실이 아닌 듯 멍했다.

어느 나라든 전쟁에 필요한 자원을 모으기 위해 역을 자원하는 이들에게 특혜를 주곤 한다. 고려라고 다르지 않을 것이다. 하지만 그것이 얼마나 큰 위험을 감수하는 일인지나 알고 저런 말을 내뱉는 것인가.

나란은 활과 살을 내팽개치고 아래로 내달렸다. 지락재에 도착하니 마침 혜강과 완함이 화로를 가운데 두고 이야기를 나누고 있었다. 나란은 씩씩대며 다가가 다짜고짜 소리를 버럭 질렀다.

"갑이 하는 소리가 대체 뭐요? 서경에 가서 군역을 지고 새 신분을 얻어요?"

혜강과 완함이 벙벙한 얼굴로 나란을 쳐다보았다.

"산채 사람들 다 싸움판에 나가자 했다면서요?"

나란이 연이어 소리를 질러대자 갸웃거리던 완함이 그제야 알아들었다는 듯 고개를 끄덕였다.

"아하, 방울아비가 한 소리를 들은 게로구나. 맞다. 서경에서 그런 말을 한다더라. 역을 지는 자는 사면해준다고."

"그래서 난리 통에 뛰어들겠다는 거요?"

이번에는 혜강이 입을 열었다.

"이 녀석아, 그리 불뚝 성질부터 내지 좀 마라. 서경에서 묘청 대사의 머리를 개경에 보냈다지 않느냐. 완적이 그 일로 항의하다 옥에 갇힌 것을 운 도련님이 간신히 빼냈다. 묘청 대사를 희생시켜가며 화해를 청했는데 그마저도 틀어지면 정말 큰 난리가 날 것이라

하더라. 그래서 서경을 구하는 데 힘을 보태면 어떤 죄든 사면해준다는 거야. 우리 같은 사람들에게는 꼭 나쁜 소식만은 아니잖느냐."

얼씨구, 혜강 아재까지 넘어간 것인가. 씨근덕거리는 나란에게 완함이 말했다.

"완적 말로는 죽기로 싸워 이기면 산채 사람들이 양지로 나올 길이 열린다더라. 그러니 모두들 솔깃한 게 아니겠느냐."

나란은 가슴을 탕탕 쳤다. 정말 답답한 인사들이다.

"아재들이 난리를 아오? 난리가 어떤 것인지 겪어봤소? 오로지 사람 죽이기 위해 벌이는 게 난리요. 멧돼지 잡듯 사람 목 따고 배 갈라 죽이는 거란 말이오. 영감탱이가 늘 하던 말 잊었소? 사람 죽여 얻을 것은 또 다른 죽음이라지 않소!"

"운 도련님도 토벌군을 베면서 이름을 날리고 계시지 않느냐. 개경에서 보면 역당이지만 서경에서는 영웅이시다."

완함이 기어들어가는 목소리로 답했다. 나란은 더 크게 소리 질렀다.

"운하고 아재들하고 같소? 운은 무(武)를 익힌 놈이오. 제 아비 졸한 일로 미쳐 날뛰는 놈을 말려도 시원치 않을 판에 그게 할 소리요? 아, 뭐 잘난 운이야 그렇다 칩시다. 하지만 종살이하다 산골로 도망쳐 밭농사나 짓던 무지렁이들이 전장에 나가 뭘 하겠다는 거요? 게 가서도 종살이할 거요? 아니면 정자라도 지을 테요?"

혜강과 완함이 동시에 입을 다물었다. 나란은 화를 이기지 못해 곁에 있던 독을 걷어찼다. 와장창 독이 깨지고 물이 바닥에 흘러 퍼졌다. 독 깨지는 소리에 병이 아지매가 지락재로 뛰어 들어왔다.

"아이고, 이게 무슨 난리야. 저 아까운 독이 박살이 났네."

병이 아지매는 깨진 독 조각을 들고 울상을 지었다.

"그깟 독 하나 깨지는 게 뭔 난리요. 전장에 나가 피 철철 흘리며 죽는 게 진짜 난리요. 다들 꿈도 꾸지 마시오. 산채 오두막에 엎드려 꼼짝도 하지 말란 말이오!"

나란은 지락재를 나와버렸다. 모두들 배부른 소리를 하고 있다. 서경에서 역이니 사면이니 한다는 것은 그만큼 전황이 불리하다는 뜻이다. 저들은 전쟁이라는 게 뭔지 모른다. 나란은 아직도 어린 날에 겪은 전쟁의 기억 때문에 몸서리를 치며 산다.

땡초가 죽었다는 소리를 들었을 때 나란은 산채 식구들 몰래 서경으로 향했었다. 쥐도 새도 모르게 스며들어 묘청과 똑같이 조광의 목을 벨 생각이었지만, 결국 포기하고 돌아섰다. 무슨 일이 있어도 산채를 지키라는 운곡의 당부를 저버릴 수 없었기 때문이다. 그런데 정작 산채 사람들이 죽을 자리를 찾아갈 생각을 하고 있다니…….

게르로 돌아온 나란은 널브러진 활과 살을 와르르 걷어내고는 평상 위에 벌렁 누웠다. 조금 전까지만 해도 노릇하던 햇빛은 자취를 감추었다. 휑하니 넓은 하늘에 잿빛 구름이 꾸역꾸역 몰려들고 있었다.

땡초……. 잘난 척은 혼자 다 하더니 어이없이 뒤통수나 맞고 죽어

버린 인사. 땡초가 믿는 대로 극락이 있다면 영감탱이를 만났을까. 그랬다면 아마도 지금쯤 영감탱이에게 실컷 욕이나 듣고 있겠지.

동장군이 가던 길을 되돌아왔는지 독한 북풍이 불어왔다. 그러나 동장군의 심술이 담긴 바람도 서경에서 불어온 바람보다 차갑지는 않았다. 운곡이 떠난 지 석 달도 채 되지 않았다. 과연 세상의 바람으로부터 산채를 지켜낼 수 있을까. 나란은 덜덜 떨리는 가슴에 손을 얹고 눈을 감았다.

서경에서 항복 사절로 온 윤첨이 형부의 옥에 갇혔다. 돈후를 통해 부식의 서신을 받은 문공인은 기대 이상으로 부응했다. 서경이 무릎을 꿇었으니 받아들이자는 이들을 향해 역당을 비호하는 자도 역당이라며 몰아붙였다. 심지어 당장 총공격에 나서지 않는 부식을 비판하기까지 했다. 과거에는 천도의 당위성에 공감한다던 인사가 앞장서 역당 운운하자 분위기는 순식간에 바뀌었다. 잔치를 열어 서경의 사신들을 대접하던 임금도 언제 그랬냐는 듯 태도를 바꾸었다.

이후 편전 회의는 서경의 씨를 말려야 한다는 성토장으로 변했다. 목소리 크기가 충심의 크기를 나타내기라도 하듯 앞다투어 서경을 향한 저주를 퍼부었다. 반란 초기 서경으로 파견되었다가 목숨을 잃은 관리들의 유가족까지 궐문 앞에 엎드려 읍소하면서 서경에 관한 공방은 종지부를 찍었다.

돈후는 막 편전 회의를 마친 임금의 부름을 받았다. 젊은 임금은 녹초가 된 듯 기운이 없어 보였다.

"네가 전장에 다녀와야겠다. 앞으로 어찌하면 좋을지 김 원수의 고견을 듣고 싶구나. 짐은 한시라도 빨리 끝냈으면 좋겠는데……."

임금은 말을 끊고 생각에 잠겼다. 말을 고르는 듯했다.

"중요한 것은 서경을 어찌 다룰 것인지가 되겠지. 서경의 백성을 아예 버릴 수는 없지 않겠느냐. 역당을 벌하되 서경민은 구할 묘책이 있는지 묻고 답을 받아 오너라."

"명을 받들겠습니다."

돈후는 머리를 조아렸다. 임금은 옥좌에서 일어나 편전을 나갔다. 배석했던 환관이 돈후를 흘긋 보고는 종종 뒤따라갔다. 돈후는 임금이 완전히 사라진 뒤에야 허리를 폈다.

명이 떨어졌으니 당장 개경을 떠나야 한다. 예정되었던 일이지만 온요를 두고 집을 비우자니 마음이 무거웠다. 재하의 사촌이 다녀간 뒤부터 돈후는 갈라진 살얼음판 위에 선 기분이었다. 가까스로 피하긴 했으나 균열이 언제 발밑에 닿을지 알 수 없다.

신도는 돈후가 끝내 자신을 가만두지 않으리라는 것을 예감했던 모양이다. 광덕상회의 행수를 수배한 방을 보고는 경시서를 찾아가 구안정이 서경과 관련이 있다 털어놓았다. 어눌한 말로 어찌 설명했는지는 모르지만 생각보다 교활한 놈이었다.

다행히 재원이 발고를 접수했고 재하의 읍소에 따라 형부로 넘기기 전에 돈후를 찾아왔다. 돈후는 구안정이 광덕의 도움을 받은 것은 사실이나 서경과는 무관하다 강변했다. 필요하면 자신이 증인으로 나서겠다고도 했다. 재원은 모두 믿는 눈치는 아니었지만 감안해주었다. 어차피 증언뿐인 발고였다. 증인이 사라져 수사는 진전되지 않았으니 증인이 다시 나타나지 않는 한 형부로 넘기지는 않겠다고 했다.

"후우……."

편전을 나서는데 절로 한숨이 샜다. 을지가 신도의 시신을 처리했으니 다시 증언할 일은 없을 것이다. 그러나 어설픈 봉합으로 파고를 넘을 수 있을지 확신이 서지 않는다.

"이보게 돈후!"

궐 담을 돌아 내시부로 향하는데 누군가가 돈후의 이름을 불렀다. 돌아보니 상서호부에서 일하는 박은성이다.

"폐하를 배알하고 나오는 길이냐? 기다리고 있었다. 일전에 네가 부탁했던 일은 잘 처리되었다."

돈후의 얼굴에서 그늘이 걷혔다.

"그래? 정말 고맙다."

드디어 운곡의 호적에 온요를 올릴 수 있게 되었다.

"변란 중에 호적 가지고 장난치는 이가 많아 호부도 경계가 심하다. 너 때문에 특별히 봐준 것이니 다음에 단단히 보답해야 한다?"

다행이나 가슴은 뜨끔하다. 은성에게 세세한 내용은 말하지 않았다. 동문이라고는 하지만 비밀을 나눌 만큼 막역하지도 신뢰하지도 않는다. 은성은 내세울 것 없는 집안에서 지재 하나로 성장했다. 뒷배를 봐줄 이로 돈후와 가까워지고자 하는 바람을 이용했을 뿐이다. 위장 호적은 을지가 문서 위조에 능한 자를 수배해 준비했고, 익환의 수하이자 호부에 소속된 관속이 진본과 바꿔치기할 것이다. 은성은 그저 관속이 해당 부서로 배속될 수 있도록 도와주기만 하면 되었다.

"아무렴, 빚을 졌으니 꼭 보답하마."

돈후는 웃음으로 화답했다. 편전 회의와 관련된 일로 몇 마디 더 나눈 뒤 돌아서려는데 은성이 마침 생각났다는 듯 물었다.

"너 요즘 새로운 구설이 생겼더라?"

"구설?"

"집에 양귀비 같은 기생을 숨겨두고 계집 놀음을 한다고 말이야. 이정이 떠들고 다니던데, 사실이냐?"

돈후가 낯을 구기자 은성은 금세 미안한 표정을 지었다.

"역시 아니로구나. 하여튼 정이 녀석 허풍은 알아줘야 한다니까. 네가 잘나 시기하여 벌이는 일이니 괘념치 마라."

은성은 돈후의 어깨를 두드려주고 돌아섰다. 내시부 앞에서 돌아가는 은성의 뒷모습을 보며 돈후는 생각했다.

온요를 별채에 마냥 숨겨둘 수만은 없다. 호적 문제도 마무리되었으니 이제야말로 아버지와 담판을 지어야 한다. 정식으로 혼례를 올려 김씨 집안의 일원이 된다면 누구라도 섣불리 구안정 문제를 제기하지는 못할 것이다.

허나 더 큰 문제는 호적이나 아버지의 허락이 아니다. 혼례를 올리자 하면 온요는 어떤 반응을 보일까. 버러지 보듯 차갑게 외면할까. 아니면 어이없는 표정으로 한껏 비웃을까.

돈후는 긴 숨을 내쉬었다. 당면한 문제부터 해결하자. 지금은 임금의 명을 받들어야 하고 아버지와 담판도 지어야 한다. 하나씩 넘으면 될 것이다. 하나씩 넘다 보면 끝내 온요에게 이를 수 있을 것이다.

돈후는 내시부에 임금의 명을 전달하고 퇴청했다. 궐문을 나서니 광화문 사거리 모퉁이에 을지가 보였다. 돈후와 눈을 맞춘 뒤에는 시전 골목으로 들어갔다. 돈후도 시전 골목으로 들어섰다. 기다리던 을지가 몇 보 뒤에 따라붙었다.

"상단 준비하라 하신 일로 벽란도에 다녀오려 합니다. 며칠 개경을 비울 것입니다."

"그 일은 미루십시오. 폐하의 명으로 아버지께 다녀와야 합니다. 명일 새벽에 떠납니다. 수행 없이 가볍게 갈 것이라 오래 걸리지는 않을 것이나 숙부께서 개경을 비우시면 안 됩니다. 제가 없는 동안 온요를 살펴주십시오."

"……."

을지에게 답이 없어 걸음을 멈추고 돌아섰다. 뒤따르던 을지도 멈춰 섰다. 전장으로 간다니 걱정스러운 모양이다. 눈빛이 어둡다. 그런데 을지의 얼굴에 못 보던 것이 보였다. 안대처럼 생겼으나 안대는 아닌 것이 흉터를 가렸다. 돈후는 싱긋 웃으며 돌아서 걸었다.

"보기 좋습니다. 진작부터 하시지 그랬습니까. 숙부가 그리 미남자인 줄 몰랐습니다."

"온요 아가씨가 삼복이 편에 보내주셨습니다. 칠현루 행수의 시신을 거둬주어 고맙다 하셨습니다."

돈후는 다시 걸음을 멈추고 돌아보았다. 을지가 서서 고개를 끄덕였다. 온요가 숙부를 위해 가리개를 직접 만들어주었다고? 기분이 이상했다. 고맙기도 하고 서운하기도 하다.

"전장에 홀로 가시는 것은 위험합니다. 배달을 데려가십시오. 병사 열 몫은 거뜬히 해낼 겁니다. 명일 새벽 선의문에서 대기하라 이르겠습니다."

말을 마친 을지는 순식간에 인파 속에 섞여 사라졌다. 돈후는 멍한 얼굴로 시전 골목에 한참 동안 서있었다.

집 대문을 넘자 종복들이 모두 뛰어나와 조아렸다. 지금은 돈후가 가장임을 나타내는 의식이었다. 부식의 출정 이후 유씨 부인은 자주 집을 비웠다. 부식의 승전과 무사 귀환을 빌기 위해 개경과 개경 주변에 있는 큰 절은 모두 돌아다니는 중이다. 아마도 사찰 순례는 부식이 돌아올 때까지 계속될 것이다. 덕분에 집안의 모든 노비들과 온요는 서슬 퍼런 안주인의 눈길에서 자유로워졌다.

별채에 당도했으나 온요는 보이지 않았다. 대청 앞에서 두리번거리니 삼복이 아뢰었다.

"아가씨는 반빗간에 계십니다요."

"반빗간?"

또 여종들과 더불어 허드렛일을 하고 있다는 말인가. 낯을 구기자 삼복이 머리를 긁적이며 웃었다.

"모르셨습니까요? 도련님 앓으신 뒤부터 저녁상은 아가씨가 직접 보셨습니다요. 몸을 보중하려면 약보다 음식이 중요하다시면서요."

이제껏 몰랐다. 저녁마다 먹었던 온갖 보양 죽과 탕이 온요 솜씨였던가. 가슴이 뭉클했다.

"어? 아가씨 오셨네? 아가씨, 도련님께서 이제 막 퇴청하셨습니다요."

중문을 넘어오던 온요가 돈후를 보고 놀라 멈추어 섰다. 뭉클했던 가슴이 차게 식었다. 온요는 노비들처럼 허리를 굽혀 인사했다. 보기 싫었다. 여전히 자신은 사내가 아니라 나쁜 주인일 뿐이다. 돈후는 온요를 외면하고 침소로 들어와버렸다.

오래지 않아 저녁상이 들어왔다. 온요를 앞에 두고 밥을 먹는 내내 목이 멨다. 밥상에 무엇이 오르는지 관심조차 없었는데 온요가 만들었다 하니 모든 음식이 특별하게 느껴졌다. 목이 멨지만 꾸역꾸역 그릇을 다 비웠다. 온요는 뜻밖이라는 표정을 지었다.

저녁상을 물린 뒤 돈후는 차를 청했다. 온요는 별말 없이 돈후 옆에서 차를 달였다. 화로에서 뜨거워진 물을 알맞게 식히고 그 물을 찻잎에 부었다. 깎은 듯이 빗어 묶은 동그란 머리와 조붓한 어깨, 차분하고 정갈한 손놀림이 구안정에서 보았던 모습 그대로다. 온요가 우린 찻물을 찻잔에 나누어 부을 무렵 돈후는 입을 열었다.

"폐하의 명을 받아 명일 새벽 전장에 간다."

온요의 손이 멈칫했다. 돈후는 온요의 작은 손을 보며 말을 이었다.

"수행하는 이들이 없어 가벼우나 먼 길이다. 재촉해 다녀온다 해도 보름은 족히 걸릴 것이다. 별일은 없을 것이지만 그래도 가는 곳이 전장이니 신변에 문제가 생길 수도 있다. 만약 내게 변고가 생겼다는 소식이 들리거든……."

찻잔을 돈후 앞으로 옮기려던 온요의 손이 멈추었다.

"삼복에게 말하여 을지 숙부를 찾아가라. 숙부가 너를 산채로 보내줄 것이다."

찻잔이 넘어졌다. 쏟아진 찻물이 상 위로 흘렀다. 온요가 놀란 눈으로 돈후를 쳐다보았다. 산채로 돌아갈 수 있다는 희망이 생겨 기쁜 것일까. 그녀의 희망이 돈후에게는 절망이라는 사실에 목이 멘다. 가슴 언저리에 못도 박힌다. 하지만 돈후는 빙긋 웃어보였다.

"이참에 너도 불공이나 드리는 게 어떠냐? 내가 죽으면 네가 그리 오매불망하는 산채로 돌아갈 수 있을 텐데."

온요는 낯을 굳히더니 베를 집어 들고 찻물을 닦았다. 찻물을 닦는 손이 달달 떨렸다. 떠는 손으로 다시 찻물을 따랐다. 찻물이 사방에 튀었다. 이번에는 돈후가 베를 집어 튄 찻물을 닦았다.

온요는 다시 채운 찻잔을 돈후 앞에 밀어놓고는 고개를 숙인 채 앉아있었다. 돈후는 온요의 정수리를 쳐다보며 천천히 차를 마셨다. 차 맛이 소태보다 썼다.

온요는 지금 무슨 생각을 하고 있을까. 정말 내가 죽기를 기원하며 불공드릴 생각을 하고 있을까. 아니면 내가 전장에 간 사이 광덕의 끄나풀을 수소문해 도망칠 궁리를 하고 있을까. 온요의 침묵이 불편하다. 저리 침묵한 뒤에는 항상 비수 같은 말을 쏟아놓았지.

돈후는 온요가 곧 쏟아낼지도 모를 말이 두려워졌다.

"차 잘 마셨다."

자리를 파하기 위해 일렀으나 온요는 그대로 앉아있었다.

"그만 나가도 좋다는 뜻이다."

재차 이르자 온요는 고개를 들고 돈후를 보았다. 눈빛의 의미를 가늠하기 힘들었다. 온요는 상 위에 조그만 주머니를 올려놓았다. 비단 조각을 이어 만든 주머니는 무엇이 담겼는지 배가 불룩했다.

"약재 가루로 환을 만들었어요. 상한은 쉬 병증이 사라져 가벼이 여기는 이가 많지만 한기의 뿌리를 없애지 못하면 고질병이 되기 쉬워요. 몸 안에 한기가 남아있으면 악몽도…… 사라지지 않고요. 지니시면서 아침저녁 하루 두 번씩 드세요."

목이 멨다. 숨도 가빠졌다. 목울대가 출렁이도록 침을 삼켜도 숨구멍이 뚫리지 않았다. 돈후는 입을 굳게 다물고 온요를 쳐다보았다.

"평소 섭생을 게을리하셔서 몸이 많이 상했어요. 전보다는 좋아졌지만 아직은 충분치 않아요. 전장에 가시면 끼니를 챙기기 어려우실 테니 급한 대로 오늘 밤에 식재와 섞은 환을 만들어볼게요."

온요는 일어나 목례했다. 그러고는 몸을 돌려 문으로 향했다. 돈후는 홀린 듯 달려가 와락 끌어안았다.

품 안에 오롯이 온요가 들어왔다. 목덜미에 얼굴을 묻었다. 코를 간질이는 솜털과 달큼한 살 냄새에 가슴이 방망이질하듯 뛰었다. 피도 뜨거워졌다. 이대로 돌려 안아 입을 맞추고 침상으로 데려가 파묻히고 싶다. 내일 당장 혀를 빼물고 죽는 한이 있더라도…….

"너를 안고 싶다."

온요의 몸에서 떨림이 느껴졌다. 그 떨림이 돈후의 가슴을 아프게 흔들었다. 지난 정사가 어떤 의미였는지 고스란히 보여주는 몸짓. 하지만 돈후의 몸은 강렬하게 아우성쳤다. 온요는 네 여인이니 당장 품으라고, 노비라 자처하고 있으니 품겠다 하면 거부하지 못할 것이라고…….

돈후는 가빠진 숨을 삼켰다. 삼켜지지 않는 것을 억지로 밀어 넣었다. 가슴의 방망이질이 조금씩 느려졌다.

"하지만 기다리겠다. 네가 허락할 때까지."

온요는 말이 없었다. 돈후를 밀어내지도 않았다. 온요의 뒷목에서 배어 나오는 살 냄새를 크게 들이마신 뒤 감았던 팔을 풀었다. 굳은 듯 섰던 온요는 말없이 문을 열고 나갔다. 돈후는 홀로 침소에 남겨졌다.

온요는 늦도록 서재로 돌아오지 않았다. 밤이면 필사하느라 훤했던 서재는 내내 불이 꺼져 있었다. 삼복이 고하기를, 온요는 반빗간에서 유모와 함께 환약을 만드는 중이라고 했다. 전처럼 반빗간으로 달려가 온요의 손을 이끌고 데려올 수도, 대청에 나가 목 빼고 서성이며 기다릴 수도 없었다. 돈후는 그저 침상에 우두커니 앉아 문밖에서 들려올지 모를 온요의 발소리를 하염없이 기다렸다.

나란은 가죽 주머니의 입구를 단단히 조였다. 단도와 활은 차치하더라도 육포와 수수만으로도 무게가 상당했다. 하지만 어느 것 하나 덜어낼 수는 없었다. 먼 길을 다녀오는 동안 자신을 지켜줄 목숨 주머니다. 꼭꼭 여민 주머니를 둘러메고는 비탈을 내려갔다.

"기어이 가야겠어? 온요는 돈후 도련님이 잘 보살펴준다잖아. 어차피 데려오지도 못할 거면서 왜 가는 건데? 가다가 역당으로 붙잡혀 죽기라도 하면 어쩌려고!"

갑이 악담하듯 퍼붓자 나란은 낯을 굳히며 얼렀다.

"너 꼼짝 말고 산채에 붙어있어. 괜히 헛바람 들어 서경 나갔다가는 정말 내 손에 죽는다?"

나란은 혜강에게도 다짐을 받았다.

"군사들 피해 멀리 돌아가려면 시일이 오래 걸릴 거요. 그래도 두 달, 늦는다 해도 석 달 안에는 돌아오겠소. 나 대신 산채 단속 잘하시오. 터 닦는 일은 얼추 끝났으니 채마밭이라도 일구려면 아재들 아지매들 부지런히 일해야 할 거요."

"알았다. 걱정 말고 조심히 다녀와라. 온요 아가씨에게도 우리들 모두 잘 있다 안부 전해주고, 혹시라도 편치 않아 보이시거든…… 네가 잘 모시고 와라."

혜강의 말에 갑이 발끈했다.

"아부지는 그런 말씀 마세요. 온요가 왜 편치 않아요? 잘난 공자님 마음에 들어 귀부인이 되면 그것이야말로 복가마 타는 일이지.

행여, 네 욕심 채우려고 억지로 끌고 오지나 마."

"뭐야?"

나란은 미간을 세웠고 혜강은 갑을 향해 주먹을 흔들어 보였다. 갑은 혀를 내밀고 달아났다. 나란은 머리를 흔들며 체념했다. 누가 저 맹랑한 망아지를 당해내랴.

산채 사람들이 모두 나와 나란을 배웅했다. 나란은 장정들을 향해 거듭 자중하라 당부하고는 산채를 내려왔다.

용문산에서 서경으로 가는 길은 천마산에서 개경을 오가던 길보다 멀고 험했다. 산이 높고 강이 깊어서가 아니었다. 개경에서 온 토벌군이 서경을 포위하면서 경계가 더욱 험해졌기 때문이다. 요즘 같은 시국에 서경을 경유하는 것이 더 위험할 수도 있지만 나란은 온요를 만나기 전에 운을 만나야 했다.

꼬박 사흘을 걸어 서경에 닿았다. 장비 행수를 만나 개경행을 알리고 운이 소속된 부대의 위치를 수소문했다. 어찌 된 일인지 운의 행방을 찾기가 쉽지 않았다. 운은 신출귀몰한 무용담으로 이름이 높은데도 어디서 어떻게 일하는지 아는 사람이 별로 없었다. 완적이 나서 조광 휘하의 군사들에게 부탁한 뒤에야 간신히 운의 행방을 알아냈다.

나란은 짐을 해림에 두고 운을 만나러 갔다. 서경 서북쪽 진지에서 좀 더 떨어진 최전방이었다. 야트막한 등성이 두어 개를 경계로 부식의 군사들과 대치하고 있었다. 나란은 완적이 구해준 통행패 덕분에 몇 번의 검문을 무사히 통과했다.

어렵게 당도한 막사에는 운이 없었다. 척후를 나갔다고 했다. 막사 주변에는 병사들이 삼삼오오 모여 앉아 쉬고 있었다. 경계를 풀고 있으나 전위군이라 그런지 성안에서 보던 병사와는 달리 잘 단련된 몸을 가지고 있었다. 운의 휘하에 있다는 병사가 막사에서 기다리라 전했다.

막사 안은 썰렁했다. 구석에 놓인 간이 침상 하나와 탁자, 대충 부려놓은 보따리 하나가 전부였다. 어리석은 녀석. 더 이상 외롭기 싫다더니 제 스스로 외로운 처지를 만들고 있다.

운은 해가 기울어서야 돌아왔다. 막사 안으로 들어서서 나란을 흘끔 보고는 무심한 얼굴로 물었다.

"어인 일이냐?"

운은 전투를 하고 왔는지 지치고 흐트러진 모습이었다. 피갑 위에 묻은 핏자국과 헝클어진 머리를 보자 통증이 가슴을 저몄다. 나란에게 답이 없자 운이 피갑을 벗으며 말했다.

"할 말 없으면 그냥 돌아가라. 바쁘다."

침상 위에 앉았던 나란은 벌떡 일어나 소리쳤다.

"바빠? 뭐 하느라 바쁘냐? 사람 죽이느라 바쁘냐? 네가 바라던 것이 고작 이것이냐? 이 자식아, 피 칠갑을 하고 사람 죽이니 시원하냐? 온요가 네 모습 보면 뭐라 할지 생각해보기는 했냐?"

온요 이름을 듣는 순간 운이 다가와 나란의 멱살을 움켜쥐었다.

눈자위가 울긋불긋했다. 전장에서 벼려진 살기가 매운 눈길을 타고 건너왔다. 나란도 운의 멱살을 맞잡았다.

차라리 한바탕 치고받고 굴러버릴까. 힘이야 운을 당해낼 수 없겠지만 싸움이라면 나란도 뒤지지 않는다. 서로 실컷 두들겨 패면 속이라도 후련해질까.

하지만 운과 싸우려고 예까지 온 것은 아니다. 나란이 먼저 감정을 추스르고 손을 놓았다. 운은 한참 더 씩씩거리며 노려보더니 나란을 거칠게 밀쳐냈다.

두 사내의 더운 숨이 막사를 채우는 사이 어린 병사가 눈치를 보며 들어와 밥덩이와 술병을 얹은 소반을 놓고 갔다. 운은 바닥에 털썩 주저앉아 술병을 집어 들었다. 최전방에서 술을 마신다는 것도 낯설고 차를 즐기던 운이 병째 나발을 부는 모습도 생경했다. 운은 맞은편에 앉은 나란에게 술병을 내밀었다. 고개를 흔들자 피식 웃더니 제 입으로 가져갔다.

"나 개경 가는 길이다."

나란의 말에 운은 멈칫했으나 마저 들이켰다. 술병을 내려놓은 뒤에는 고개를 돌려 나란을 외면했다. 아마도 감정을 들키지 않기 위해서일 것이다. 언제나 곧고 정직한 운이었다. 겉으로는 태연한 척 애써도 속은 누구보다 아프리라는 것을 나란은 알고 있다.

"가서 온요를 만날 생각이다. 병이 말만 듣고는 전모를 알 수 없으니 직접 사정을 들어봐야지. 돈후 녀석 진짜 꿍꿍이도 궁금하고……. 여하튼 온요에게 전할 말이 있는지 물어보려고 들렀다."

운은 말이 없었다. 나란은 생각했다. 운은 온요가 자신을 배신했다고 생각할까. 그래서 제 아비를 죽인 김부식만큼 미워하고 있을까. 망설이던 나란은 품에서 옥돌을 꺼내 던졌다. 옥돌이 또르르 소리를 내며 굴러 운의 발 앞에 멈췄다.

"병이 아지매가 갖고 있던 온요 짐에서 찾았다. 예전에 백수한 영감이 온요에게 준 것이다. 소원을 들어준다나, 행운이 온다나……. 병이 아지매가 어찌 처리할지 모르겠다 하더라. 네가 보관했다가 나중에 온요 만나거든 돌려줘라."

만약 운이 온요를 원망하고 있다면 저 옥돌조차 독이 될 수 있을 것이다. 하지만 운이 점점 광인처럼 변해가는 것만은 막아야 한다. 운에게는 지금 얼어붙은 가슴을 조금이라도 데워줄 온기가 필요하다. 저 옥돌이 미약하나마 그 역할을 했으면 좋겠다.

"전할 말 없으면 안 해도 된다. 복수를 할 때 하더라도 몸은 돌봐라. 차 마시던 놈이 전장에서 술 마시면 싸움인들 제대로 하겠냐. 이만 간다."

나란은 자리를 털고 일어났다. 고집 센 녀석이니 잔소리 몇 번 들었다고 당장 달라지지는 않을 것이다. 막사를 나서려는데 운이 입을 열었다.

"온요를 만나거든…… 죽었다고 해라."

"뭐?"

나란은 낯을 구기며 돌아섰다. 고개를 숙인 채 바닥에 앉았던 운이 천천히 일어섰다. 그러고는 벗어놓은 피갑을 다시 몸에 꿰었다. 탁자 위에 올려 두었던 긴 칼을 들고 성큼성큼 나란에게 걸어와 어깨를 툭툭 두드렸다.

"아니면 잊었다고 하든지."

운은 막사를 나갔다. 멍해진 나란이 뒤따라 나갔으나 운은 벌써 저만치 가고 있었다. 말을 모아놓은 우리를 훌쩍 뛰어넘더니 한 놈을 골라 타고 부대 밖으로 달려나갔다. 나란은 혹시나 싶어 막사 안으로 다시 들어갔다. 옥돌이 보이지 않았다.

나란은 막사를 나와 운이 사라진 곳을 바라보았다. 어둠이 내려앉기 시작한 들녘 어딘가에서 운이 달리고 있을 것이다. 나란은 중얼거렸다.

"부디 무탈해라."

갈등

안북대도호부의 관아로 향한 길 초입. 한 무리의 토벌군 병사들이 누군가를 괴롭히고 있었다. 오라에 묶여 엎드린 자에게 오줌을 누고 발에 묻은 오줌을 핥아 먹게 했다. 괴롭힘을 당하는 자의 군복에 천견충의군을 뜻하는 천(天) 자를 새긴 것을 보니 반란군 포로다. 주는 모욕이 하도 심하여 보다 못한 돈후가 입을 열었다.

"뭐 하는 짓들이냐. 당장 멈추어라!"

병사들의 고개가 일제히 적토 위의 돈후를 향했다.

"역당이면 역당을 다루는 법에 따를 일이다. 사사로이 해코지하는 것이 군율에 위배됨을 모르느냐?"

병사들은 돈후의 차림을 아래위로 훑어보더니 콧방귀를 뀌었다.

깔보는 기색이 역력했다. 곱상한 책상물림 주제에 전장에서 구르는 전사들에게 호통을 치는 게 불쾌했던 것일까. 덩치 큰 한 병사가 껄렁대며 다가왔다. 말에서 훌쩍 뛰어내린 배달이 차라랑 칼을 뽑으며 나아갔다.

"개경에서 폐하의 명을 받은 내시 김돈후가 왔다 고하여라."

폐하의 명이라는 말에 병사들이 움찔했다. 배달 앞으로 주먹을 쓰다듬으며 다가서던 덩치 큰 병사도 멈춰 섰다. 후미에 섰던 병사가 관아를 향해 뛰기 시작했다. 잠시 후 안북대도호부를 관장하는 중랑장이 뛰어나왔다. 병사들이 엉거주춤 예를 갖추었다.

"어서 오시게. 먼 길 오시느라 노고가 많으셨네. 평서원수께서는 마을 안쪽에 계시네. 내가 직접 안내하지."

머리 희끗한 중랑장이 깍듯하게 예우하자 병사들의 낯이 흙빛이 되었다. 돈후는 병사들을 계속 쏘아보았다. 병사 중 둘이 눈치를 채고는 괴롭히던 서경군을 부축해 이끌고 물러갔다.

부식은 마을에서 가장 큰 집에 머물고 있었다. 대문을 넘자 익환이 달려 나왔다.

"도련님 오셨습니까."

짧은 인사 속에 정이 듬뿍 묻어났다. 돈후는 어린 날처럼 밝게 화답하여 웃었다. 익환은 배달을 흘끔 보고는 생각 많은 얼굴이 되었다.

중랑장이 물러가고 돈후는 누각으로 멋스럽게 지은 사랑채로 향했다. 익환이 돈후가 왔음을 고하자 문이 열리고 곱게 치장한 여인이 나왔다. 안주부에 소속된 관기일 것이다. 돈후는 미간을 찡그렸다. 나를 낳아준 생모도 저런 모습을 하고 있었을까. 돈후는 굳은 얼굴로 들어갔다.

"어서 오너라. 생각보다 늦었구나."

부식은 흐트러진 저고리 섶을 여미고 있었다. 돈후는 최대한 예를 갖추어 인사했다. 깊게 조아리며 기생을 보고 치솟은 분노를 가라앉혔다.

"집에는 별고 없느냐?"

"어머니께서 사찰을 돌며 무사 귀환을 기원하고 계십니다. 전장에 계시니 걱정이 많으십니다. 그간 평안하셨습니까?"

부식은 답 대신 따뜻하게 웃어 보였다. 하지만 돈후는 부식의 웃음을 편히 보기 힘들었다.

"나는 평안했다. 너도 평안했느냐?"

"전장에서 분투하시는데 홀로 기름진 밥을 먹고 있었으니 송구할 따름입니다."

부식이 소리 내어 웃었다. 아들의 인사치레에 기분이 좋아진 듯 보였다. 돈후는 임금을 대할 때처럼 엷은 미소를 물었다.

"상께서 뭐라 하시더냐?"

"서경을 제압하되 보존할 묘책이 있느냐 물으셨습니다."

"음……."

부식이 고개를 끄덕였다. 이미 예상한 하문일 것이다.

"군사들을 더 보내달라 청해라. 서경을 보존하려면 더 넓게 포위하고 더 세게 압박해야 한다. 시일이 걸리더라도 완전히 무릎 꿇리겠다 여쭈어라."

"전쟁이 길어지면 백성들의 고충이 너무 크지 않겠습니까?"

"다급하게 전면전을 벌이면 더 많이 죽겠지. 하지만 그 이유 때문만은 아니다. 반란의 불씨는 사람의 마음속에 있는 것이다. 마음을 굴복시키지 않으면 천도니 칭제니 하는 말은 또 나온다. 굴복시키되 보존하려면 저들 스스로 포기하게 만들어야 해."

"……."

"삼만으로 시작했으나 지금은 오만이다. 십만은 되어야 완전히 포위할 수 있다. 물길 밥길이 끊기면 스스로 무너지게 될 것이야."

"송에서 사절이 와서 돕겠다 했습니다. 심지어 금에서도 지원하고 싶다 했답니다. 군사가 더 필요하다 하시면 송이나 금의 내정간섭을 자초하는 꼴이 될 수도 있습니다."

"그쯤은 상께서 해결해주셔야지. 남경과 동경에서도 군사를 보내면 된다. 이번 기회에 수단 방법 가리지 말고 모든 지방의 협력을 끌어내는 것이 상께도 이롭다."

군사를 보내지 않는 호족들은 역당으로 간주하겠다 협박하라는 뜻이다. 돈후는 입을 다물었다. 개경을 떠날 때부터 계획되었던 전략임을 알고 있으니 불필요한 논쟁을 할 필요는 없다.

"을지를 수하로 부리고 있다지?"

돈후가 놀라 쳐다보자 부식이 웃으며 말을 이었다.

"잘했다. 을지는 보통 놈이 아니다. 혈통만 나쁘지 않았다면 무관으로 쓸만했을 놈이지. 적으로 삼기보다 수하로 부릴 줄 아는 것도 실력이다."

돈후는 낯을 굳혔다. 아들의 몸속에 흐르는 을지의 피를 모른척하는 아버지. 그 뻔뻔한 외면에 기가 질린다. 하지만 돈후는 화를 가라앉혔다. 더 이상 충동처럼 치솟는 감정에 휘둘리면 안 된다.

"아버지, 청이 있습니다."

돈후는 무릎을 꿇은 뒤 온돌 바닥을 짚고 머리를 숙였다.

"온요를 며느리로 받아주십시오. 지난날 어리석게 투정한 일도 용서해주십시오. 그리해주신다면 아버지의 기대에 부응할 수 있도록 뼈를 갈고 몸을 부수어서라도 노력하겠습니다."

"……."

조아리며 답을 기다렸으나 부식에게서는 반응이 없었다. 성급하다는 생각은 들었지만 구안정으로 향할지 모를 화를 사전에 막아내려면 아버지의 힘이 필요했다.

"순서가 틀렸다. 약자가 제안하는 거래는 그렇게 하는 것이 아니다. 며느리로 받아주면 기대에 부응하겠다가 아니라 기대에 부응한 다음 며느리로 받아달라 해야지."

부식은 아들인 돈후를 약자라 칭했다. 돈후는 입술을 깨물었다.

"나아진 줄 알았는데 여전히 어리석고 조급하구나. 왜 그토록 흠결 있는 아이에게 집착하는지 모르겠다. 운곡은 역당이야. 언제든 혐의가 드러날 수 있고 일단 드러나면 아비도 어쩔 수 없다. 그래서 첩으로 들이라 한 것을 아직도 모르겠느냐?"

부식의 답은 전과 달라지지 않았다. 돈후는 이를 악물고 아뢰었다.

"이제 막 출사하여 모범을 보여야 할 처지에 축첩으로 구설에 올라서야 되겠습니까. 게다가 아버지도 첩을 두지 않으셨는데 아들인 제가 어찌 첩을 두겠습니까."

아버지로서의 부식은 청정하나 사내로서의 부식은 결코 정숙하지 않다. 계집을 가까이해도 첩으로 삼지 않았을 뿐이다. 돈후의 생모를 인정하지 않은 것도 같은 이유에서일 것이다.

돈후의 일격에 할 말을 잃었는지 부식은 침묵했다. 돈후는 다시 머리를 조아리고 버텼다.

"예까지 와서 떼를 쓰다니 정말 네놈의 고집은……."

부식은 길게 한숨을 내쉬었다.

"변란이 마무리될 때까지 기다려라. 만약 운곡의 죄가 그대로 묻힌다면 네 청을 들어주마."

"제가 바라는 것은……."

"그만!"

부식이 목소리를 높였다. 담판이 한계에 다다른 것이다. 돈후도 더 이상 말을 잇지 않았다. 산을 넘고자 했으나 중턱에도 미치지 못했다. 그래도 성과가 없는 것은 아니니 이쯤에서 물러서야 했다.

"안주 전역의 진지를 돌아볼 생각이다. 배우는 바가 있을 테니 귀경을 다소 늦추더라도 아비 곁에서 함께 둘러보고 가거라."

돈후는 사랑에서 물러나왔다. 낯빛이 밝지 않아 그런지 익환이 걱정스러운 얼굴로 다가왔다. 마당 구석에 쭈그리고 앉았던 배달도 돈후를 보자마자 일어났다. 돈후는 배달을 가리키며 물었다.

"함께 지낼 빈집이 있겠습니까? 외곽이면 더 좋겠습니다."

"예서 지내십시오. 외딴 곳은 경계하기가 나쁩니다. 반란군의 척후병들이 침입해 말썽을 부릴 수도 있어서……."

익환이 뜸을 들이다 말을 이었다.

"정지상의 아들이 전위군 일부를 이끌고 다니며 살육전을 벌이고 있습니다. 수가 많지 않아 타격이 크지는 않습니다만 민첩하게 치고 빠지는 통에 전군의 골칫거리입니다."

돈후는 놀라 눈을 키웠다. 운이 전장에 뛰어들었다고? 기어코 아비의 복수를 하겠다는 것인가. 몸을 돌려 사랑을 쳐다보았다. 운의 칼이 향하는 곳은 토벌군 원수인 아버지의 심장. 결국 자신이 반란군의 손에 가장 날카로운 칼을 쥐어준 셈이 되었다.

"이곳은 안전합니다. 주로 전방에서 문제를 일으키고 있지요. 그래도 마을 안에 계십시오. 먼 길 오셨는데 마음 편히 쉬셔야지요."

돈후는 말없이 고개만 끄덕였다. 해가 기울어 온기가 가신 탓인지 공기가 찼다. 돈후의 가슴도 서늘해졌다.

운……. 너와 나는 결국 적으로 만날 수밖에 없는 것이냐.

도저히 부식에게 접근할 수가 없었다. 부식은 치밀한 성격만큼이나 자신의 신변 보호도 각별했다. 삼중 사중으로 경계를 펴는 통에 옷자락조차 구경하기 어려웠다. 멀리서 얼굴이나마 본 것도 오늘이 처음이다. 부식은 진지를 둘러보며 병참을 점검하고 있었다. 휘하의 부장들이 대거 도열했고 토벌군의 원수를 상징하는 깃발이 오만하게 펄럭였다.

비록 점처럼 작아도 얼굴을 확인하니 살기가 치밀어 올랐다. 운은 저도 모르게 활을 잼다. 쏜다 해도 이르지 못할 먼 거리이나 손이 먼저 움직였다. 숨을 멈추고 살을 얹어 겨누는데 누군가 부식 옆으로 다가섰다. 우람한 부식의 체구와는 달리 호리한 청년이다. 눈을 찡그려 초점을 모았다. 하얀 낯빛에 반듯한 품새, 멀리서 보아도 수려한 외모를 가진 자……. 돈후다. 돈후가 부식 옆에 있었다.

운은 천천히 활을 내렸다. 돈후가 이곳에는 어인 일인가. 개경에 있어야 할 녀석이 왜 전장에 나타난 것인가. 온요는 어찌하고 온 것인가.

"대장, 너무 깊숙이 들어왔습니다. 퇴로가 불안하니 이만 돌아가야 합니다."

경계를 맡았던 부원이 다가와 낮게 속삭였다. 운은 여전히 부식과 돈후에게서 시선을 거두지 못했다.

아비를 죽인 원수보다 돈후가 더 밉다. 구차한 목숨을 구해주고는 목숨보다 아끼는 여인을 가로챘다. 나란은 돈후를 직접 만나 꿍꿍이를 알아보겠다 했지만 운은 안다. 처음부터 알았다. 돈후는 산채에서부터 온요를 계집으로 보았다. 아비와 다른 돈후의 인품이 대견하여 부정하고 싶었을 뿐, 이미 본능으로 알고 있었다. 저놈이 나의 온요를 탐냈고 결국은 빼앗아간 것이다.

뒤에서 짧게 휘파람소리가 들렸다. 토벌군 쪽의 정찰병이 나타났다는 뜻이다. 운은 곁에 바짝 붙어있던 부원의 몸을 감싸고 엎드렸다. 십여 장 떨어진 길에서 젊은 병사 둘이 잡담을 주고받으며 지나갔다.

"개경서 온 나리가 원수 대감의 아들이라며?"

"나도 그리 들었네. 그런데 생긴 것이 어찌 그리 딴판인가? 엊그제 마을에서 잠깐 얼굴을 봤는데 내 평생 그렇게 잘난 얼굴은 처음 봤네. 안주 관기들이 얼굴 한번 보겠다고 난리를 치더구먼. 쳇, 잘난 아버지에 잘난 얼굴까지 가졌으니 세상은 참 불공평해."

"세상 불공평한 줄 이제 알았나? 곱상한 도령은 전장에서도 신선놀음이지만 우리 같은 아랫것들이야 화살받이나 안 되면 다행이지."

"요즘 같아서는 차라리 죽든 살든 서경으로 쳐들어갔으면 좋겠어. 일손이라고는 노모와 내자 달랑 둘뿐인데 입에 풀칠이나 제대로 하고 있는지…….”

“그런 말 마. 머리라도 고이 달고 고향 돌아가고 싶으면 잠자코 엎드려 지내라고. 안 그래도 개경에서는 당장 서경을 깨부수라고 난리래. 싸움판에는 나오지도 않는 것들이 이래라 저래라 말만 많지.”

“나는 서경 놈들이 더 이해가 안 가. 왜 갑자기 반란을 일으켜서 서로 피를 보냔 말이야. 그놈들만 아니었으면 지금쯤 마누라 궁둥이나 두들기고 있었을 텐데.”

병사들은 정찰을 나왔으면서도 경계는 하지 않았다. 그들이 주고받는 대화를 들으며 운은 마음이 무거워졌다. 서경 병사든 개경 병사든 모두 삶이 있고 가족이 있는 평범한 백성이다. 권력자의 쟁투에 의미 없는 장기알이 되어 전장에 내몰린 처지는 똑같다.

“퇴각하자. 경계의 범위를 살핀 것으로 충분하다. 해가 저무는 대로 이동한다.”

운이 이르자 부원이 신호를 보냈다. 토벌군으로 위장한 부원들이 수풀 속으로 엎드려 사라졌다. 운도 몸을 감춘 뒤 해가 지기를 기다렸다.

운은 수풀 속에서 반쯤 누운 채 품에서 옥돌을 꺼냈다. 마치 일부러 무늬를 낸 듯 옥과 돌이 섞여있다. 귀한 옥을 품고 있으나 장신구로 쓰기에는 마땅치 않고, 땅 위 어디에서나 구르는 돌처럼 천하지도 않다. 장인의 손길이 닿은 듯 매끈하고 어여쁘게 깎인 것이 꼭 온요 같다.

온요…….

혜강은 개경에 남은 것이 온요의 뜻이라고 했지. 온요도 돈후에게 마음이 있었던 것일까. 그래서 나의 구애에 그리 망설였던 것일까. 아니다. 그것만은 절대 아닐 것이다. 온요는 분명 천마산에서 속마음을 보여주었다. 온요 마음에 담긴 사내는 분명 나였다. 입술에 닿던 순간 더 확실하게 느낄 수 있었다.

운은 눈을 질끈 감았다. 설령 온요의 마음이 변치 않았다고 한들 무엇이 달라지는가. 나는 이미 피 칠갑을 한 악귀다. 수많은 아들의 목숨을 빼앗았고 앞으로도 그럴 것이다. 피 묻어 더러워진 손으로 온요의 순결한 손을 어찌 잡을 것인가. 어차피 부식을 죽여 원수를 갚은 뒤에는 스스로 목숨을 끊어 죗값을 치러야 한다.

삐이익.

아래쪽에 몸을 숨겼던 부원이 신호를 보냈다. 날이 저물었으니 어둠을 이용해 빠져나가자는 뜻이다. 옥돌을 품에 갈무리한 운도 몸을 움직여 합류했다. 토벌군 복장을 했지만 큰길로 다닐 수는 없다. 운은 부원들과 함께 기슭을 올라 등성이를 넘기로 했다.

소리를 죽이며 기슭을 오르는데 웬 여인의 비명이 들렸다. 운과 부원들은 일제히 몸을 낮추었다. 운은 손가락으로 신호를 보내 대형을 넓히고 소리 나는 쪽을 향해 다가갔다.

수풀 사이에서 한 토벌군 병사가 어린 처자를 겁탈하고 있었다. 마을에 사는 여인을 보쌈하여 외곽으로 끌고 온 모양이다. 여인은 병사 밑에 깔린 채 버둥거렸다.

여인을 찍어누르며 주먹질을 하던 병사의 시선이 운과 마주쳤다. 병사는 놀란 듯 눈을 키우더니 이내 히죽 웃었다. 자신처럼 토벌군 복장을 한 운을 훑어보고는 선심 쓰듯 말했다.

"너도 하고프냐? 그럼 좀 기다려라."

순간, 병사의 얼굴이 돈후로 보였다. 운은 날파람처럼 달려가 병사의 목을 움켜쥐고 번쩍 들어 패대기쳤다. 욕을 당할 위기에서 벗어난 여인이 치마를 내리며 물러났다. 목이 잡혀 자빠진 병사는 운의 팔을 잡고 버둥거렸다.

"왜, 왜, 왜……."

운은 병사의 목을 힘주어 눌렀다. 병사의 얼굴이 시뻘겋게 달아오르고 눈은 두꺼비처럼 튀어나왔다. 운은 공포에 질린 병사의 눈을 똑바로 내려다보며 목을 조였다. 병사가 꿈틀거릴 때마다 몸에서 용암이 분출하듯 피가 끓었다. 얼마 지나지 않아 손끝에서 생명의 기운이 빠져나가는 느낌이 들었다. 뚝 하고 병사의 목이 부러지는 소리도 들렸다.

"대장, 계집은 어찌할까요? 우리들 얼굴을 보았으니……."

부원이 다가오고서야 병사의 목에서 손을 뗐다. 운은 굳은 얼굴로 돌아보았다. 파랗게 질린 여인이 덜덜 떨며 운을 보았다. 열다섯이나 되었을까. 앳된 얼굴이 병사에게 맞아 퉁퉁 부었다. 여인은 고개를 가로저었다. 본 것을 발설치 않겠다는 뜻이다. 설령 발고한다

해도 문제 될 것은 없다. 운의 부대가 척후 활동을 하고 있는 것은 토벌군에게도 잘 알려진 사실이다.

"시신을 묻은 뒤 보내주어라."

부원들은 일사불란하게 움직여 얕은 구덩이를 파고 시신을 묻었다. 깊이 묻어야 발견될 가능성이 적겠지만 그럴 여유가 없었다. 운과 부원들이 빠져나갈 시간만 벌면 된다. 흙과 잔가지들을 덮어 마무리한 뒤 기슭 쪽으로 가려는데 여인이 다가섰다.

"고맙습니다."

멈칫했던 운은 답하지 않고 뛰어 빠르게 기슭을 올랐다. 정상에 오른 뒤에야 여인이 있던 쪽을 돌아보았다. 수풀을 헤치고 마을 쪽으로 향하는 여인의 뒷모습이 보였다.

이로써 또 한 사람의 목숨을 빼앗았다. 약한 처자를 괴롭힌 악한이라 해도 생명은 존귀한 법. 누구도 함부로 빼앗아서는 안 되는 것이다. 그럼에도 나는 또다시 사람을 죽였다. 늘어난 살인의 횟수만큼 온요와의 거리는 더 멀어졌다. 구원받지 못할 흉측한 괴물들의 늪……. 그것이 내가 딛고 선 세상이다.

운은 표정을 지우고 돌아서 부원들과 함께 달리기 시작했다.

다사로운 볕이 별채 마당을 비추었다. 온요는 별채 마당 구석에서 약탕기를 데우는 화로를 향해 부채질을 했다. 운곡처럼 해소를 앓는 늙은 종복을 위한 약이다. 아침에는 손이 부르터 물질하기 괴로워하는 중년 여종을 살펴주었다. 삼복이 아픈 노비들을 하나둘씩 데려와 돌보기 시작한 것이 필사만큼 중요한 일과가 되어가고 있다.

진창처럼 보여도 살다 보면 꽃밭이 된다더니 어느새 이 집에 적응하고 있는 것일까. 자신의 손길이 필요한 이들을 접하고 보니 전처럼 괴롭고 힘들지만은 않다. 아침에도 병이 아지매를 꼭 닮은 중년 여종의 손을 어루만지며 온요는 가슴이 뭉클했었다. 살아온 세월만큼, 견뎌온 아픔만큼 거칠고 두툼해진 아낙의 손. 그 정겨운 손은 산채뿐 아니라 부식의 집안에도 있다. 고려 최고의 권세가에서 단 밥을 먹고 살더라도 노비는 노비. 이 집안에는 아파도 아프다 소리를 못한 채 살아가는 병자들이 넘친다.

다만 온요의 가슴에 여전히 모난 돌로 굴러다니며 상처를 내는 것은 돈후다. 돈후에 대한 감정이다. 약속한 보름에 열흘이 더 지나도록 그는 돌아오지 않았다. 돈후는 자신에게 변고가 생기면 을지를 찾아 산채로 떠나라 했었다. 그가 죽을 수도 있다는 생각은 해보지 않았다. 흔쾌히 산채로 보내줄 것이라 믿지도 않았다. 더욱이 자신이 돈후를 기다리며 걱정하게 될 것이라고는…….

온요는 머리를 흔들었다. 지금 무슨 생각을 하는 것인가. 간사하고 더러운 마음이 역겹기 그지없다. 온요는 손을 바꾸어 부채질을 시작했다. 상념을 날려 보낼 기세로 맹렬하게 부채질을 하는데, 삼복이 다가와 쪼그렸다.

"아가씨, 잠깐 바람이라도 쏘이시겠습니까요?"

"바람이요?"

"마님도 안 계시니 살짝 나갔다 와도 될 것 같습니다요. 곳간에 유근피가 없어 아쉬워하셨으니 제가 약재 시장으로 모시겠습니다요."

삼복의 마음 씀에 가슴이 뭉클했다. 감옥에 갇힌 듯 답답한 처지를 가엾게 여긴 탓이리라. 하지만 온요는 한가롭게 시전 나들이를 나설 처지가 아니었다.

"고마워요. 하지만 보는 눈도 있고 약도 달여야 하니……."

씁쓸하게 웃는데 언제 왔는지 간난이 끼어들었다.

"아가씨, 함께 가요. 삼복 오라버니가 저도 데려가 준대요. 약은 우리 엄니께 부탁드리면 돼요."

온요의 거절에도 삼복과 간난은 떼쓰듯 간청했다. 결국 온요는 약탕기를 두고 일어났다. 내심 반갑기도 했다. 막힘없는 산채에서 노루처럼 뛰어다녔던 일이 까마득하던 참이었다. 별채를 벗어날 수 있다면 상념에서도 잠시나마 자유로워질 수 있을 것이다.

간난이 서재에서 몽수를 찾아와 내밀었다. 하지만 온요는 고개를 가로저었다. 귀족 신분도 아닌 데다 유씨 부인이 준 비단 몽수는 돈후가 장만해준 베옷에 어울리지도 않았다. 온요는 그저 단정하게 머리를 매만져 묶고 시전 거리로 나섰다.

변란 때문인지 대로의 큰 상점들은 문을 닫은 상태였다. 하지만 오가는 사람들은 평시와 다름없이 많았다. 여항소시•처럼 작은 시장이 생겨나 소소한 거래는 오히려 더 활발해진 듯했다. 삼복과 간난은 연신 투덕거리고 농을 주고받으며 앞서 걸었다. 그들의 유쾌한 길잡이 덕에 온요의 기분도 한결 가벼워졌다.

기름 시장과 인접한 약재 시장의 작은 점방에서 유근피를 샀다. 여러 가지 염증에 효험이 있는 약재였다. 값은 삼복이 치렀다. 기름을 사기 위해 삼복이 잠시 자리를 비운 사이 온요는 다른 약재를 구경했다. 달여서 차로 마시면 약효가 있을 것들을 살피는데 간난이 보이지 않았다. 온요는 간난을 찾기 위해 두리번거렸다. 그때였다.

시커먼 사내의 손이 온요의 입을 감쌌다. 그러고는 온요의 몸을 좁은 골목 안으로 끌어당겼다. 순간, 신도가 떠올랐다. 온요는 새파랗게 질렸다. 하지만 입을 가로막았던 손은 금세 사라졌다. 덜덜 떨며 돌아보니 낯익은 얼굴이 있었다.

"재근 아재?"

광덕에서 산채로 짐을 날라주곤 하던 짐아비, 재근이었다. 온요는 놀라 커진 눈으로 재근을 보았다.

"죄송합니다, 아가씨. 놀라셨죠? 알아보는 사람이 있을까봐 어쩔 수 없었습니다."

• 閭巷小市. 도성 변두리나 지방에 형성되었던 작은 시장. 집 문 앞에 소소한 물건들을 늘어놓고 팔았다.

"괜찮아요. 반가워요, 아재."

재근은 짐아비들 가운데서도 산채 사정을 알고 산채 식구들과도 친분이 좋았던 이다. 온요는 진심으로 재근이 반가웠다.

"그런데 아가씨가 왜 여기 계십니까? 이미 서경에 가신 줄 알았습니다. 혹시 무슨 문제라도……."

"사정이…… 좀 있었어요. 아재는 어찌 지내셨어요?"

"광덕 일로 짐아비들이 고초를 좀 겪었습니다. 같이 조사 받았던 놈이 구안정 이야기를 하는 바람에 사달이 날까 걱정했는데 그래도 별일은 없었나 봅니다. 다행입니다."

재근은 자신의 이야기를 하지 않았다. 살펴보니 복색이 남루하고 안색도 좋지 않았다. 짐아비답게 우람하고 튼튼한 이였는데 몰라볼 정도로 야위었다. 여러 날 굶고 한뎃잠을 잔 것이 분명했다. 온요가 안쓰러운 눈으로 쳐다보자 재근은 머리를 긁적이며 말했다.

"광덕에서 일한 짐아비들은 역당 끄나풀이라며 일을 주지 않습니다. 비렁뱅이처럼 지내긴 하지만 그래도 괜찮습니다. 피붙이 하나 없는 놈이 사지 멀쩡하게 살아있으니 되었지요. 혹시 장비 행수와 연락할 방법을 알고 계시면……."

재근은 말을 맺지 못하고 얼어붙었다. 온요의 눈도 커졌다. 재근의 목 앞에 파랗게 날이 선 단도가 쑥 들어왔다. 재근의 어깨를 마치 동무처럼 감싸듯 인고 갈을 겨눈 이는 을지였다.

"아, 아가씨, 어, 얼른 도망치세요!"

재근은 떨리는 목소리로 다급하게 소리쳤다. 순간, 을지가 고개를 기울였다. 재근이 온요에게 손을 뻗으려 하자 을지는 칼날을 세우며 바짝 들이댔다.

"숙, 숙부님! 그분은 저를 해치려는 게 아니에요. 제가 잘 아는 분이에요. 골목에서 우연히 저를 알아보시고 반가워 이야기를 나누고 있었던 거예요."

온요의 만류에 을지의 기세가 누그러졌다. 온요가 긍정의 의미로 고개를 끄덕이자 천천히 칼을 거두었다. 재근은 제 목을 어루만지며 안도의 숨을 내쉬었다.

"시전 거리에 혼자 계시면 안 됩니다."

을지는 걱정스러운 표정으로 당부했다. 온요는 미소 지었다. 을지가 자신을 보호하기 위해 미행하고 있는 줄 몰랐다. 아마도 돈후의 부탁을 받았을 것이다. 변고가 생기면 을지를 찾으라 했던 말이 생각났다. 바로 저이가 온요를 산채로 데려다줄 사람인 것이다.

"조심하겠습니다. 걱정해주셔서 고맙습니다."

온요의 말에 을지는 경계를 완전히 풀고 칼을 갈무리했다. 엉거주춤 선 채 눈치를 보던 재근이 말했다.

"그럼 저는 이만 가보겠습니다. 아가씨, 어디에 계시든 무탈하셔요."

"재근 아재, 잠깐만요."

온요는 재근을 불러 세운 뒤 을지를 향해 말했다.

"이분은 오랫동안 광덕에서 짐아비로 일하시던 분인데 처지가 곤란해지셨어요. 혹시…… 도와주실 수 있을까요?"

을지는 재근을 살피듯 쳐다보았다. 재근은 괜찮다 사양하면서도 기대하는 눈치였다.

"자남산 아래 주청루라는 주점이 있다. 이 길 끝이다. 먼저 가서 기다려라. 흠수라는 사람을 찾은 뒤 을지가 보내서 왔다고 하면 들여보내줄 것이다."

재근은 온요를 쳐다보았다. 한껏 밝아진 얼굴이다. 온요가 웃으며 고개를 끄덕이자 허리를 깊이 숙여 인사한 뒤 골목을 나갔다. 온요는 뛰어가는 재근의 뒷모습을 지켜보았다.

다행이다. 산채에 필요한 물건은 무엇이든 등에 지고 옮겨준 사람이다. 다른 짐아비들은 험해 오지 않으려던 길을 언제나 저어하지 않고 나서주었다. 그의 처지가 조금이나마 나아졌으면 좋겠다.

"고맙습니다. 은혜 잊지 않겠습니다."

온요는 을지를 향해 고개를 숙였다. 을지는 말없이 온요를 쳐다보았다. 골목 밖에서 삼복과 간난이 온요를 부르는 소리가 들렸다. 온요가 없어진 줄 알고 놀랐는지 다급해 보였다. 서둘러 골목을 나서려는데 을지가 말했다.

"아가씨, 제가 차를 대접해도 되겠습니까?"

주청루는 주점인데도 칠현루와는 사뭇 달랐다. 술과 기생, 풍류악, 그리고 사내들이 있는 것은 똑같은데 형언할 수 없는 거북한 느낌이 들었다. 온요의 불편한 기색을 읽었는지 삼복이 투덜거렸다. 간난은 진기한 구경거리를 본 듯 두리번거렸다.

을지는 온요를 별채로 안내했다. 칠현루 뒤편에 있었던 운곡의 집처럼 소박하고 단정한 느낌을 주는 곳이었다. 삼복과 간난은 별채 마당에 앉았고 온요와 을지만이 방 안으로 들었다. 거듭 거절했지만 을지는 온요를 상석에 앉혔다. 그러고는 차를 달였다. 언제나 차 준비는 제 몫이었는데 대접을 받는 느낌이 낯설었다.

찻잎 위로 물이 부어졌다. 찻물이 우러나는 동안 을지는 깨끗한 베로 찻잔을 조심스레 닦았다. 손놀림이 정갈했다. 온요는 을지의 얼굴을 물끄러미 바라보았다. 직접 만들어 선물한 가리개는 다행히 험악한 인상을 덜어주었다. 가까이에서 보니 을지는 꽤 미남이었다. 온요는 가리개를 몇 개 더 만들어 선물해야겠다고 생각했다.

"솜씨가 모자라 맛이 없을 겁니다."

온요 앞으로 찻잔이 들어왔다. 온요는 황송해하며 받은 뒤 조심스럽게 한 모금 삼켰다.

"차 맛이 맑고 은은합니다. 솜씨가 저보다 좋으시니 가르침을 받아야겠습니다."

을지의 눈길이 건너왔다. 따뜻하고 부드러운 눈빛이 오히려 불편했다. 무안해진 온요는 시선을 내리깔며 찻잔을 기울였다.

"개경의 많은 상단과 주점의 실제 주인이 귀족들인 것은 알고 계시지요? 주청루는 제가 운영하고 있으나 돈후 도련님의 것입니다."

그랬던가. 개경 시전의 사정을 자세히는 모르지만 귀동냥으로 들어 얼추 알고는 있었다. 죽림과 칠현, 광덕도 운곡의 것이었다. 그런데 왜 이런 이야기를 온요에게 꺼내는 걸까.

"도련님은 구안정에서 돌아오신 뒤 집을 나와 이 방에서 지내셨습니다. 낮에는 궐에 나가 일을 보셨지만 밤에는 술로 지새우셨지요. 잠도 편히 주무시지 못했습니다. 처음에는 당신이 기생의 몸에서 태어난 천출임을 자학하시는 줄 알았습니다. 그래서 몸이 상하는 것을 보면서도 말리지 않았습니다. 시간이 필요한 일이라 생각했으니까요. 하지만 진짜 이유는 그것이 아니었습니다. 아가씨, 돈후 도련님이 왜 그토록 괴로워했는지 아십니까?"

온요는 차를 마시다 말고 을지를 쳐다보았다.

"아가씨를 잊지 못하셨기 때문입니다."

온요는 찻잔을 손에 든 채 굳었다. 지난여름, 돈후는 나란과 다투어 산채를 나갔었다. 갑자기 사라져버린 이유를 짐작할 수 없어 이상했는데, 돈후의 안부를 묻던 운곡에게 나란이 그랬다. 내시부로 영전하여 잘 지내고 있다고. 나란의 말을 곧이곧대로 믿은 것은 아니었지만, 돈후의 이상한 행동이 온요 때문일 것이라고는 생각지 않았다. 그렇다면 그때 이미…….

"도련님은……."

을지는 잠시 입을 다물었다. 다문 입 아래로 솟은 목울대가 출렁였다. 온요는 떨리는 손으로 찻잔을 내려놓았다.

"아가씨도 이미 알고 계시듯이, 도련님은 어미 정을 받지 못하고 자라셨습니다. 걸친 옷은 화려해도 속은 한없이 춥고 외롭지요. 아프면 아프다, 좋으면 좋다 표현할 줄도 모르십니다. 제가 바라는 것은 오직 하나뿐입니다. 도련님마저 을유처럼 외롭게 살지 않았으면 좋겠다는……."

차분하게 말을 이어가던 을지가 갑자기 머리를 바닥에 대고 조아렸다.

"부탁드립니다, 아가씨. 도련님이 아가씨에게 지나치게 집착하신다는 것을 알고 있습니다. 아가씨에게 상처 주셨음도 알고 있습니다. 그래도 너그러이 헤아려주십시오. 가엾게 여겨주십시오. 도련님이 아가씨를 은애하는 마음만은 진심입니다."

온요는 화들짝 놀라 을지와 똑같이 머리를 조아렸다. 가슴이 방망이질을 했다. 을지의 읍소에 답해야 했으나 아무 말도 할 수 없었다. 그저 엎드린 채 조아리기만 했다.

한참 후 을지의 목소리가 들렸다.

"아가씨는 참 고운 분이십니다."

온요는 굽혔던 허리를 폈다. 어느새 몸을 일으켜 앉은 을지가 온요를 보며 빙그레 웃었다. 하지만 온요는 마주 웃지 못했다.

"부담을 드려 죄송합니다. 답하지 않으셔도 괜찮습니다. 제가 주제넘었던 것 같습니다. 괘념치 마십시오."

을지는 다시 온요의 잔에 찻물을 부었다. 채워지는 찻잔을 착잡한 눈길로 내려다보는데 문밖에서 삼복의 목소리가 들렸다.

"아가씨, 그만 돌아가셔야 합니다요."

온요가 미안한 표정으로 쳐다보자 을지는 웃으며 고개를 끄덕였다. 그러고는 몸을 일으켜 나갈 길을 만들어주었다. 앞을 지나치는데 을지가 말했다.

"숙부님 소리 듣기 좋았습니다. 고맙습니다."

온요는 붉어진 얼굴로 고개 숙여 인사하고는 문을 나섰다.

주청루에서 돈후의 집으로 돌아오는 길. 온요는 상념에 빠져 걸었다. 삼복이 온요의 어두운 낯을 살피며 흘끔거렸지만 눈치채지 못했다. 귓전에는 돈후가 온요를 은애하고 있다던 을지의 말이 계속 서걱거렸다. 산채 식구들을 도와주는 대가로 자신의 여인이 되어 달라던 돈후의 목소리도 맴돌았다.

드러난 진실이 편치 않다. 벌거벗은 내 몸을 흐르는 개울에 비쳐보는 것처럼……. 못난 사람이다, 돈후는. 나만큼이나 못났다. 못나서 안쓰럽고, 안쓰러워 흔들린다. 하지만 어찌 받아들인단 말인가. 이미 배신한 정인을 또 한 번 배신해야 하는데, 영영 산채로 돌아가지 못할 수도 있는데…….

"어? 미령 아가씨 오셨네?"

꼬리를 물고 이어지던 상념이 간난의 목소리에 흩어졌다. 정신을 차리고 보니 어느새 발이 돈후의 집 대문을 넘고 있었다. 간난이 중정을 가로질러 쪼르르 달려갔다. 그리고 중문 너머 안채 마당에 웬 여인이 보였다.

"안녕하십니까요? 오랜만에 뵙습니다요."

삼복도 달려가 여인에게 인사했다. 미령이라 칭한 여인은 흘긋 보았음에도 귀하고 아름다웠다. 능라로 지은 연홍 장의에 자색 치마, 대 아래로 반짝이는 한 쌍의 금향낭, 단정하게 접어든 하얀 몽수가 천상에 핀 꽃처럼 고왔다. 여인은 차림보다 더 눈부시게 웃으며 말했다.

"삼복이 오랜만이구나. 마님은 며칠 전 현화사에서 뵈었는데 기도가 끝나지 않으셨나 보다. 그래서 주인 없는 안채 마당에 이리 서 있었다. 돈후 도련님은 아직 돌아오지 않으셨느냐?"

"도련님은 일정이 늦어지시나 봅니다요. 마님도 아직 연락이 없으시고요. 모처럼 오셨는데 송구합니다요."

온요는 조용히 물러나 별채 쪽으로 향했다.

"처음 뵙는 분이구나. 누구……?"

온요는 걸음을 멈추었다. 자신을 보고 한 소리임이 분명했다. 천천히 돌아서는데 삼복의 당황한 낯이 보였다. 짧은 새, 온요는 자신의 존재가 알려지는 것이 곤란함을 눈치챘다. 온요는 중문을 사이에 두고 고개를 숙였다.

"이 댁에 잠시 머무르는 객입니다."

미령도 온요를 향해 깍듯이 맞배했다. 절하는 모습에서 기품이 묻어났다. 인사를 마친 뒤 돌아서 별채로 향하는데 미령의 눈길이 느껴졌다. 아마도 발길이 돈후의 거처로 향하는 게 이상하다 여길 것이다. 잠시 고민했지만 달리 갈 곳이 없었다. 온요는 중문을 넘어 별채로 들어갔다. 간난이 종종 따라붙었다.

낮에 약탕기를 데우던 화로가 비었다. 간난어멈이 약을 다 달였나 보다. 대청에 올라 약재 시장에서 사온 것을 풀어보는데 맞은편에 앉은 간난이 종알거렸다.

"저 아가씨도 참 어지간해요. 돈후 도련님은 눈길도 주지 않는데 때만 되면 마님 핑계 대고 찾아오신다니까요? 집안 좋고 어여쁘고 심성도 그만하면 괜찮은데, 도련님만 쳐다보다 이젠 노처녀가 되었잖아요. 나이 먹어 시집은 어찌 가려고 그러는지……. 하긴, 딱한 처지가 어디 저 아가씨뿐이겠어요? 요즘은 변란 때문에 뜸해져서 그렇지, 예전에는 개경의 귀족 처자들이 많이 드나들었어요. 법회니 보시니 핑계야 그럴듯하지만 목적은 하나죠. 도련님 눈에 들어 혼인하는 거……."

온요는 간난의 말이 불편했다. 마치 조강지처 흉을 보는 첩이 된 듯한 기분이 들었다. 종알거리던 간난은 온요의 심기를 눈치챘는지 입을 나물었다. 끝내 욕스러운 기분이 떨쳐지지 않아 약재 보따리를 갈무리해 일어섰다. 그때였다.

"어머나, 도련님 돌아오셨어요?"

간난이 화들짝 놀라 댓돌을 내려가며 머리를 조아렸다. 돌아보니 돈후가 중문을 넘어 별채로 들어서고 있었다. 궐에 들러 왔는지 관복 차림이었다. 돈후는 여독 때문인 듯 퀭해진 눈으로 온요를 쳐다보았다.

"도련님, 먼 길에 무고하셨습니까?"

돈후 뒤편으로 미령이 나타났다. 삼복이 어쩔 줄 몰라 허둥대는 모습도 보였다. 온요는 짧게 목례한 뒤 약재 보따리를 대충 갈무리하여 도망치듯 서재로 들어갔다. 문을 닫았으나 귀는 서재 밖으로 향했다. 손에서 약재 보따리가 떨어져 바닥에 굴렀다. 밖에서 돈후와 미령의 목소리가 들렸다.

"어인 일이시오?"

"마님 뵈려 들렀는데 안 계시네요. 마침 전장에서 무사히 돌아오신 도련님을 뵈니 반갑습니다. 노고가 크시었습니다."

"고맙소. 그럼……."

"저…… 도련님, 차 한잔 청해도 되겠습니까?"

"……."

"안에 계신 손 때문입니까?"

"……."

듣지 않으려 해도 자꾸만 서재 밖 대화에 신경이 쓰였다. 미령의 청에 침묵하던 돈후의 목소리가 들렸다.

"사랑채로 가시지요. 삼복아, 차 준비해라."

잠시 후 별채는 고요해졌다. 온요는 천천히 의자에 앉았다. 돈후가 허락 없이 벗으면 엄벌하겠다며 신겨준 버선이 눈에 들어왔다. 온요는 허리를 굽혀 버선을 벗었다. 자신도 모르게 떨어진 눈물이 손에 쥔 버선을 적셨다.

자각

돈후는 아침나절 내내 침소를 나서지 못했다. 임금으로부터 전장에 다녀온 노고를 치하하는 의미로 귀한 휴가를 받았지만 그저 침상 위에 앉은 채 멀뚱거려야 했다.

고적했던 돈후의 서재는 병든 백성들을 치료해주는 제위보나 대비원처럼 붐볐다. 온요는 집안의 아픈 노비들을 치료하느라 돈후에게는 눈길 한 번 주지 않았다. 대청 한켠에는 온요의 손길에 고마워하는 소소한 답례품이 쌓였고, 다음 차례를 기다리는 노비들이 기웃거리는 통에 인사 한마디 건넬 틈이 없었다.

서운했다. 스무닷새 만에 돌아왔으나 여전히 멀찍이 서서 다가오지 않는 온요. 헛된 기대였을까. 개경을 떠날 때 환약 주머니를 쥐여주던 손길이 꿈인 듯 아득하다.

아침 진료가 끝났는지 침소 밖이 조용해졌다. 노비들의 발소리가 더는 들리지 않았다. 잠시 후 서재 문이 열리는 소리가 났다. 온요가 밖으로 나온 것이다. 돈후도 침상에서 벌떡 일어났다. 하지만 문을 열고 나갈 용기는 나지 않았다. 온요가 허락할 때까지 기다리겠다고 한 말이 후회되었다.

돈후는 이마를 부여잡고 침소 안을 서성거렸다. 문을 열고 나가 그저 무심한 체 잘 지냈느냐 안부 인사나 건네볼까? 볕이 따뜻하고 산천이 푸르니 산보나 다녀오자 할까? 어느 것 하나 자연스럽지 않다. 고민하던 돈후는 우뚝 서서 눈을 껌뻑거렸다. 온요는 내 여인이다. 내 여인에게 내가 왜 말조차 건네지 못하는가. 돈후는 쿵쿵 걸어가 침소 문을 열었다.

대청으로 나오니 온요가 보였다. 온요는 별채 정원의 담벼락 앞에 쪼그리고 앉아 무언가를 보고 있었다. 그런데 삼복도 온요 옆에 쪼그리고 앉아있다. 돈후는 미간을 찌푸렸다.

"쑥부쟁이요? 쑥처럼 생긴 이놈 이름이 쑥부쟁입니까요?"

"쑥처럼 생겼지만 쑥은 아니에요. 여린 것을 캐어 나물로 먹지요. 산채 주변에 참 많았는데, 이곳에서 보니 더 반갑네요."

"먹을 수 있는 겁니까요? 그동안은 잡초인 줄 알고 다 뽑아버렸지 뭡니까요. 이제는 정원 손질할 때 잘 뜯어놔야겠습니다요."

"쑥부쟁이 이야기를 아세요?"

삼복이 고개를 흔들었다. 돈후는 대청에 서서 온요와 삼복이 나누는 대화에 귀를 기울였다. 삼복이 온요 곁에 너무 가까이 붙어있는 게 신경 쓰였지만 오랜만에 길게 이야기하는 온요 목소리를 들으니 가슴이 두근거렸다.

"예전에 대장장이 딸이 있었어요. 거두어야 할 동생들이 많은데 아버지가 돌아가셔서 너무 가난했대요. 그래서 산으로 들로 돌아다니며 뜯은 쑥으로 죽을 쑤어 끼니를 이었지요. 그러던 어느 날이었어요. 대장장이 딸이 쑥을 뜯으러 갔다가 도성에서 사냥을 나온 멋진 사내를 만났어요."

"아이쿠, 그래서요?"

삼복이 귀를 쫑긋거리며 온요 곁에 바짝 다가앉았다. 살짝 기울이기만 해도 닿을 거리다. 돈후의 낯은 잔뜩 구겨졌다.

"대장장이 딸과 사내는 보자마자 한눈에 반했대요. 매일 쑥을 뜯으러 가는 길에 만나곤 했는데, 거듭 만나다 보니 연모하는 마음도 점점 커졌어요."

삼복이 제 얼굴을 손바닥으로 가리며 웃었다. 이야기하는 온요도 쑥스러운 듯 얼굴을 붉히며 웃었다. 당장 뛰어들어 삼복을 밀치고 싶은 충동이 일었으나 간신히 참았다.

"그런데 사내는 도성으로 돌아가야 했어요. 슬퍼하는 대장장이 딸에게 꼭 돌아오겠다 약속하고는 길을 떠났지요. 하지만 아무리 기다려도 사내는 돌아오지 않았어요. 계절이 바뀌고 해가 바뀌어도 말이에요. 대장장이 딸은 슬펐지만 그래도 씩씩하게 동생들을 돌보며 살았대요."

삼복이 실망한 낯으로 물었다.

"그게 끝이에요?"

온요는 고개를 가로저었다. 돈후의 눈이 빛났다. 온요에게 재담하는 재주가 있는 줄 몰랐다. 그러고 보니 산채에서 아이들을 모아 놓고 이야기를 들려주던 모습이 기억났다. 돈후도 온요의 이야기에 빠져들었다. 행여, 말이 들리지 않을까 봐 몸도 기울였다.

"대장장이 딸은 쑥을 캐러 나갔다가 그만, 낭떠러지에서 떨어져 죽었어요."

"네에?"

삼복이 기함하며 온요를 쳐다보았다.

"이듬해부터 대장장이 딸이 떨어져 죽은 곳에서 쑥부쟁이가 자라기 시작했대요. 동생들이 배고플까 봐 걱정됐나 봐요. 그래서 쑥처럼 쓰지 않고 연한 풀로 다시 태어난 거예요. 나물로 캐어지지 않은 것은 쑥쑥 자라 꽃을 피웠고요. 혹시라도 사내가 돌아오면 어여쁘게 보이고 싶어서요."

온요는 담벼락 아래 돋아난 쑥부쟁이를 어루만지며 말했다.

"세상에는 많은 풀꽃이 있지만 저는 그중에 쑥부쟁이가 제일 좋아요. 어여쁘고 씩씩하잖아요. 예전에 아버지가 그러셨어요. 어찌 살지 모르겠거든 쑥부쟁이를 보고 배우라고……."

삼복은 온요의 이야기에 눈물을 훔쳤다. 하지만 돈후의 몸은 서서히 굳었다. 온요가 말하는 쑥부쟁이의 사내는 누구를 뜻하는 것일까? 기다렸으나 돌아오지 않은 사내라면…….

"도련님 나오셨습니까요? 뭐 필요한 것이라도……?"

삼복이 돈후를 발견하고 일어났다. 눈에는 여전히 눈물을 매달고 있다. 온요도 놀란 듯 벌떡 일어났다. 그러고는 이내 눈을 내리깔았다. 고개 돌려 외면한 것은 아니지만 돈후를 바로 보지 않는 그녀가 원망스러웠다. 재담조차 넉넉하게 받아들이지 못하는 자신의 좁은 심보에도 화가 났다. 돈후는 퉁명스럽게 명령했다.

"출타하겠다. 적토를 대령해라."

삼복이 읍한 뒤 별채를 나갔다. 엉거주춤해있던 온요는 마당에 부려놓은 화로로 다가가 앉았다. 그러고는 항아리에서 숯을 꺼내 화로 안에 넣었다. 약을 달이려는 것이다.

"너도 함께 갈 것이다. 준비해라."

"하지만 저는……."

미간을 찌푸려 보였더니 더 버티지 않았다. 돈후는 서둘러 옷을 갈아입고 대문 밖으로 나갔다. 온요도 오래지 않아 나왔다. 새하얀 장의에 쪽빛 대와 치마를 두르고, 머리는 말끔하게 묶어 말총처럼 길게 늘어뜨렸다. 그 모습이 고우니 되레 심술이 났다. 삼복이 언제 돌아오시느냐 물었으나 네가 알아 무엇 하느냐 쏘아붙였다.

돈후는 온요를 적토에 태우고 무작정 집을 나섰다. 기실, 목적지를 생각하고 나선 길이 아니었다. 쑥부쟁이 이야기에 노기가 솟아 충동적으로 출타하겠다 내뱉었고, 제 볼일만 보는 온요가 미워 끌고 나왔다.

고삐를 잡고 시전 거리를 걷는데 사람들이 흘끔거리며 지나갔다. 간간이 아는 얼굴도 보였으나 모른 척했다. 몽수 없이 고스란히 얼굴을 노출한 채 말 위에 있는 것이 부담스러웠는지 온요가 낮게 물었다.

"어디로 가시려는지요?"

돈후는 답하지 않았다. 돈후 심기가 불편해보였는지 온요도 더 이상 묻지 않았다. 시전을 완전히 벗어난 뒤 돈후는 훌쩍 뛰어 적토 위에 올랐다. 온요를 감싸듯 안고 고삐를 잡았다. 온요의 몸이 오롯이 품에 들어왔다. 가슴이 뛰고 몸이 뜨거워졌다. 돈후는 적토의 배를 힘껏 걷어찼다.

금세 선의문을 지났다. 선의문을 통과하면서 돈후는 벽란도로 목적지를 정했다. 고려의 서편 끝머리, 출생의 비밀을 알고 집을 떠나 도망쳤던 곳. 그래, 그곳으로 가자!

적토는 벽란도까지 이어진 길을 달리기 시작했다. 복층의 기와집이 줄지어 늘어선 벽란로는 평시에는 사람들로 북적였던 곳이지만 변란 탓인지 한산했다. 도성 밖에서 농사짓는 백성들까지 모두 성으로 몰려들고 상선의 수도 크게 줄어든 시국이니 객이 있을 리 없었다. 덕분에 적토는 개경의 시전처럼 좁은 벽란로를 거리낌 없이 달려 나갔다.

예성강을 건너온 바람이 적토와 똑같은 속도로 날아들었다. 다행히 온요는 해월의 위패를 보고 돌아오던 날처럼 무서워하지 않았다. 그저 돈후의 품 안에 고요히 앉아있었다. 그녀의 등에서 따뜻한 체온이 느껴졌다. 이대로 온요의 온기를 느끼며 영원히 달리고 싶었다.

하지만 바람과 달리 적토는 마냥 달려주지 못했다. 벽란도를 코앞에 두고는 눈에 띄게 느려졌다. 북녘의 전장까지 먼 길을 다녀온 데다 두 사람을 등에 태웠으니 힘겨웠을 것이다. 결국 예성강 하류에 이르러서는 더 이상 갈 수 없다는 듯 푸르릉대며 멈춰 섰다.

돈후는 적토에서 내려 고삐를 잡았다. 온요만 태운다면 적어도 걸을 수는 있으리라. 충직한 적토는 돈후가 이끄는 대로 타박타박 걷기 시작했다.

물은 유장하게 흘렀다. 거대한 물길이 만들어낸 고요가 돈후의 가슴까지 흘러들었다. 온요는 별다른 말을 하지 않았다. 강인지 바다인지 가늠하기 어려울 만큼 너른 물을 바라보기만 했다. 그렇게 반 시진을 걸었다.

"내려주세요."

온요가 말했다. 돈후는 걸음을 멈추고 온요를 향해 손을 내밀었다. 온요는 주저 없이 몸을 맡겼다. 손끝에 야들한 몸이 느껴져 아찔했다. 적토에서 내려온 온요는 물 쪽으로 다가갔다. 그러고는 저편 어딘가로 눈길을 보냈다. 돈후는 온요의 뒷모습을 바라보았다.

너른 물 끝에 푸른 기운이 감돌기 시작했다. 곧이어 바람이 불었다. 불어온 바람이 온요의 쪽빛 치마를 흔들었다. 푸른 깁 아래 늘어뜨린 머리카락도 나부꼈다. 그녀를 거쳐온 바람이 돈후의 코끝을 간질였다. 바람에서 온요 냄새가 났다.

온요는 지금 무엇을 보고 있을까. 눈길 끝에 무엇이 있을까. 이야기로 들려준 쑥부쟁이 사내일까. 나는 여전히 온요의 눈길 밖에 있는 것일까.

돈후는 온요를 향해 다가섰다. 다가서서 가만히 팔을 둘러 안았다. 온요는 움찔했으나 밀어내지 않았다. 그저 고요히 저편 어딘가를 바라보기만 했다. 돈후가 말했다.

"보고 싶었다."

벽란정의 구석방. 온요는 저녁상을 앞에 두고 돈후와 마주 앉았다. 문밖에서 알아들을 수 없는 외인들의 말과 발소리가 지나갔다.

나란과 덕우 아재에게 말로만 들었던 벽란정. 대륙을 건너온 사신과 대상을 접대하기 위해 지은 여각이라고 했다. 벽란도든 벽란정이든 온요에게는 까마득히 먼 곳이었는데 돈후의 말을 빌려서는 너무나 쉽게 왔다. 돈후의 손을 잡으면 언제나 낯선 세상으로 가게 된다. 그가 보여주는 세상은 두려워할 겨를조차 없이 눈앞에 펼쳐진다.

변란 중임에도 성찬이 차려졌다. 하얀 쌀밥과 따뜻한 국, 정성스럽게 구운 고기산적과 이름을 알 수 없는 생선 요리, 색색의 나물까지……. 음식을 보니 비로소 허기가 졌다. 돈후가 먼저 수저를 들었고 온요도 먹기 시작했다.

허겁지겁 먹는데 돈후의 눈길이 느껴졌다. 쳐다보니 빙긋 웃어 보였다. 민망해져 고개를 숙이자 돈후가 말했다.

"깨끗이 비워라. 명령이다."

온요는 밥을 문 채 피식 웃었다. 이제야 돈후가 말하는 방식을 알 것 같다. 아니, 돌이켜보면 예전부터 알고 있었다. 한량처럼 던지는 농도, 잔악하게 내뱉는 말도 모두 자신을 위장하는 가면이라는 사실을……. 보란 듯 나머지 음식도 모두 먹어치웠다. 돈후 같은 귀족들은 모른다. 배불리 먹지 못했던 이들은 여간한 이유로는 음식을 남기지 못한다.

밥을 먹고 송에서 건너왔다는 귀한 차까지 마신 뒤 온요는 돈후를 따라 숙소로 향했다. 돈후가 벽란도에서 일하던 시절 머물던 곳이라고 했다. 소나무로 만든 침상에 화로로 데운 구들, 그리고 지필묵이 준비된 상과 의자가 보였다.

관비가 목욕물을 준비해주었다. 왜의 것을 본 떠 만들었다는 욕간은 이미 누군가가 다녀간 흔적이 있었다. 온요는 따뜻한 물로 몸을 씻었다. 산채에서 얼음처럼 차가운 물로 씻던 날이 엊그제 같은데, 간사한 몸뚱이는 예전의 기억을 잊고 따뜻한 물을 반겼다.

숙소로 돌아오니 돈후가 침상에 앉아있었다. 머리카락이 젖은 것을 보니 그도 목욕을 한 것 같았다. 어디에서 났는지 침의까지 갈아입었다. 온요가 들어서자 돈후는 겸연쩍은 표정을 지었다. 침의를 입어 정사를 원하고 있음을 드러낸 것이 새삼 쑥스러운 것일까.

온요는 문을 등지고 선 채 돈후를 물끄러미 쳐다보았다. 돈후가 머리를 완전히 푼 모습은 처음 보았다. 그의 모습을 오롯이 쳐다보는 것도 처음이다. 새카만 머리카락을 길게 늘어뜨린 돈후는 천상에서 온 귀인처럼 아름다웠다. 온요는 생각했다. 왜 저 사람의 아름다움을 그토록 두려워했을까. 아름다워서 더 약하고 슬픈 사람이었는데…….

돈후도 온요를 쳐다보았다. 살처럼 눈길을 보냈으나 피하지 않았다. 오히려 돈후의 눈을 샅샅이 들여다보았다. 검푸른 눈동자 안에서 불꽃이 어른거렸다. 욕망이 느껴졌다. 하지만 계속 타오르지는 못했다. 불꽃이 사그라지자 돈후는 얼굴을 붉혔다. 붉어진 얼굴을 감추기 위함인지 고개를 돌리며 괜스레 헛기침을 뱉어냈다. 이제는 그의 마음이 똑똑히 보인다.

돈후는 엉거주춤 일어나더니 온요를 향해 걸어왔다.

"그리 불편해할 것 없다. 나가주면 될 게 아니냐."

또다시 위장하는 말. 온요는 불편한 기색을 내비치지 않았건만 돈후는 퉁명스러운 말로 위장한 채 도망치려 하고 있다.

온요를 비껴 문을 나서려던 돈후가 멈춰 섰다. 내뱉는 숨에서 갈등이 느껴졌다. 잠시 후 온요의 뺨에 돈후의 손이 닿았다. 손끝에서도 갈등이 느껴졌다. 온요는 그대로 서있었다. 돈후는 온요의 얼굴을 제 쪽으로 천천히 돌려세웠다. 눈이 마주치는 순간, 돈후가 온요의 목을 낚아채듯 끌어당겼다. 순식간에 그의 혀가 입안으로 밀려들었다. 돈후는 삼킬 듯 빨아들이고 부러뜨릴 듯 휘저었다. 일순간, 몸에서 기운이 빠져나갔다.

늘어지는 온요를 받치듯 안은 돈후는 입을 떼고 숨을 몰아쉬었다. 그의 가슴에서 쿵쿵 심장 소리가 들렸다. 온요는 품에 안긴 채 움직이지 않았다. 돈후는 미련을 끊어내듯 숨을 내쉬고 감쌌던 팔을 풀었다. 그러고는 문을 향해 돌아섰다.

"미안하다."

사과하는 그의 등이 작게 보였다. 무너지려는 보에 찢겨 앓던 때처럼, 해림의 뒤뜰에서 슬피 울던 때처럼 약해 보였다. 온요는 돈후를 향해 한 걸음 다가섰다. 다가서며 생각했다.

이 마음의 정체가 무엇인지 아직은 모르겠다. 동정인지 혹은 연모인지……. 그에게 다가서는 만큼 나는 더러워지겠지. 정인을 또 한 번 배신하는 일이 될 테니까. 하지만 그렇다 해도 더 이상 이 사람을 외면하지 못하겠다.

온요는 손을 뻗었다. 온요의 손이 등에 닿자 돈후는 흠칫, 몸을 굳혔다. 온요의 손은 돈후의 등을 빗겨 가슴으로 향했다. 팔을 둘러 돈후를 감싸 안은 뒤 머리를 기대었다.

"가지 말아요."

나에게 씻을 수 없는 상처를 준 사람. 내 상처가 아파 미워하고 원망하느라 미처 알지 못했다. 잔악하게만 느껴졌던 이 사람의 눈길이 실은 구애의 몸부림이었다는 것을, 구애하다 외면당하여 아프고 외로웠다는 것을……. 하지만 이제는 안다. 이 사람도 나만큼 상처받고 괴로워했다는 것을, 또다시 상처받을까 봐 두려워하고 있다는 것을…….

돈후는 천천히 돌아섰다. 온요는 감쌌던 팔을 풀고 마주 서서 곧게 쳐다보았다. 아이처럼 맑아 더 애처로운 돈후의 눈. 그 눈에서 형형한 빛이 뿜어져 나왔다.

"허락……하는 것이냐?"

고개를 끄덕이자 돈후는 와락, 온요를 끌어안았다. 돈후의 몸 전체에서 떨림이 느껴졌다. 박동도 거세어졌다. 온요는 돈후의 허리를 안고 그의 등을 쓸었다.

온요를 감싼 팔에서 더 강한 힘이 느껴졌다. 돈후는 온요를 번쩍 안아 들고 침상으로 갔다. 그러고는 누운 온요 위로 올라왔다. 쏟아진 머리카락 사이로 검푸른 눈동자가 일렁였다. 돈후는 울고 있었다. 온요는 손을 뻗어 그의 눈물을 닦았다. 마음을 어루만져주고 싶다. 할 수 있는 한 가장 따뜻하게…….

돈후는 글썽이며 다가와 입 맞추었다. 하지만 전과 달리 입술은 겉돌았다. 입을 열어 움찔대는 혀를 받아들이자 돈후는 흐느낌 같은 신음을 뱉어냈다. 짧은 입맞춤이 끝난 뒤에는 물큰한 목소리로 고백했다.

"은애하오. 시전 거리에서 처음 만났을 때부터 그대를 연모했소. 멈추려 했지만 그럴 수 없었소. 그대가 상처 입고 아파한다는 것을 알면서도 나는……."

온요는 돈후의 입술을 어루만졌다. 말하지 않아도 안다. 돈후 마음이 어떤 것인지.

"알아요. 당신도 많이 아팠다는 거."

"내가 그대에게 한 짓을 용서해주겠소?"

"그래요. 용서해줄게요."

"나를…… 받아주는 것이오?"

온요는 미소 지으며 고개를 끄덕였다. 돈후는 감격한 얼굴로 다가와 다시 입 맞추었다. 그의 혀가 입안을 가득 채웠지만 숨은 달아나지 않았다.

대가 풀리고 저고리가 벗겨졌다. 치마와 선군, 속곳도 사라졌다. 입술을 깨물었다. 각오는 했으나 두렵고 부끄러웠다. 소름이 송송 돋고 몸은 고치가 되었다. 돈후는 서두르지 않았다. 부드러운 입술로, 뜨거운 혀로 쓸고 핥으며 구애했다.

뱃속 깊은 곳에서 아지랑이 같은 열기가 스멀스멀 피어올랐다. 선홍빛 유두가 앵도처럼 부풀고 돈후의 입술이 닿는 곳마다 홍염이 졌다. 숨이 가빴다. 달뜬 숨을 내뱉으며 꿈틀거려도 열감은 사라지지 않았다. 돈후의 손이 다리를 갈랐다. 곧이어 두터운 이물감이 아랫도리를 채웠다.

돈후는 천천히, 그러나 뜨겁게 온요 속으로 들어왔다. 온요는 처음 알았다. 몸으로도 연모의 마음을 전할 수 있다는 것을. 돈후는 뜨거운 숨으로, 격렬한 몸짓으로 온요를 연모했다. 그의 연모가 온요 몸속에서 불꽃을 만들었다. 불꽃은 점점 커졌다. 더 이상 두려움도, 부끄러움도 없었다. 온요는 한껏 몸을 열어 돈후를 받아들였다. 받아들이며 타올랐다.

온요의 입에서 날것의 신음이 터져 나왔다. 신음을 들은 돈후는 더욱 격렬해졌다. 들썩이던 몸이 둥실, 떠올랐다. 방 안 공기가 구름처럼, 물처럼 느껴졌다. 온요는 돈후를 힘껏 감싸 안았다. 감싸 안고 나락 같은 심연으로, 심연으로 빠져들었다.

방 안을 휘돌던 뜨거운 숨은 잘게 부서져 가라앉았다. 불덩이 같았던 돈후가 물러났으나 몸속에 남은 숨은 잔풍이 되어 떠돌았다. 온요는 눈을 감은 채 숨을 골랐다. 흠뻑 젖은 몸에서 열감이 사라질 무렵 비단 이불이 덮였다. 돈후는 이불로 온요를 감싼 뒤 함빡 끌어안았다.

안온했다. 산채를 떠난 이래 처음 느끼는 안온함. 아버지나 오라비에게서 느꼈던 것과는 달랐다. 마치 달고 진한 복사 향에 취해 한가로이 잠을 청하는 듯한 기분이 들었다.

돈후는 온요를 안고 이마와 뺨, 코, 입술을 차례로 쓸며 어루만졌다. 악몽 속을 헤매던 밤, 시커먼 구덩이 속에서 온요를 건져내준 부드럽고 따뜻한 손……. 온요는 고개를 젖혀 돈후를 보았다. 검푸른 눈이 온요를 내려다보았다. 어루만지던 손짓이 멈추었다.

"나와 혼인해주시오. 그대의 지아비가 되고 싶소."

온요는 답하지 않았다. 돈후의 눈빛이 간절해졌다. 간절한 눈빛으로 답을 재촉했다. 온요는 생각했다.

입을 열면 이 사람은 또 상처받겠지. 하지만 말하지 않으면 홀로 저만치 달려가 버릴지도 몰라. 지금보다 더 상처받고 아파할 것을 알면서도…….

"저는 당신과 혼인할 수 없어요."

예상대로 돈후의 눈동자가 흔들렸다. 숨이 거칠어지고 낯도 일그러졌다. 온요는 돈후의 가슴에 손을 얹었다. 손을 움직여 부드럽게 쓸었다.

"저는 당신의 노비가 될 수는 있어도 부인이 될 수는 없어요. 그 이유는 당신도 이미 알고 있잖아요. 차라리 저를…… 산채로 보내주세요."

돈후는 족쇄를 채우듯 온요의 손을 움켜쥐었다.

"싫어."

"제발……."

돈후의 입술이 온요의 입술을 덮었다. 온요가 하려던 말도 덮어 버렸다. 물러나려 했지만 틈을 주지 않았다. 돈후는 집요하게 온요의 입속을 휘젓고 헤집었다. 상처받은 마음이 느껴졌다. 길고 집요했던 입맞춤이 끝난 뒤 돈후는 더 힘껏 온요를 끌어안았다.

"부인이 되지 않겠다면 내 곁에서 노비로 살아. 나는 노비를 연모하며 사는 주인이 될 테니까."

돈후는 아직도 그가 속한 세상과 온요가 속한 세상이 다르다는 것을 인정하지 않는다. 온요가 그의 세상에서 숨 쉬고 살 수 없다는 것을 부정한다. 온요는 돈후의 집 마당에서 미령을 보는 순간 확실하게 깨달았다. 자신은 결코 미령 같은 사람이 될 수 없다는 것을.

온요는 한숨을 내쉬며 눈을 감았다.

가마에서 내린 유씨는 대문 안으로 들어섰다. 뒤늦게 소식을 들은 노비들이 마당에 뛰어나와 일제히 머리를 조아렸다. 휘둘러보니 수가 모자랐다. 미간을 찡그리자 수노가 나서 아뢰었다.

"돈후 도련님은 번이라 금일은 퇴청치 않으신다 합니다. 돈중 도련님께서는 별채 아씨와 함께 계시옵고, 돈시 도련님께서는 오수 중이십니다."

별채 아씨? 수노가 별채 계집을 아씨라 했다. 아직 혼례 전이건만 벌써 안주인 행세라도 하고 있는 것인가.

"장익환 나리께서 곧 돌아오신답니다. 흥안에서 뵙기를 청한다며 전령이 왔었습니다. 출납은 곳간지기가 따로 아뢰고자 준비 중이옵고……."

유씨는 수노의 말이 끝나기도 전에 별채로 향했다. 침모가 그랬다. 돈중이 학업에는 게으름이 없으나 별채 계집과 부쩍 가까워졌다고. 영악한 년! 돈후로도 모자라 이제는 돈중까지 홀려 야금야금 제 자리를 넓히고 있는 것이다.

별채로 난 중문 앞에 멈춰 섰다. 안에서 얇은 목소리가 흘러나왔다. 계집이었다.

"욕심쟁이 영감은 나무꾼 할아버지를 다그쳐 마시기만 하면 젊고 아름다워진다는 샘물이 있는 곳을 알아냈어. 그러고는 곧장 달려갔지. 아홉 고개를 넘고 구불구불 산길을 거슬러 올라가자 정말 맑고 파란 물이 퐁퐁 솟는 샘이 나타났어."

비스듬히 열린 중문 새로 대청에 걸터앉은 계집이 보였다. 댓돌 아래 어린 노비들이 거지 떼처럼 모여 앉았고, 계집의 등 너머에는 다과상을 앞에 둔 돈중이 앉아있었다.

"욕심쟁이 영감은 양손 가득 샘물을 떠서 꿀꺽 삼켰어. 그랬더니 하얗게 셌던 머리카락이 숯처럼 새카매지는 거야. 한 번 더 떠서 마시자 이번에는 팔뚝에 불끈불끈 힘이 솟았지."

아이들이 우와, 감탄사를 흘렸다. 뒤따라온 수노가 해명하듯 낮게 고했다.

"돈중 도련님은 하오 강학 전에 잠깐 들르셨습니다. 아씨의 차 달이는 솜씨가 좋으시니 가끔 들러 담소를 나누십니다. 오늘은 마침 아씨께서 어린 종놈들에게 재담을 들려주시는 날이라……."

뻔한 이야기다. 천것들이나 즐기는 재담을 들으려 별채를 들락거렸겠지. 멍청한 녀석! 계집의 재담은 계속 이어졌다.

"기분이 좋아진 욕심쟁이 영감은 아예 샘 속에 풍덩 뛰어들어 벌컥벌컥 샘물을 마시기 시작했어. 마시고, 마시고, 또 마시고……. 배가 빵빵해지도록 샘물을 마셔댔지. 그런데 얘들아, 젊고 아름다워지는 샘물을 잔뜩 마신 욕심쟁이 영감은 어떻게 변했을까?"

계집의 물음에 어린 노비들이 고개를 갸웃댔다. 무리 중 한 놈이 소리쳤다.

"큰 도련님처럼요! 정말 아름다우시잖아요."

"맞아, 맞아!"

노비들의 맞장구에 돈중도 고개를 끄덕였다. 계집이 웃으며 고개를 저었다.

"욕심쟁이 영감은 젊어지고, 젊어지고, 또 젊어지다 그만…… 어여쁜 아기가 되고 말았단다."

멀뚱대던 어린 노비들이 동시에 까르르 웃음을 터뜨렸다. 돈중도 입을 떡 벌리고 웃어댔다.

"채신머리없이……."

유씨가 중얼거리자 침모가 다가와 속삭였다.

"당장 파하라 하올까요?"

웬일인지 가슴이 울렁거렸다. 이제껏 돈중이 저리 밝게 웃는 모습을 본 적이 없는 것 같다. 뛰어난 지재에 학업 욕심까지 많아 그저 신통하게만 여겼는데…….

안색을 살피던 침모가 중문을 밀어 열었다. 계집의 놀란 눈길이 건너왔다. 하얗게 질린 노비 아이들이 삽시간에 흩어져 달아났다. 벌게진 돈중은 대청 위에 엉거주춤 서서 자라목을 했다. 어미 눈치를 살피는 모습을 보니 목구멍에서 쓴 물이 넘실댔다. 안쓰러운 마음을 감추며 별채 마당으로 들어섰다. 계집이 달려 내려와 머리를 조아렸다.

"기별을 받지 못해 예서 인사 올립니다. 무례를 용서해주십시오. 돈중 도련님은 강학 사이에 잠시 쉬시는 중입니다."

돈중을 대신하여 또박또박 말하는 계집의 낯이 꽃물 든 양 화사하다. 배시시 미소까지 머금으니 영락없는 초여름 작약이다. 돈후 녀석이 퇴청만 하면 별채에 틀어박혀 계집을 물고 빤다 했었지. 앙큼한 년! 별채 그늘에서 시들시들 말라가던 것이 돈후 녀석 양기를 담뿍 받고 봉오리를 틔웠다.

"곧 스승님께서 오실 터인데 어인 농땡이냐. 너는 얼른 돌아가 강학 준비나 하여라."

유씨의 명에 돈중이 헤벌쭉 웃더니 슬금슬금 물러났다. 중문을 넘기 전엔 계집을 향해 눈을 찡긋거리기까지 했다.

"호랑이 없는 숲에서 여우가 임금 노릇을 한다더니, 종놈들 부리는 솜씨가 여간 아니구나?"

빈정대는 소리에 계집이 미소를 지웠다. 하지만 전처럼 주눅 들어 달달 떨지는 않았다.

"어디, 네 잘난 의술 솜씨도 좀 볼까?"

계집이 어리둥절하여 쳐다보았지만, 유씨는 몸을 돌려 별채를 나왔다. 안채로 향하는 동안 수노가 따라붙어 그간의 일을 다시 고했다. 집안의 일은 불공을 드리면서도 시시콜콜 보고받아 궁금한 것은 없다. 다만, 가끔이라도 얼굴을 비추지 않으면 노비들 기강이 해이해질 테니 단속 차원에서 들른 참이었다.

안채에 들어서는 곳간지기로부터 물목을 점검했다. 절을 찾아온 귀족들에게 받은 물품들은 수노의 지휘로 옮기고 있을 것이다. 다음으로는 침모와 찬모, 유모 등이 들어 안채 일을 보고했다.

반 시진 만에야 보고가 끝났다. 유씨는 치마를 걷고 보료 위에 다리를 폈다. 승전 기원 천 배에 무릎이 짓물렀다. 진물 흐르는 무릎을 보자니 한숨이 나왔다. 이런 정성이나마 승전에 도움이 될지 모르겠다.

"마님, 별채 아가씨 오셨습니다."

잠시 후 침모와 함께 별채 계집이 들어왔다. 예를 갖춘 뒤 윗목에 다소곳이 앉던 계집이 유씨의 무릎을 보고 눈을 키웠다.

"제가 살펴봐도 되겠습니까?"

유씨는 마지못한 척 다리를 내밀었다. 계집이 다가왔다.

"날도 더운데 곪아 덧날까 걱정입니다. 얼른 약물을 준비하겠습니다."

물러났던 계집이 대야와 베, 약물 등속을 들고 돌아왔다. 간난이 따라 들어와 침모와 함께 거들었다. 계집은 말간 약물로 무릎을 조심조심 씻어내더니 베를 둘러 감았다. 언제 준비했는지 탕약도 내밀었다. 간난이 빈 탕기를 들고 나갔다. 계집은 비스듬히 누운 유씨에게 다가오더니 발과 다리를 주무르기 시작했다.

"손발이 부은 것을 보니 신•에 무리가 간 듯합니다. 아직은 심하지 않으나 방치하면 자칫 소갈이 될 수도 있습니다. 머무시는 동안 제가 약을 지어 올리겠습니다."

계집 하는 양을 보자니 돈후가 이 계집에게 쏙 빠진 이유를 알 만하다. 입안의 혀처럼 달달하게 구니 얼음장 같은 돈후조차 혼을 뺀 것이겠지. 요즘 들어 말썽 없이 잠잠한 것도 이 계집 때문이리라.

• 腎. 콩팥

허나, 예상치 못한 난관이 생겼다. 절 순례를 나선 뒤에야 알았다. 대감이 은밀히 돈후 배필을 찾고 있다는 것을. 그러지 않고서는 내로라하는 집안의 규수들이 옮기는 절마다 찾아와 북새를 놀 리 없다. 멀고 험한 전장에서까지 돈후 혼사를 챙길 줄이야…….

"생각보다 낯짝이 두껍구나. 알랑댈 줄도 알고. 하지만 너 따위가 감당키에 이 집안이 너무 크다 생각지 않느냐?"

잠시 멈칫했지만 계집은 표정을 드러내지 않았다. 약물에 적신 베로 발가락 사이사이까지 꼼꼼하게 닦는 계집을 향해 다시금 이죽댔다.

"개경 규수 같았으면 면구스러워 한시도 견디지 못했을 게야. 아무리 천애고아가 되었기로 눈칫밥 먹고 얹혀사느니 당장 뛰쳐나가 목이라도 맸겠지. 그러고 보면 촌구석에서 물정 모르고 살아온 것이 네게는 큰 복덕이로구나."

치료가 끝났는지 계집이 약물과 베를 갈무리했다. 그러고는 멀찍이 물러나 앉은 뒤 머리를 꼿꼿하게 세우며 말했다.

"저를 이 집에서 내쳐주십시오."

유씨는 괴었던 팔을 풀고 벌떡 몸을 일으켰다.

"뭐라? 이런 요망한 년, 네 감히 나를 능멸하는 것이냐?"

치솟는 노기에 목소리가 갈라졌다. 하지만 계집은 낯빛 한 번 바꾸지 않고 담담히 답했다.

"그럴 리가 있겠습니까. 미천한 처지임을 소녀가 더 잘 알고 있으니 하루빨리 내쳐주시길 간청하는 것입니다."

"닥쳐라! 혼례를 치르기도 전에 몸부터 버린 년이 부끄러운 줄 모르고 방자를 떨어? 내가 네년의 요망한 속셈을 모를 줄 아느냐? 시어미 구박에 쫓겨나게 생겼다고 돈후에게 속닥거릴 셈이겠지. 그래, 모자 사이 이간질을 해서 얻고 싶은 게 뭐냐? 재물이냐? 알몸으로 들어온 주제에 별채 꿰찬 것으로는 성에 안 차더냐?"

"도련님이 미천한 소녀를 어여삐 여기시나 그것은 봄날의 바람 같은 것입니다. 바람이 잦아들면 소녀는 산으로 돌아가 부친의 유지를 받들며 살 것이니, 마님께서는 염려치 않으셔도 됩니다."

숙맥인 줄 알았더니 여간내기가 아니다. 암팡지게 내뱉는 대꾸에 분기가 끓었지만 유씨는 입을 다물었다. 계집이 조아리며 말을 이었다.

"나가라 하실 때까지 없는 듯 지내겠습니다. 차담이나 재담도 나누지 않겠습니다. 그림자조차 비치지 말라 하시면 별채 밖 출입도 하지 않겠습니다."

유씨는 조아린 계집을 노려보았다. 계를 틀지 않아 볼품없고 초라한 머리통이 바닥에 닿을 듯했다.

초야에 묻혀 살던 대학자의 딸이라더니 역시 씨 속임은 없는 법이다. 행색이나 하는 짓은 종년 같아도 내비치는 기풍은 제법 고아하다. 저리 납작 엎드리는 건 알아서 굽힐 테니 자존심만은 세워 달라는 뜻이렷다……. 뭐, 꼬박꼬박 대거리한 것은 괘씸하지만 괜스례 분란을 만들 필요는 없지. 오히려 대감과 맞서고 있는 돈후를 응원해야 할 판인 것을.

유씨는 다시 보료 위에 발을 뻗고 누웠다.

"차 마시고 재담하는 것까지 삼갈 필요는 없다. 허나, 천한 버릇 내보여 집안에 누가 되지 않도록 조신하게 지내야 할 것이야. 그만 물러가거라."

계집이 고개를 들고 잠시 쳐다보더니 절하고 물러갔다. 유씨는 대기하고 있던 침모를 향해 일렀다.

"저 아이가 베옷을 즐겨 입는다지? 포목상에게 일러 저포나 좀 들여주어라. 올 고운 것으로 고르되 칙칙한 청포 말고 화사한 것들로 들이라 해라."

침모가 놀란 듯 쳐다보았으나 유씨는 눈을 감고 나가라 손짓했다. 잠시 후 문소리가 났다.

돈후 녀석 배필은 반드시 종년처럼 부릴 것으로 들여야 한다. 집안 믿고 방자한 개경 규수들보다야 저 계집이 낫겠지. 눈꺼풀이 무거워졌다. 유씨는 잠에 빠져들며 중얼거렸다.

"쇠심줄 같은 돈후 녀석 고집을 믿어보는 수밖에……."

별채의 모든 들창을 열어 처마에 매달았다. 초여름 더위에 답답했던 별채는 사방이 트여 시원했다.

돈후는 침상에 모로 누워 대청 너머 서재에 앉은 온요를 바라보았다. 훤한 대낮에 한가로이 누워 온요를 바라보고 있자니 꿈을 꾸는 것 같다. 지난밤 돈후의 품 안에서 뜨거웠던 온요는 언제 그랬냐는 듯 새치름하니 앉아 글을 쓰고 있다. 세상 그 누구도 알지 못한다. 온요가 얼마나 뜨거운 여인인지. 그럼에도 새하얀 모시옷을 입고 단정히 앉아 학자처럼 골몰하는 모습이 앙큼하고 어여뻐 웃음이 나왔다.

한 달 전 벽란정에서 하룻밤을 보낸 이후 온요는 마음의 빗장을 완전히 거두었다. 낯도 밝아졌다. 아픈 노비들을 돌보거나 필사한 책을 모아 대사에게 보내는 일을 기꺼워하고 돈후를 볼 때마다 방긋방긋 웃어주기도 한다. 뿐이 아니다. 모든 노비가 상냥하고 친절한 그녀를 좋아하니 집안에도 훈풍이 분다. 마치 천마산 산채를 집안에 옮겨다 놓은 것 같다.

물론 온요는 여전히 산채로 가는 꿈을 포기하지 않았다. 여전히 산채로 보내달라 조르고, 여전히 슬픈 눈길로 담장 너머를 바라본다. 하지만 돈후는 자신 있다. 끈질기게 버티는 것만큼은 예전부터 자신을 따를 자가 없었다. 온요도 결국은 온전히 받아들이게 될 것이다. 그렇게 만들 것이다.

"나라는 변란 중인데 예는 극락이 따로 없구나?"

온요를 바라보며 홀로 히죽거리는데 익숙한 목소리가 들렸다. 내다보니 재하가 별채 마당에 서있다. 돈후는 상을 찌푸리며 일어났다.

"네 녀석을 누가 반가워한다고 왔느냐. 그냥 돌아가라."

야박하게 내쳤으나 재하는 댓돌 위에 올라서서 온요를 향해 깍듯이 인사했다. 놀란 온요가 대청에 나와 머리를 조아렸다.

"돈후의 오랜 벗, 이재하라고 합니다. 녀석이 자랑만 하고 보여주지 않으니 이렇게 직접 뵈려고 왔습니다."

"……."

온요는 얼굴을 붉히며 어쩔 줄 몰라 했다. 이제껏 누구에게도 소개한 적 없고 별채 밖으로는 나가지 못하도록 꽁꽁 숨겨놓았으니 당황스러울 것이다. 돈후는 어색한 상황을 정리하기 위해 서둘러 재하를 맞아들였다. 재하는 침소에 들어와 앉은 뒤에도 연신 서재 쪽을 흘끔거렸다. 돈후가 낯을 구기자 짓궂은 표정을 짓더니 큰 소리로 차를 청했다.

결국 온요가 찻상을 들고 침소로 들어왔다. 조금 전까지만 해도 가는 몸이 비쳐 좋았던 얇은 모시옷이 눈에 거슬렸다. 온요는 돈후 마음도 모른 채 어여쁘게 앉아 차를 다렸다. 재하가 그 모습을 보고 벙긋댔다.

"얼른 마시고 가라. 할 일이 많다."

"휴일 받은 거 알고 왔다. 이참에 저녁도 얻어먹고 늦도록 놀다

가련다. 그래도 되겠습니까, 제수씨?"

재하의 너스레에 온요의 얼굴에서 미소가 사라졌다. 벽란정에 다녀온 이후 거듭 혼인하자 청했으나 단호하게 거절했던 온요다. 가슴이 쓰렸으나 내색하지 않았다. 온요도 말없이 찻잔을 재하 앞으로 밀어놓았다.

"되었으니 그만 물러가라."

온요를 향한 하대에 재하가 눈을 키웠다. 아차 싶었지만 변명할 말이 떠오르지 않았다. 재하가 고개를 갸우뚱하는 사이 온요는 조용히 물러나갔다. 나가면서 대청으로 난 문도 닫아주었다.

"아름다운 여인이구나. 마당에서 잠깐 지켜보았는데 글 쓰는 모습이 참 곱더라. 네 녀석이 찾아내지 않았다면 내가 먼저 혼인하자 청했을 것인데……."

재하가 찻잔을 기울이며 말했다. 의도치 않게 낯이 일그러졌다. 농인 줄 알면서도 제어되지 않았다.

재하는 두 해 전 처를 잃었다. 어린 날 반려가 되었던 부인은 정을 나눌 새도 없이 지병으로 세상을 떠났다. 그 후 재혼하라는 집안의 성화가 거셌지만 재하는 꿈쩍하지 않았다. 적어도 두 번째 혼인만큼은 제가 직접 연모하는 여인을 찾겠다는 심산이었다. 설령, 여인의 신분이 천하다 해도 개의치 않을 것이며 집안일랑 연 끊고 도망쳐 살 것이라 했다.

만약 재하가 돈후보다 먼저 온요를 만났다면 정말 온요의 사내가 될 수도 있었을까? 생각만 해도 아찔한 기분이 든다. 정 많고 따뜻한 재하는 자신처럼 온요에게 상처를 주지도, 옥살이나 다름없는 생활을 강요하지도 않았을 것이다. 어쩌면 온요에게는 재하 같은 사내가 어울릴지도 모른다.

돈후의 굳은 낯을 본 재하가 기가 막힌다는 듯 웃었다.

"너 빠져도 심각하게 빠졌구나? 고작 농 한마디에 서슬 퍼런 것 좀 보게. 에끼, 이 녀석아. 정신 좀 차려라."

재하의 타박에 돈후는 쓴웃음을 지었다. 재하의 말이 맞다. 온요에 관한 일이라면 어떤 것이든 감정을 제어하기 힘들다. 몇 번이고 자문해보았으나 아직도 그 이유를 찾지 못했다.

"나 어쩌면 출사할지도 모른다."

"출사?"

"혼인도 안 하고 밖으로만 떠돈다고 집안에서 강제로 출사를 시키겠다는구나. 음서로는 안 한다 버티고 있는데 백부께서 이미 청을 넣었다고 한다. 도망치지 않으면 꼼짝없이 붙잡히게 생겼다."

"도망갈 곳은 있고?"

"시절도 수상한데 이참에 송에나 가볼까? 또 아냐? 너처럼 운명의 여인을 만나게 될지?"

"송에 가서 뭘 하려고?"

"내가 할 게 천체 공부밖에 더 있겠냐. 송의 천문학을 직접 배울 수 있다면 여한이 없겠다. 어느 날 갑자기 내가 보이지 않거든 대륙으로 도망친 줄 알아라."

문득, 재하가 부러워진다. 믿고 원하는 것을 향해 한길로 달려가는 재하가 존경스럽다. 돈후는 어느 것 하나 충실하지 못했다. 아버지의 정치를 혐오하면서도 아버지의 힘에 기대고, 집안을 벗어나길 원하면서도 높은 담장 안에 숨어있다. 뿐이 아니다. 간절히 온요를 꿈꾸면서도 온전히 얻지 못했다.

"그러지 말고 한 번 더 제수씨 얼굴을 보여주면 안 되겠냐? 여인의 몸으로 글을 아시니 이 아니 놀라우냐. 이야기라도 더 나눠보게 해다오."

"꿈도 꾸지 말라 했지? 나와 칼부림이라도 해볼 테냐?"

재하가 왁자하게 웃었다. 돈후도 따라 웃었다.

재하와 이런저런 잡담을 주고받는데 열린 창 너머로 익환의 모습이 보였다. 익환은 집안일을 점검하기 위해 전장에서 돌아와 있었다. 그가 마당에 서서 돈후에게 눈짓을 보냈다. 할 말이 있다는 뜻이다.

재하에게 잠시 기다리라 하고 일어서 마당으로 나갔다. 댓돌을 내려서려는 참, 등 뒤로 재하가 온요에게 차를 더 달라 청하는 소리가 들렸다. 낯을 구기며 돌아보자 창호 안쪽에서 재하가 눈을 찡긋거리며 웃어댔다. 온요는 난감한 표정으로 서재를 나왔다. 소반을 든 채 종종 대청을 건너가는 온요를 보며 익환에게 물었다.

"급한 일이십니까?"

"사랑에서 잠시 뵈었으면 합니다."

돌아보니 익환의 표정이 심각했다. 돈후는 익환을 따라 별채를 나섰다. 사랑채 마당에는 호부 관속이 기다리고 있었다. 온요의 호적 처리를 맡겼던 자다. 저자가 왜 갑자기 찾아왔을까. 돈후가 의아한 표정을 짓자 관속이 머리를 조아린 뒤 곧바로 입을 열었다.

"형부에서 운곡이란 분의 호적을 확인하고 갔습니다. 미처 몰랐는데 제가 비번인 때도 확인한 적이 있다 합니다."

가슴이 철렁 내려앉았다. 형부에서 왜? 돈후의 의문을 읽었는지 관속은 계속 말을 이었다.

"이유는 모르옵고 그저 살펴보다 갔습니다. 작은 일일지라도 보고하라 하셨기에……"

"형부의 누가 왔다 갔느냐?"

관속에게 물었으나 익환이 답했다.

"호적을 확인한 자는 조교이고, 명한 사람은 박헌이라 합니다. 박헌은 형부 원외랑으로 있는데 어떤 자인지 자세히 알아보겠습니다."

가슴이 방망이질하기 시작했다. 혹시 운곡에게서 혐의를 찾아내기라도 한 것인가. 돈후는 아직도 궐내에 오가는 모든 문서를 살피고 있다. 하지만 어제까지 파악한 바로는 별다른 이상 징후가 없었다. 돈후가 어두운 낯으로 고민하는 사이 익환이 관속을 돌려보냈다.

"형부 조교가 다녀간 이후에는 더 들여다보지 않았다고 합니다.

별 탈 없이 지나갈 수도 있으니 너무 염려 마십시오. 제가 개경에 머무르는 동안 주시하겠습니다."

돈후는 고개를 들어 익환을 쳐다보았다. 익환이 돈후의 어깨를 두드렸다. 익환은 돈후가 온요의 신분을 위조하기 위해 호적을 바꿔치기한 일을 알고 있었다. 그럼에도 발설하지 않은 그가 고마웠다.

"모처럼 좋은 시간 보내시는데 방해하여 죄송합니다. 하지만 관속을 마냥 대기시킬 수는 없어 나오시라 했습니다. 도련님이 즐거워하시는 모습을 보니 참 좋습니다."

돈후는 익환을 향해 웃어 보였다. 익환이 개경에 있어 그나마 다행이다. 혹시라도 문제가 생긴다면 익환만 한 조력자도 없을 것이다.

돈후는 사랑을 나와 별채로 향했다. 마당에 들어서자 창호 너머로 온요와 재하의 모습이 보였다. 재하가 온요를 향해 무언가 열심히 설명하고 있었다. 필경, 하늘의 별을 보고 길 찾는 이야기를 하고 있을 것이다.

온요의 눈은 오롯이 재하를 향해 있었다. 별보다 더 반짝이는 온요의 눈. 투기심이 일었으나 가슴은 뿌듯했다. 돈후는 다짐했다. 어떤 난관이 닥친다 하더라도 이 행복을 놓치지 않겠다고…….

돈후는 훌쩍 뛰어 대청에 오른 뒤 침소 문을 벌컥 열어젖혔다. 그러고는 소리쳤다.

"이 녀석아, 닳는다. 그만 좀 쳐다봐라!"

적응

개경을 코앞에 두었다. 나란은 마지막 남은 짚신을 갈아 꿰었다. 삼으로 촘촘히 엮은 미투리가 한 켤레 남았으나 그것은 도성 안에서 신을 수 있도록 아껴두어야 한다. 이제 마지막 짚신이 닳기 전에 선의문을 넘을 것이다.

생각보다 시일이 너무 오래 걸렸다. 운을 만나느라 서경에서 지체했고, 삼엄한 서경의 경계를 뚫고 나오느라 더 지체했다. 김부식이 이끄는 중군은 대동강 동쪽에서 개미 새끼 한 마리조차 마음대로 넘나들 수 없도록 단속했다. 서경은 서경대로 경계를 하니 틈이 없었다. 한밤중에 대동강을 헤엄쳐 건너느라 죽을 뻔했다.

강을 건넌 이후에도 마음껏 내달릴 수 없었다. 개경에서 보낸 토벌군 부대는 곳곳에 배치되어있었다. 서경군과 직접 대치한 곳보다는 느슨했지만 여행자를 단속하는 검문은 매우 엄격했다. 예전에 을지로부터 받았던 위장패가 아니었다면 꼼짝없이 반란군 끄나풀로 몰려 갇혔을 것이다.

나란은 개경을 향해 내려오는 동안 토벌군 규모를 보며 크게 놀랐다. 서경성 안에서 들은 이야기와는 사정이 달라 보였다. 서경을 포위했다는 말은 들었지만 병사 수가 예상보다 훨씬 많았다. 상인들이 나누는 말을 들으니 더 많은 군사가 서경을 향해 몰려오는 중이라 한다.

다행인지 불행인지 아직 상인들의 길은 막히지 않았다. 양쪽 모두 수로를 완전히 틀어막진 않았기 때문이다. 덕분에 서경에는 아직도 대륙의 물품이 들어간다. 북방을 통해 멀리 돌아들기도 한다. 하지만 군사의 수가 더 늘어나면 결국 서경은 꼼짝없이 고립되어 말라죽게 될 것이다.

마음이 무겁다. 서경에 나가 군역을 지고 새 신분을 얻겠다는 이야기에 오금을 박고 오지 못한 것이 못내 걸린다. 개경행을 접을까 여러 번 망설였지만 온요의 안부를 확인하지 않고 돌아갈 수는 없었다.

평원을 달리듯 걷는데 멀리 군사들이 이동하는 모습이 보였다. 상인들의 말대로 지원병인 듯했다. 나란은 그들의 눈에 띄지 않기를 바라며 더욱 속도를 높였다.

날이 저물 무렵 선의문이 보였다. 더 늦으면 성문이 닫힐 것이다. 나란은 죽을힘을 다해 내달렸다. 선의문에 가까워지자 도성에 들어가려는 사람들의 긴 행렬이 보였다. 나란도 행렬 속으로 들어갔다.

둥둥 북소리가 울리자 성문을 닫으려는 위숙군 병사의 움직임이 빨라졌다. 줄을 섰던 사람들이 일제히 성문으로 몰려들었다. 막으려는 병사와 들어가려는 이들이 엉켜 소란이 일었다.

나란은 몸싸움을 벌이는 인파들 사이를 미꾸라지처럼 피해 가까스로 성문을 통과했다. 들어가 숨을 몰아쉬는데 성문이 둔탁한 소리를 내며 닫혔다. 위쪽에서 웃는 소리가 들렸다. 고개를 들어보니 문루에 선 위숙군 병사 몇이 나란을 향해 손가락질을 하며 웃고 있었다.

"이 거지 놈아, 운 좋은 줄 알아라!"

나란이 행렬을 뚫고 뛰어든 과정을 지켜본 모양이다. 뜨끔했으나 이를 물고 안도의 숨을 내쉬었다. 개경의 경계가 소홀하여 그나마 다행이다. 오랜 여정으로 남루해져 거지처럼 보인 것도 다행이다. 나란은 병사들을 향해 굽실거리며 헤헤 거짓 웃음을 보였다. 그러고는 손을 흔들었다. 병사들이 배꼽을 잡고 웃으며 조롱했다.

개경에 들어왔으나 막막했다. 무작정 돈후의 집으로 가서 대문을 두드릴 수도 없고 시전 거리를 돌아다닐 수도 없다. 자신의 얼굴을 아는 이라도 만나면 낭패를 보기 십상이다.

망설이던 나란은 앵계 쪽으로 길을 잡았다. 운을 구하던 날, 을지의 수하들이 머물던 집이 기억났다. 상황이 바뀌었으니 나란을 적대할 수도 있지만 그래도 분위기는 살펴야 할 것 같았다. 그런데 잔뜩 긴장하며 접근한 보람도 없이 을지 수하들의 집은 주인이 바뀐 상태였다. 거처를 옮겼다는 뜻이다. 맥이 풀렸다.

어디로 가야 하나……. 오천이든 사천이든 노천 주변은 걸패들과 시비 붙을 가능성이 높아 피하는 것이 낫다. 당분간 머물 곳은 있어야 하니 차라리 유곽으로 가자. 신분과 정체를 따지지 않는 유일한 곳인 데다 은자가 좀 있으니 몸을 숨기기에 알맞을 것이다. 나란은 평원을 달리듯 도성 거리를 뛰어 유곽으로 향했다.

창기보다 못한 유녀들이 몸을 파는 곳. 유곽이 늘어선 거리를 어슬렁거리던 나란의 눈에 익숙한 얼굴이 눈에 띄었다. 기생 노릇 할 팔자가 못 되어 죽림으로 옮겨 일하던 미호다. 미호도 나란을 알아보고 눈물지었다.

"오라버니……."

기생과 놀아나지 않는 사내는 모두 오라버니라 부르는 미호. 죽림과 칠현루가 역당의 소굴이 되었으니 목숨이라도 건진 것을 다행이라고 여겨야 할까. 눈물짓는 미호를 보니 구하지 못한 이들 생각에 가슴이 미어졌다.

미호에게 다가서자 포주로 보이는 험악한 장정이 나타나 손을 내밀었다. 미호는 어여쁘니 값이 비싸다 으르기까지 했다. 나란은 군소리 없이 은자를 꺼내 얹어주었다. 포주의 눈이 휘둥그레졌다.

"내가 얘하고 한 달 지낼 방값은 되겠지?"

포주는 입을 박처럼 벌리고 웃더니 냉큼 방을 내주었다. 나란이 앞서고 미호가 훌쩍거리며 뒤를 따랐다.

방 안에 들어가 앉으니 머쓱했다. 사내들의 신음과 계집들의 교성이 벽 너머에서 들려왔다. 고개를 숙인 채 애꿎은 바닥만 긁어대던 미호가 손을 떨며 대를 풀었다.

"머리에 피도 안 마른 게 오라버니 앞에서 뭐 하는 짓이냐?"

벼락같은 나란의 호통에 미호는 엎드려 울었다. 나란은 상을 찡그린 채 욕지거리를 내뱉었다. 자신의 처지로는 미호를 유곽에서 빼내 줄 수 없다. 멀고 험한 길이라 선뜻 산채로 데려가겠다 약속할 수도 없다. 나란은 흐느끼는 미호를 그저 안쓰럽게 바라보기만 했다.

간신히 추스른 미호가 몸을 일으키자 나란이 물었다.

"칠현루 사람들은 어찌 되었냐?"

"삼성 어른들을 모셨던 칠현 형님들과 집사 어른은 모두 참수되셨어요. 다른 분들은 관비가 되거나 유배되었다는데 자세한 것은 몰라요. 저처럼 기적에 오르지 않은 애기 기생들은 유곽에 팔렸고요."

"……."

"아, 능파 부행수님은 비구니가 되었다고 들었어요. 어느 절에 계시는지는 모르지만 참 다행이에요."

"광덕 사람들 소식은 아느냐?"

"대부분 서경으로 가신 걸로 알아요. 짐아비들이 고초를 겪으셨다 들었는데 지금 처지가 많이 힘드실 거예요."

나란은 한숨을 내쉬었다. 일이 너무 급작스럽게 일어나는 바람에 죄 없는 사람들이 여럿 다쳤다. 세상을 뒤엎으려 작심했다면 제대로 할 것이지 이 무슨 천치 같은 짓이란 말인가. 하긴, 반란의 주모자라는 운의 아버지와 땡초도 칼 맞고 비명횡사한 마당에 누구를 원망하랴.

"너 혹시 김돈후라는 놈 아냐? 김부식 맏아들 말이야."

나란의 물음에 미호가 화들짝 놀라 쳐다보았다. 반응을 보니 알고 있는 모양이다. 나란이 답을 재촉하자 미호가 맞잡은 손을 꼼지락거리며 말했다.

"김돈후 공자님은 궐로 영전하셨다고 들었어요. 워낙 잘난 분이시잖아요. 얼마 전에 십자로 근처에서 한번 뵈었는데⋯⋯ 웬 여인을 말에 태우고 가셨어요."

"여인?"

"고운 분이었어요. 저 같은 것과는 비교할 수 없을 만큼⋯⋯. 그런데 여느 개경 처자와는 분위기가 조금 달랐어요. 입성을 보면 권세가의 따님은 아닌 듯한데, 이상하게 낯이 익은 듯도 하고⋯⋯. 자세한 사정은 모르지만 공자님이 무척 아끼는 분 같았어요."

온요다. 온요가 틀림없다. 그런데 돈후가 온요를 말에 태우고 팔자 좋게 개경 거리를 돌아다녔다고? 나란의 입에서 바람 소리가 샜다. 잘됐다고 해야 할지, 화를 내야 할지 모르겠다. 그래도 온요가 무사하다니 다행이긴 하다.

또박또박 말 잘하던 미호가 갑자기 눈물 바람을 했다. 설마 이 아이도? 나란의 상이 다시 구겨졌다. 하여튼 돈후 이 자식, 반지르르 달댕이 같은 얼굴을 하고서는 여럿 속 썩인다.

미호는 한바탕 울고 난 뒤 따뜻한 밥을 지어왔다. 갈아입으라며 새 옷도 가져왔다. 나란은 모처럼 편안하게 배를 채웠다. 오랜 허기에 밥이 꿀처럼 달았다. 미호는 걸신처럼 먹어치우는 나란을 해맑게 웃으며 지켜보았다.

저녁상을 물린 뒤 미호는 방구석에 웅크린 채 잠이 들었다. 나란은 낡고 때 묻은 이불을 조심스레 덮어주었다. 그러고는 물러나 벽에 기대앉았다.

일단 광덕과 칠현루에서 일하던 사람들부터 찾아봐야겠다. 몸을 낮추고 숨어있을 테니 찾느라 시간이 소요되겠지만 서두를 일이 아니다. 개경 사정을 자세히 파악하고 탈출 준비를 마친 뒤 돈후 녀석을 만날 것이다. 그래야 뒤탈 없이 온요를 데려갈 수 있을 테니까.

"온요야, 힘들더라도 조금만 더 기다려라. 이 오라버니가 너를 데리러 갈 테니……."

나란은 마치 온요가 듣기라도 하는 듯 중얼거렸다. 점점 눈꺼풀이 무거워졌다. 고개도 툭 떨어졌다. 나란은 금세 깊은 잠 속으로 빠져들었다.

툭.

무언가가 담장을 넘어 날아와 떨어졌다. 약을 달이기 위해 숯을 고르던 온요는 벌떡 일어나 화단으로 다가갔다. 삐죽삐죽 솟은 풀 사이로 희끗한 것이 보였다. 돌멩이를 감싼 종이 뭉치였다. 종이를 끄르자 익숙한 문양이 드러났다.

광덕!

온요는 화들짝 놀라 종이를 구겨 쥐었다. 주변을 살폈으나 아무도 보이지 않았다. 온요는 종이를 재빨리 섶에 갈무리했다. 잠시 후 담장 너머로 웬 사내의 상투가 보였다. 상투는 별채의 뒤뜰 쪽으로 움직이기 시작했다. 온요도 상투를 따라갔다.

뒤뜰에 이르러 잠시 기다리자 상투의 주인이 담장 위로 얼굴을 내밀었다. 광덕상회에서 일하던 역사였다.

"온요 아가씨!"

"아니, 역사님이 여길 어떻게?"

"짐꾼으로 위장해 들어왔습니다. 시간이 얼마 없습니다."

"광덕 분들은 모두 서경으로 가신 줄 알았는데, 역사님은 왜 아직도 개경에 계신 거예요?"

"변란이 일어났을 때 저는 송에 있었습니다. 곧장 서경으로 가려고 했는데 대동강 쪽은 검문이 심하다 하여 벽란도로 들어왔습니다. 은밀하게 남은 식구들을 찾던 중에 아는 장사치로부터 장비 행수님 전언을 들었습니다. 아가씨를 찾고 계신다 합니다."

장비 행수나 산채 식구들은 이미 온요 행방을 알고 있을 텐데 역사는 듣지 못한 것 같다. 하지만 막상 그의 입에서 장비 행수의 이름을 들으니 목이 메고 눈시울이 뜨거워졌다.

"제가 예 있는 것은 어찌 아셨어요?"

"얼마 전, 약재 시장에서 아가씨를 뵈었습니다. 감시하는 놈이 있길래 뒤만 쫓았는데 여기 계시더군요. 야차 같은 김부식에게 붙잡혀계신 줄도 모르고 옥사 쪽만 살폈으니……. 그간 고생이 많으셨지요?"

"고생은요……."

"조만간 광덕에서 일하던 짐꾼 두 놈과 함께 개경을 뜰 계획입니다. 제가 길을 잡을 테니 함께 서경으로 가시지요. 언제가 좋으시겠습니까?"

"……."

선뜻 답하지 못하고 머뭇거리는 사이, 마당 쪽에서 인기척이 느껴졌다. 역사의 낯이 파리해졌다.

"당분간 주변에서 지켜보겠습니다. 무슨 수를 쓰든 집 밖으로 나올 기회를 만들어보세요. 제가 반느시 모시러 가겠습니다."

"역사님!"

역사는 온요가 붙잡을 새도 없이 순식간에 몸을 감추었다. 후다닥 담장으로 다가가 목을 빼고 두리번거렸으나 이미 그의 모습은 보이지 않았다. 당황스러웠다. 역사는 자세한 사정도 모른 채 위험을 감수하려 하고 있다. 일이 잘못되어 부식의 종복들에게 의심을 사거나 시전 상인들의 눈에 띄기라도 하면 낭패다.

난감했지만 뒤뜰에 마냥 서있을 수도 없었다. 삼복이나 간난이 별채로 온다면 이상히 여길지도 모를 일이다. 온요는 섶을 매만지며 숨을 고른 뒤 조심스럽게 뒤뜰에서 빠져나왔다. 하지만 마당에 이르기도 전에 흠칫 놀라 멈춰 섰다.

관복 차림의 돈후가 구부정하게 앉아 약탕기를 들여다보고 있었다. 아직 유시도 되지 않은 시각. 번을 선 탓에 일찍 퇴청한 것일까. 가슴이 둥당거렸다. 돈후는 화로 옆에 있는 숯 더미를 뒤적이다 온요를 보았다.

"불씨가 다 꺼져가는데 농땡이 치는 것이냐? 주인님에게 혼 좀 나야겠는걸?"

돈후는 가지런한 이를 드러내며 씩 웃었다. 웃는 눈에 특유의 장난기가 담긴 것을 보니 역사와 만나는 모습을 보지는 않은 것 같다. 안도감이 들었다. 예민한 돈후가 알아채면 사달이 날 것이다.

돈후는 관복을 벗어 대청에 휙 던져놓고는 소매를 둥둥 걷어붙인 뒤 화로에 숯을 넣었다. 온요는 정색하며 달려갔다.

"놔둬요. 제가 해요."

"화롯불 피우는 것쯤은 나도 한다."

돈후는 화로에 잔가지 몇 개를 넣고 뒤적이며 입바람을 불었다. 잠시 후 타다닥 소리를 내며 작은 불꽃이 일었다. 돈후는 만족스러운 듯 미소를 걸고 새 숯을 얹었다.

"어때? 나도 쓸만하지?"

"의원 시중은 못 해도 찬모 시중 정도는 들겠네요."

"뭐? 찬모 시중? 내가 고작 그것밖에 안 된다고?"

"반빗간 위계가 얼마나 드센지 알아요? 찬모가 되려면 십수 년은 족히 기다려야 한다고요. 찬모 시중이면 감지덕지할 칭찬이에요."

돈후는 의심스러운 듯 실눈을 했다. 온요는 웃음을 감추며 과하게 얹힌 숯을 덜어냈다. 받침돌을 괴고 약탕기를 올리는 동안 돈후는 손에 묻은 숯가루를 털어내며 투덜거렸다.

"이런 날 꼭 약을 달여야겠어? 화로 앞에 죽치고 있다간 더위 먹기 십상이잖아. 약 달이는 일쯤은 반빗아치들 시키는 게 어때?"

"행여나 다른 사람들 힘들게 하지 말아요. 제가 할 일은 제가 해요. 그나저나 많이 덥죠? 씻을 물 준비할게요."

별채를 나가려는데 돈후가 손목을 잡아 돌려세웠다. 온요는 돈후를 보며 물었다.

"원하는 것이 더 있어요?"

"내가 원하는 것이야 늘 하나뿐이지."

돈후는 손목을 당겨 온요를 감싸 안았다. 해가 길어 대낮 같은 때였다. 깜짝 놀라 벗어나려 하자 돈후는 더욱 힘주어 껴안았다. 여름 볕보다 뜨거운 숨이 귓불을 간질였다. 돈후는 낮게 속삭였다.

"걱정 마. 별채 주변에는 아무도 얼씬 말라 했으니까."

온요는 저항을 멈추었다. 바람 한 점 들지 않는 별채 마당은 금세 고요해졌다. 정적 속에서 아련한 박동이 느껴졌다. 돈후도 그 소리를 들은 것일까. 한 손으로 제 가슴을 쓸며 말했다.

"나는 네가 보고 싶을 때마다 여기가 아프다. 궐에서 번을 서는 동안에도 아파 죽는 줄 알았어. 신기하지 않으냐? 너와 멀어지면 여기가 제일 먼저 반응하거든. 아마 네가 없으면 나는 숨조차 쉬지 못할 거야."

온요의 가슴에도 통증이 일었다. 왜 이 사람의 고백은 늘 아프게 느껴질까. 집착 섞인 고백에 외로움이 묻어난다.

"아! 복더위에 제대로 씻지 못했으니 냄새가 고약하겠군."

돈후가 감쌌던 팔을 풀고 후다닥 물러섰다. 팔을 들고 킁킁대는 몸짓이 과장되었다. 매번 말을 바꾸어 연모한다 고백하고, 고백이 겸연쩍다 싶으면 저런 식으로 눙치려 든다.

"고약하지 않아요. 일하느라 흘린 땀이잖아요."

온요는 다가가 돈후를 감싸 안았다.

"이틀 동안 번서느라 고단했죠? 수고했어요."

돈후의 몸이 뻣뻣해졌다. 눈을 감고도 물큰한 그의 표정이 보였다. 깎은 옥처럼 도도하고 벼린 칼처럼 날카롭지만 속내는 너무나 여린 사내다. 화려하지만 황량한 이 집에서 따뜻한 위로 한 자락 제대로 받지 못하고 살아왔을 것이다.

잔뜩 굳은 돈후의 가슴에서 다시금 박동이 느껴졌다. 참 이상한 일이다. 이 사람의 심장 소리에 귀 기울일 때면 안온한 기분이 든다. 사향 같은 땀 내음을 맡을 때면 아지랑이에 취한 들꽃처럼 나른해진다. 아직도 모르겠다. 거부할 수 없는 이 기운의 정체가 무엇인지.

"전해줄 소식이 있다. 산채 이야기다."

삽시간에 나른한 기운이 걷혔다. 온요는 감았던 눈을 떴다.

"배달을 용문산에 보냈었다. 산채 식구들은 잘 지내는 것 같다. 지어놓은 오두막들이 제법 번듯하고 식량 사정도 나쁘지 않다더라. 서경의 상황이 좋지는 않다만, 더 이상 변란에 엮이지 않는다면 앞으로도 무탈할 것이다."

귀에 닿는 심장 소리가 커지기 시작했다. 꿀꺽, 침 삼키는 소리도 들렸다. 목소리는 담담했지만 긴장하고 있는 것이다. 온요는 감쌌던 팔을 풀고 물러섰다.

"소식 전해줘서 고마워요. 그러잖아도 궁금했어요."

웃어 보였으나 돈후는 굳은 눈길을 보냈다.

"산채 소식을 듣고도 놀라지 않는군. 보내달라 청하지도 않고. 왜지? 갑자기 마음이 변하기라도 했나?"

"보내달라 청해도 들어주지 않을 거잖아요."

"그야……."

"대신 다른 청을 들어주세요."

"다른 청?"

"명일, 대사님께 의서 보낼 때 저도 다녀오게 해줘요."

"……."

"수련 받던 의승 여러 분이 삼남으로 가셨다면서요. 병자들 살피는 손이 모자랄 테니 저라도 가서 돕고 싶어요."

돈후는 답하지 않았다. 뚫어져라 쳐다보는 눈빛이 마치 무언가를 가늠하는 듯하다. 그리 무리한 청도 아닌데 왜 저리 망설이는 것일까.

"잠깐이라도 좋아요. 다녀오게 해줘요."

온요는 거듭 졸랐다. 미소도 지어 보였다. 굳었던 돈후의 얼굴은 한참 만에야 풀어졌다.

"원한다면 그렇게 하지. 단, 나도 함께 가는 조건이야."

"당신도 가겠다고요?"

"왜? 내가 가면 안 될 이유라도 있나?"

"안 될 이유는 없지만…… 당신은 등청해야 하잖아요."

"내시부 일은 교대하면 돼. 암자까지는 제법 먼 길이다. 성문 밖을 나서도 한참 가야 하지. 변란 중이라 경계가 삼엄한데 삼복이 녀석에게 네 안위를 맡길 수는 없다."

"그렇군요. 고마워요, 신경 써줘서."

"섭섭하군. 멀리 있는 병자는 돌보고자 하면서 가까이 있는 병자는 외면하고 있으니."

"가까이 있는 병자요?"

"나 말이야. 나는 아직도 여기가 많이 아프거든."

돈후가 제 가슴을 가리켰다. 그러고는 성큼 다가왔다.

"그리 불쌍하게 볼 건 없어. 이 병은 치료법이 아주 간단하니까. 맥을 잡거나 탕약을 달일 필요도 없지."

무슨 뜻인지 물을 새도 없이 몸이 번쩍 들렸다. 돈후는 온요를 안고 대청에 올랐다. 온요는 놀라 버둥거렸다.

"무슨 짓이에요? 약탕기 살펴야 하니 얼른 내려줘요."

"안 돼. 지금은 주인님 치료할 시간이거든."

침소의 문이 닫혔다. 한낮의 열기가 가시지 않은 별채 마당에서 달아오른 약탕기가 끓는 소리를 내기 시작했다.

돈후는 침상에 걸터앉은 채 움직이지 않았다. 새벽에 서재를 뒤져 종이 뭉치를 찾아냈다. 온요가 몰래 감춘 것은 장사치들이 계약할 때 쓰는 문서였다. 꼬깃꼬깃 구겨지고 더러웠지만 먹을 발라 찍은 문양만은 선명했다. 광덕의 인(印). 짐작했던 대로 뒤뜰에 숨어

들었던 자는 광덕상회의 끄나풀이었다.

"역당 주제에 감히 토벌군 원수의 안마당까지 스며들다니!"

돈후가 이를 갈며 중얼거리는데 덜컹, 문이 열렸다. 하얀 모시옷을 곱게 차려입은 온요가 침소로 들어왔다.

"서둘러 가야 한다면서 게으름 피우기예요?"

온요는 들고 온 보따리를 내려놓고 돈후의 옷을 집어 들었다. 그녀가 다가오는 동안 돈후의 눈길은 보따리로 향했다. 서재 구석에 부려져 있던 것이다. 멀리 떠나기 위해 채비한 듯 은자 몇 닢과 말린 어포, 미투리 등속이 담겨있었다.

돈후가 느릿하게 일어서자 온요는 옷 시중을 들었다. 팔을 꿰기 편하도록 저고리를 펼쳐주고, 섶을 꼭꼭 여민 뒤에는 대도 둘러주었다. 옷 시중을 드는 동안 온요는 답지 않게 종알댔다. 필사한 책에 먹 얼룩이 져 흉하다는 둥, 약재 더미가 너무 커 말 등에 다 실을 수 있을지 모르겠다는 둥…….

"기분이 좋아 보이는군."

"그래 보여요?"

부루퉁하게 물었으나 온요는 눈치 없이 생글댔다.

"벌써부터 푹푹 찌니 가기 싫어지는데? 의서와 약재는 삼복이 편에 보내고 우리는 구산사로 나들이나 가는 게 어때? 거기 물맛이 아주 달고 시원하거든."

"괜한 투정 말고 얼른 나서요. 대사님이 기다리시잖아요."

대를 야무지게 묶고 난 온요는 보따리를 들고 침소를 나섰다. 돈후가 따르지 않자 다시 돌아와 미간을 찡그리며 재촉했다. 돈후는 굳은 얼굴로 뒤따라 나갔다.

도성을 벗어난 지 반 시진 만에 목적지에 이르렀다. 토막들이 담쟁이처럼 구불구불 이어진 마을 끝, 야트막한 산을 등지고 선 암자가 모습을 드러냈다. 동지사에 부속되어 주로 의승들이 머물며 수련하는 곳이다. 기와를 얹어 짓기는 했지만 토막과 다름없이 작고 허름했다.

"돈후 왔느냐."

월광 대사가 동자승과 함께 나와 돈후 일행을 맞았다. 월광은 돈후가 문헌공도에서 수학하던 시절, 이따금 강학을 한 이다. 승려이면서도 과거시험을 감독하는 지공거로 추천됐을 만큼 유학에 조예가 깊고, 내로라하는 집안 출신임에도 천민들과 더불어 지내는 바람에 개경 귀족 사이에서는 괴승으로 통했다. 문헌공도의 유생들을 향해 썩어빠진 정신부터 고치라 야단치던 그에게 반해 인연을 맺어오고 있다.

"평안하셨습니까, 스승님."

"늙은이가 평안할 리 있겠느냐. 비루한 목숨 붙잡고 앙앙불락 살 뿐이지."

월광이 눈길을 보내자 온요가 합장하며 인사했다.

"소녀, 온요라 합니다. 무리하게 동행을 청하여 폐가 되지 않을까 걱정입니다."

"허허, 폐라니요. 필사해주신 의서 덕분에 무식한 중놈들의 까막눈이 한결 밝아졌습니다. 이제나저제나 뵙기를 고대하고 있었는데 아주 잘 오셨습니다."

월광의 따뜻한 답례에 온요는 수줍게 웃었다. 인사를 나누는 사이 젊은 의승들이 삼복과 함께 의서와 약재 꾸러미를 부렸다. 배달은 마필을 이끌고 마을 어귀로 나갔다.

"미력하나마 거들고 싶습니다. 허드렛일이라도 주신다면 배움의 기회로 삼겠습니다."

"아리따운 보살님이 거들어주신다면야 소승에겐 더할 나위 없는 광영이지요."

월광은 온요를 이끌고 마당으로 들어섰다. 마당에는 벌써 진료를 기다리는 병자들이 가득했다. 땅강아지처럼 가장 낮은 곳에 엎드려 살아온 천민들. 대부분은 개경 귀족들의 성 밖 농지를 일구는 외거 노비일 것이다. 온요는 이웃집에라도 온 듯 스스럼없이 무리 속으로 끼어들었다. 약재를 찌고 탕약을 달이던 의승들이 반가워하며 맞았다.

돈후는 법당으로 들었다. 후텁지근한 날이었으나 향내 섞인 바람이 드니 답답하지는 않았다. 동자승이 들어와 차를 놓고 나갔다. 돈후는 주위를 둘러보며 차를 마셨다. 월광의 깐깐한 성정을 대변하듯 불전과 불기에서 반들반들 윤이 났다.

법당 밖은 분주했다. 볕을 가린 차양 밑에는 병자들이 쭈그려 앉아 진료를 기다리고, 의승들은 바삐 오가며 병자를 돌보았다. 구석에서 약재를 손질하는 온요도 보였다. 소매를 걷어붙이고 일하는 모습이 비 맞은 풀처럼 싱그러웠다.

제멋대로 실룩대는 입꼬리를 진정시키며 빈 찻잔을 채우는데, 한 의승이 온요에게 다가갔다. 온요는 손질한 약재를 건넸다. 잠시 후 무슨 이야기를 나누었는지 온요와 의승이 함께 웃었다. 연유가 궁금해 자세히 살피는데 얼씨구, 의승의 귓불이 벌게졌다. 돈후는 미간을 구기며 움찔거렸다.

"중놈도 불알 달린 사내라고 강샘을 하는 것이냐?"

월광이 법당 안으로 들어왔다. 돈후는 머쓱한 낯으로 일어나 예를 표했다.

"철갑도 막지 못할 음심을 홑겹 승복으로 당하겠습니까."

"에끼, 중놈보다 더한 불쌍놈 같으니!"

돈후는 웃으며 차를 따라 월광 앞에 놓았다. 월광은 차를 마시며 법당 밖 온요에게 눈길을 보냈다.

"곱구나. 혼인할 여인이냐?"

"그렇습니다."

"필사한 의서를 보고 짐작은 했다. 뽐낸 흔적이라곤 찾아볼 수 없는 단아한 서체였지. 필경, 살가죽보다 살가죽 안에 든 것이 더 고울 것이라 생각했다. 그런데……."

월광은 잠시 말을 끊고 온요를 지그시 바라보았다.

“업이 많은 상이로구나.”

“그리 보이십니까.”

월광은 들고 있던 찻잔을 내려놓더니 돈후를 보며 말했다.

“돈후야, 업을 쌓은 자들이 가장 많이 모인 곳이 어디인 줄 아느냐? 절간이다. 업 많은 놈들이 응보를 치르며 사는 곳이 바로 절간이지. 그런데 저 여인은 나처럼 머리를 깎아야 할 상이다. 절간이라면 모르되 세간에 있으면 고초가 심할 게야. 네 깜냥으로 감당할 수 있겠느냐?”

운곡으로부터 들었던 온요의 과거가 떠올랐다. 어릴 때의 실수로 인해 부모를 잃었고, 관비로 떠돌다 운곡을 만나 산채에 들어갔다고 했었다.

“스승님께서 그러셨잖습니까. 업이란 짓는 것이고 응보는 치르는 것이니, 업은 피할 수 있어도 응보는 피할 수 없다고. 그렇다면 제게는 저 여인이 응보입니다.”

“허허, 건방진 놈. 예나 지금이나 혓바닥이 가볍구나. 그래, 네 녀석이 넋 뺀 것은 그렇다 치자. 보아하니 황도 여인이 아닌데 뇌천 대감의 허락은 받은 것이냐?”

“허락하시게 될 겁니다.”

“쯧쯧, 뇌천 대감께는 네 녀석이 바로 응보로다.”

월광이 굳은 낯으로 혀를 찼다. 아버지 부식을 생각하자 돈후도 가슴이 무거워졌다.

"그나저나 돈후야, 네가 해줘야 할 일이 있다."

"하명하십시오."

"마을 어귀에 있는 기와집을 보았느냐? 근방에서 제일 쓸만한 곳이다. 병자도 늘고 의승 몇 놈 더 들일 예정이라 그 집이 필요한데 너도 알다시피 내가 걸승 아니냐. 고약한 주지 놈이 은자를 안 내놓겠다기에 똥물 한 바가지를 씌웠더니 아예 지원을 끊겠다지 뭐냐. 그러니 네가 대신 내놓아야겠다."

"스승님께서는 저를 제자가 아니라 화수분으로 여기시는 모양입니다."

"권세 높고 재물 많은 제자 두었다 어디에 쓰겠느냐? 어차피 뇌천 대감이 백성 고혈 쥐어짜서 얻은 재물 아니냐. 네 녀석은 그나마도 거저 얻은 것이니 잔뜩 내놓아라."

"그리하겠습니다."

월광은 다시 마당으로 나갔다. 월광이 병자들을 보기 시작하자 온요가 기다렸다는 듯 따라붙었다. 진지하게 경청하고 정성을 다해 시중드는 모습이 편안해 보였다. 돈후는 식은 차를 마시며 생각했다.

단순한 측은지심 때문만은 아닐 수도 있겠군. 나란도 그리 말한 적이 있었다. 온요의 이타심이 어린 시절의 상처 때문이라고. 부모님 떠나보낸 죄를 구제로 갚으려는 것인가. 그래서 헐벗고 아픈 자들 옆에만 있으면 저리 편안한 얼굴을 하는 것인가.

차라리 잘 되었다. 산채를 원한다면 산채를 지어줄 것이다. 온요 마음이 편안해진다면 절인들 지어주지 못할까. 열 채, 백 채, 아니 만 채라도 지어주리라.

돈후는 찻잔을 내려놓고 일어났다. 어차피 자신은 암자에서 쓸모가 없다. 수상한 낌새도 느껴지지 않으니 온요가 병자들을 살피는 동안 월광이 부탁한 기와집이나 돌아보고 올 일이다. 돈후는 암자를 나와 마을로 향했다.

암자로 돌아온 돈후는 입구에 선 채 굳어버렸다. 온요가 보이지 않았다. 월광의 시중을 드는 이는 온요 앞에서 귓불을 붉히던 젊은 의승이었다. 약재를 다듬는 무리 속에도, 탕약을 달이는 무리 속에도 온요는 없었다. 삼복이 돈후를 발견하고 다가왔다.

"도련님, 뭐 필요한 게 있으십니까요?"

"아가씨는 어디 있느냐?"

"아가씨요? 누가 찾아와서 잠시 자리를 비우셨습니다요."

"찾아와? 누가?"

"마을 사람 같았습니다요. 잠시 이야기를 나누겠다 하셔서 더 여쭙지는 않았습니다요."

"언제냐?"

"일다경도 안 되었습니다요."

"어디로 갔느냐?"

"그것은 잘……."

"어느 쪽으로 갔는지도 못 보았다는 말이냐!"

돈후가 버럭 소리를 지르자 삼복이 화들짝 놀라 움츠렸다. 병자들과 의승들도 놀란 눈길을 보냈다.

"암자 안에는 안 계신 듯한데……. 찾아볼까요?"

돈후는 그대로 뒤돌아 암자를 나왔다. 따라나서는 삼복에게는 배달을 데려오라 명했다.

길은 두 갈래다. 하나는 마을로 내려가는 길이고, 또 다른 하나는 산으로 이어져 있다. 마을로 연결된 외길은 자신이 방금 올라온 데다 배달이 입구를 지키고 있으니 산 쪽이다. 돈후는 산을 향해 뛰기 시작했다.

광덕의 끄나풀을 만났어도, 보따리까지 싸놓았어도 이런 식으로 도망치지는 않을 것이라 믿었다. 나를 제 사내로 받아주고 곁에 있겠다 약속하지 않았던가. 염려하고 위로하던 그 맑은 눈빛은 거짓이었나. 안심시킨 뒤 몰래 도망치기 위해서?

돈후는 미친 듯 산길을 올랐다. 풀과 잡목이 우거져 험했으나 산이 야트막하니 금세 마루에 닿았다. 하지만 산 어디에서도 온요 모습을 찾을 수 없었다. 머릿속이 바랬다. 아무 생각도 나지 않았다. 지끈거리는 관자놀이를 눌러 정신을 모았다. 산 뒤편으로 뻘 같은 늪지와 하천이 보였다. 늪지는 걸어서 간다 해도 뗏목 없이 하천을 건너기는 어려웠을 것이다. 이쪽은 아니다. 그렇다면…….

몸을 돌려 마을 쪽을 내려다보았다. 마을로 이어진 외길에는 진료를 받고 돌아가는 병자 몇이 보였으나 온요는 없었다. 대체 어디로 갔단 말인가. 부들부들 떨며 아래를 살피는데 언뜻 희끗한 것이 보였다. 온요다. 암자 뒤편 기슭의 샘터에 온요가 웬 사내와 함께 서있었다. 아직 떠나지 못한 것이다.

돈후는 한달음에 산길을 내려왔다. 암자 마당에는 여전히 병자들과 의승들이 오갔다. 돈후는 마당을 가로질러 암자 뒤편으로 향했다. 법당 건너편에 의승들이 침소로 쓰는 방이 있고, 그 방을 축으로 돌면 층층이 쌓은 돌계단과 샘터가 있다. 성큼성큼 뛰듯 걸어 모퉁이를 돌려는데 온요 목소리가 들렸다.

"저는 가지 않을 거예요."

돈후는 우뚝, 걸음을 멈추었다.

"어인 말씀이십니까? 장비 행수께서 기다리시는데 아니 가신다니요? 혹시 아가씨 말고 인질로 잡힌 사람이 또 있습니까?"

"지난번에는 역사님이 경황없이 돌아가셔서 사정 말씀을 못 드렸는데, 저는 인질로 잡혀있는 것이 아니에요. 할 일이 있어 남은 거예요. 장비 행수님도 알고 계셔요."

"하지만 거기는 토벌군 원수의 집이 아닙니까. 범굴 같은 곳에서 무슨 일을 하시려는지 몰라도 위험해서 안 됩니다. 그러지 마시고 저와 함께 가십시다."

"저는 괜찮아요. 도와주시는 분도 있고요."

"도와주시는 분이요? 원수 놈의 소굴에서 누가 아가씨를?"

"칠현루와 구안정 식구들을 구해주신 분이에요. 저를 많이 아끼시니 제 걱정일랑 마시고 얼른 떠나셔요."

"아무리 그렇다 해도……."

"먼 길 가실 때 필요한 것을 조금 준비했어요. 제 형편이 넉넉지 않아 변변치 못하지만 가져가셔요."

"정말 아니 가시겠습니까?"

"서경에 가시거든 행수님께 전해주세요. 저는 잘 지내고 있으니 염려 마시라고……."

가슴에 뜨거운 파랑이 일었다. 온요는 도망치지 않았다. 붙잡거나 겁박해서가 아니라 제 스스로 남겠다고 했다.

"나리, 어찌할까요?"

어느새 다가온 배달이 등 뒤에서 물었다. 돈후는 잠긴 목을 틔우고 답했다.

"그냥 두어라."

"마음이 놓이지 않으시면 쥐도 새도 모르게 처리하겠습니다."

"그럴 것 없다. 귀경 준비나 해 두어라."

배달이 목례한 뒤 물러갔다. 암자 뒤편도 고요해졌다. 돈후는 모퉁이를 돌아 샘터로 향했다.

온요는 돌계단 위에 홀로 앉아있었다. 북녘 하늘을 멍하니 바라보는 눈길이 쓸쓸해 보였다. 가슴이 욱신거렸다. 기척을 느꼈는지 온요가 고개를 돌렸다. 돈후를 발견하고는 엷게 미소 지었다.

돈후는 온요를 쳐다보며 돌계단을 올랐다. 한 계단, 한 계단 오를 때마다 고운 얼굴이 가까워졌다. 가까워질수록 느꺼운 통증이 더해졌다. 돈후는 눈높이를 맞추기 위해 서너 계단 아래에 멈춰 섰다.

온요가 샘물 담은 바가지를 내밀었다. 돈후는 말없이 바가지를 받아 들고 샘물을 마셨다. 달고 시원한 물이 목젖을 헤치고 거침없이 넘어갔다. 물 묻은 입을 닦으며 온요의 눈을 쳐다보았다. 청명하다. 티끌 하나 찾을 수 없을 만큼.

"입 맞추고 싶다."

동그랗게 눈을 키운 온요가 후다닥 물러나 앉았다. 그러고는 목을 빼고 암자 쪽을 살피며 두리번거렸다. 돈후는 씩 웃어보였다. 당황해하던 온요가 눈을 흘겼다. 돈후는 소리 내어 웃으며 온요가 물러난 자리에 걸터앉았다.

"그만 돌아가자."

"벌써요?"

"변란 중이라 성문이 일찍 닫힌다. 늑장 부리다 때를 놓치면 성

밖에서 노숙하게 될 수도 있어."

온요는 고개를 끄덕이며 제 손을 만지작댔다. 할 말이 있는 눈치다.

"저…… 청이 있어요. 꼭 들어주어야 해요."

"청? 요즘 들어 부쩍 청이 많아지는군. 청할 게 많아진다는 건 그만큼 내가 좋아졌다는 뜻이겠지?"

"……."

"말해봐. 꼭 들어주어야 하는 청이 뭔지."

"정기적으로 이곳에 와서 일손을 거들고 싶어요. 의술도 배우고 싶고요. 이미 대사님 허락은 받았어요. 달에 한 번, 아니 두 달에 한 번도 좋아요. 오가는 일이 번거로우니 가능하면 사나흘은 머물다 가고 싶어요."

고개를 돌려 온요를 쳐다보았다. 처음이다. 처음으로 무언가 하겠다고 말했다. 계획을 세웠다는 것은 돈후 곁에서 살기로 마음을 굳혔다는 뜻일까. 가슴이 다시 뜨겁게 일렁였다.

"안 돼요?"

"입 맞춰주면 생각해 보지."

"……."

"하하, 알았어. 시키는 대로 할 테니 그리 험하게 쏘아보지는 말라고."

돈후의 너스레에 온요는 새쭉했던 표정을 지웠다. 그러고는 눈길을 돌려 암자를 내려다보았다. 더운 기운을 담은 바람이 암자를 훑고 지나갔다. 낡은 담장에서 떨어진 흙부스러기가 바람을 따라 흩날렸다.

"풍경은 다르지만 이곳은 천마산 산채와 닮았어요. 가끔이라도 이곳에 올 수 있다면 참 좋을 것 같아요. 청을 들어주어 고마워요."

"아예 여기에서 살까?"

온요가 돌아보았다. 돈후는 어깨를 으쓱해 보였다.

"오가는 일이 번거롭다며? 몸 눕힐 토막이나 한 채 구해 살림 차리지 뭐. 자식 낳고 오순도순 살면 더 좋고."

"……."

"왜? 싫은가?"

"당신은 황도 사람이에요."

"황도 사람인 게 어때서? 황도 사람이 여기 살지 말란 법은 들어보지 못했는데?"

"날짐승은 하늘에서 살고, 들짐승은 땅에서 살아요. 날짐승이 날개를 접는다고 들짐승이 되진 않지요. 잠시 땅에서 사는 게 즐거울지는 몰라도 결국 푸른 하늘을 그리워하게 될 거예요."

"날짐승과 들짐승이라……. 기생의 몸에서 태어난 반편이 앞에서 신분 타령을 하는 것이냐?"

"신분 때문만은 아니에요. 당신은 황도 밖 세상을 모르잖아요. 황도 밖 세상은 황도와는 전혀 다른 곳이에요. 풍광만 다른 게 아니에요. 사는 법도, 쫓는 이치도 달라요. 당신은 당신 세상에서 살아요.

그게 어울려요."

"반편이가 아니라 얼치기라는 뜻이었군. 날 줄은 알아도 뛸 줄은 모르는 얼치기……. 뭐, 틀린 말은 아니니 인정하지. 황도만 벗어나면 쓸모없어지는 것은 사실이니까. 그런데 말이야. 만약 내가 네게 날개를 달아주면 그때는 어찌할래? 너도 나처럼 날짐승이 된다면 나와 혼인하고 내 세상에서 살아줄래?"

"그게 가능하다고 생각해요?"

"물론이지. 네가 거부만 하지 않는다면."

"억지 부리지 말아요. 당신은 황도의 귀족이에요. 뿐인가요? 토벌군 원수의 아들이잖아요. 저는 당신이 사는 세상에는 어울리지 않아요. 무엇보다…… 제가 원치 않아요."

"원치 않는다면서 왜 그놈을 따라가지 않았지?"

온요가 눈을 키우며 쳐다보았다.

"알고 있었어요?"

돈후는 답 대신 고개를 돌려 온요를 보았다.

"알고…… 있었군요. 그런데 왜 내색하지 않았어요?"

"두려웠어. 내색하는 순간 예전으로 돌아갈까 봐. 이제 나는 너 없이는 단 하루도 살 수 없다. 그러니 네가 떠나려 한다면 나는 너를 강제로라도 주저앉혀야 해. 설득해서 안 되면 겁박하고, 겁박이 통하지 않으면 억지 떼라도 쓰겠지. 또다시 붙잡히고 상처받은 너는 나를 원망할 테고……. 만약 네가 예전처럼 나를 미워하게 된다면 나는 정말 미쳐버리고 말 거야."

"……."

"답 안 해줄 거야? 왜 떠나지 않았는지?"

"약속했잖아요. 당신 곁에 있겠다고."

"그럼 산채로 돌아가겠다는 꿈은 포기한 건가?"

"기다릴 거예요. 당신 스스로 보내줄 때까지."

순간, 코웃음이 샜다. 잠시 잊고 있었다. 온요가 고집불통이라는 사실을.

"마음은 받아주겠지만 혼인할 수는 없고, 혼인할 수는 없지만 곁에는 있어주겠다……. 여전히 제자리로군."

"……."

"상관없어. 내가 원하는 것은 너니까. 날짐승의 세상이든 들짐승의 세상이든 나는 네가 있는 세상을 원해. 그러니 노비 아가씨, 주인님이 보내줄 것이란 기대는 하지 않는 게 좋겠어."

온요는 입을 다문 채 돈후를 보았다. 돈후는 몸을 기울여 온요에게 바싹 다가갔다. 그러고는 낮게 속삭였다.

"입 맞추면 정말 안 돼? 나 아주 간절한데……."

온요는 미간을 좁히더니 벌떡 일어났다.

"돌아가요. 늑장 부리면 성문이 닫힐 거라면서요."

온요는 돌계단을 총총 내려갔다. 계단을 디딜 때마다 말총처럼 늘어뜨린 머리카락이 나풀거렸다. 계단을 다 내려간 온요가 돌아섰다. 돌아서 돈후와 눈을 맞추었다. 돌아가자는 뜻이다.

그래, 이것으로 족하다. 더도 덜도 말고 한 걸음씩, 지금처럼 딱 한 걸음씩만 내게로 와라. 기꺼이 네 더딘 걸음을 기다려주리라.

돈후는 웃으며 일어나 계단을 내려갔다.

《징과 돌의 노래》2권 끝
3권으로 계속